Die unglaublichen Erlebnisse des Sevy Lemmots

Yves Gorat Stommel

Danksagung

an Melanie, Noelle, Barbara und Klaus

für die (meist) konstruktive Kritik, die zu einem besseren Buch beigetragen hat.

Impressum

Die unglaublichen Erlebnisse des Sevy Lemmots

Vollständig überarbeitete Version 2022

ISBN-13 (Druckversion): 978-1505209501

Lektorat:
Anja Koda

Coverabbildung:
Daniel Lieske

Web:

www.yvesgoratstommel.com

Facebook:

www.facebook.com/yvesgoratstommelautor

Email:

ygstommel@gmx.de

Postanschrift:

Kibbelstraße 14, 45127 Essen, Deutschland

Umgebung und Erdgeschoss

Musen-Villa

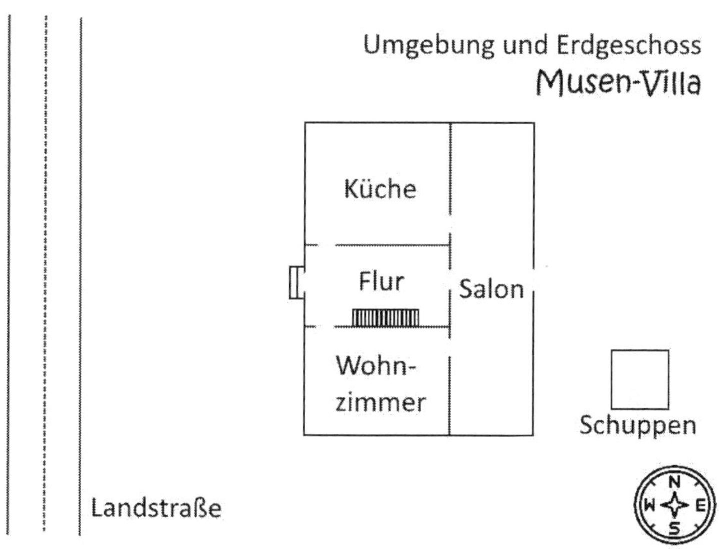

Kapitel 1: Die Villa

Heute war ein guter Tag!

Sevy Lemmots stieg aus seinem alten Chevrolet und nahm seinen Kauf in Augenschein. Sein Grinsen reichte von Ohr zu Ohr.

Vor ihm stand sein neues Zuhause. Eine Villa aus dem letzten Jahrhundert, umgeben von Feldern. Idyllisch. Ruhe ausstrahlend. Perfekt.

Sevy legte den Kopf schräg und schürzte die Lippen.

Nun gut, nicht wirklich *perfekt*. Um einige Ausbesserungsarbeiten würde er wohl nicht herumkommen. Unter anderem gab es eine größere Menge an Löchern zu stopfen. Fünfundneunzig, wenn er ganz genau war. Denn so viele Kugeln hatte der Vorbesitzer während einer Episode geistiger Umnachtung in die Wände geschossen. Glücklicherweise war Aldamor Frick allein gewesen, als er sein Haus unter Zuhilfenahme eines Gewehrs umdekorierte. Trotz der Abgeschiedenheit der Villa war seine Tat nicht unbemerkt geblieben, und kurz darauf musste Aldamor ausziehen. Die Regierung spendierte ihm eine weiße Zwangsjacke, freie Kost und Logis und ließ ihn sogar gratis abholen.

Aldamor Frick ... Sevy konnte es kaum fassen, dass er vor dem ehemaligen Domizil des berühmten Mannes stand. Der Name war ein fester Begriff in der Kunstwelt. Ein Kunsttitan! Auch wenn er nun in der Irrenanstalt vermutlich mit Wasserfarben und Papier, anstatt mit Öl und Leinwand hantierte. Ein wahrhaft bemerkenswerter Verlauf eines kurzzeitig so erstaunlichen Lebens. Innerhalb weniger Monate war Frick zum neuen Star der Szene avanciert, innerhalb weniger Tage – so schien es – hatte er dann den Verstand verloren, was schließlich in der gebäudeweiten Lüftung resultierte.

Abschrecken konnte diese Vergangenheit des Hauses Sevy nicht.

»Ein Unikat!«, freute er sich, verriegelte dann die Fahrertür seines 82er-Chevrolets und ging auf das Haus zu.

Links, rechts und hinter der Villa breiteten sich Felder aus, in größerer Entfernung hier und da unterbrochen von kleinen Kiefer- und Pappel-Ansammlungen. Die vereinsamte Landstraße lag auch jetzt komplett verlassen da. Wenn am Tag zwanzig Autos hier vorbeifuhren, wies das bereits auf Umgehungsverkehr infolge eines Unfalls auf der Hauptstraße hin.

Sevy zögerte den Moment des ersten Betretens hinaus und schlenderte stattdessen gemächlich auf das Haus zu. Es war eigentlich viel zu groß für einen einzigen Bewohner. Aber schon seit der Errichtung des neo-gotisch angehauchten Prunkstücks durch einen gewissen Alfons Herder hatte nie mehr als eine Person hier gelebt.

Von einem nahezu quadratischen Grundriss aus erhob sich das Gebäude etwa neun Meter bis zum Dachfirst. Auf den ersten Blick handelte es sich um einen düsteren, unheimlichen Bau. Doch Sevy sah die Villa mit ganz anderen Augen.

»Die Musen-Villa«, murmelte er. »*Meine* Musen-Villa.«

Der Spitzname haftete dem Bauwerk seit Jahren an. Der Makler dagegen hatte von einer *geschichtsträchtigen und soliden Investition* gesprochen. Aber Sevy war natürlich das unter der Hand weitergegebene Versprechen an die Bewohner der *Musen-Villa* nicht unbekannt. Ein Versprechen, das auf eine strahlende Zukunft hoffen ließ. Man mochte dem Aberglauben zusprechen oder auch nicht, aber es war unbestritten, dass gleich drei Künstler kurz nach ihrem Einzug in das Haus zu Weltruhm gelangten.

Nur wenige Wochen ohne Bewohner hatten gereicht, um dem Haus das Aussehen einer Geistervilla zu verleihen. Der Rasen wucherte wild und das über die Haustür geklebte rot-weiße Polizeiband flatterte unheimlich im Wind. Und dann war da noch die Stille. Diese unheimliche Stille. Nicht einmal Vögel hielten sich in der Nähe der Villa auf. Es gab einfach keine Bäume, auf denen sie sich hätten niederlassen können.

Sevy sah hinauf zu dem schwarz geschindelten Dach. Auch dieses wurde von den Vögeln verschmäht.

Hinter dem Anwesen passierte er einen kleinen Bau. Nie vervollständigt, schauten aus dem grauen Kubus eine Vielzahl verrosteter Armierungsstangen hervor. Am besten, er würde den unfertigen Schuppen abreißen lassen.

Zurück auf der Vorderseite näherte Sevy sich nun der mittig angebrachten, schweren Eichenholztür. Es knarzte laut, als sie widerwillig den Weg in das Hausinnere frei gab. Für Sevy war es das erste Mal, dass er die Villa betrat. Er hatte das Anwesen gekauft, ohne je einen Fuß hineingesetzt zu haben. Das Gebäude war viel zu berühmt, als dass er nach dem Lesen der Zeitungsanzeige nicht sofort nach dem Telefon gegriffen hätte. Eine solche Chance hatte er nicht durch Zögern ungenutzt verstreichen lassen können.

Die kleine Eingangshalle war im Großen und Ganzen leer. Einzig eine einfache Kommode hatte die Umzugsfirma übersehen – oder absichtlich vergessen? Staub lag fingerdick überall dort, wo … nun, fast überall. Lediglich einige freigetretene Pfade zogen sich von dem Eingang zu dem Treppenhaus, beziehungsweise zu den insgesamt drei abgehenden Türen.

Nein, es waren vier, stellte er direkt darauf fest. Die letzte lag rechts von ihm unter der Treppe. Diese nahm ihren Ursprung mittig im Haus und führte dann zur Vorderfront des Hauses hin in das Obergeschoss. Der darunter liegende Durchgang führte in den Keller, wie Sevy mit einem kurzen Blick feststellte. Er würde ihn später inspizieren. Auch das Obergeschoss hob er sich für später auf. Allerdings warf er schon jetzt einen neugierigen Blick die steile Treppe hinauf, die von einem Geländer aus dunklem Holz flankiert wurde. Überhaupt schien so gut wie alles im Eingangsbereich aus Holz gefertigt oder, im Falle der Wände, zumindest damit vertäfelt zu sein.

Sevy legte die Schlüssel auf der Kommode ab, erste Fingerabdrücke in der unbefleckten Staubschicht hinterlassend. Dann begab er sich auf eine Erkundungstour des Erdgeschosses.

Die rechte Tür führte in das Wohnzimmer, das ohne Möbel einen eher ungemütlichen Eindruck machte. Wie der Makler ihm erzählt hatte, war das Erdgeschoss zu Aldamor Fricks Zeit mehr oder weniger ungenutzt gewesen. Der Künstler hatte sich in das Obergeschoss zurückgezogen. Lediglich die im Erdgeschoss gelegene Küche wurde hin und wieder benutzt.

Sevy machte sich auf den Weg zu eben jener Küche. Wie das Wohnzimmer lag sie in der vorderen Hälfte des Hauses und war über die linke Tür des Flurs erreichbar.

Sevy kreuzte die Finger. Hoffentlich funktionierten die wesentlichen Küchengeräte nach der Schießerei noch, denn Geld für größere Ersatzkäufe blieb ihm nicht.

Er hatte den Flur bereits fast durchquert, als er innehielt. Verwundert schaute er zu der Kommode und klopfte seine Hosentaschen ab. Schon wollte er in das Wohnzimmer zurückkehren, zögerte aber. Er war sich sicher: Seine Schlüssel hatte er auf die Kommode gelegt. Nur, dass sie dort nicht mehr waren.

Er warf einen Blick unter das Möbelstück. Nichts. Mal abgesehen von Staub.

Aufgrund seiner Größe war der Schlüsselbund eigentlich kaum zu übersehen. Das damit verbundene Gewicht war gleichzeitig der Grund dafür, dass Sevy ihn ungerne mit sich herum trug.

Einen Moment lang ging Sevy in sich, rekonstruierte gedanklich die letzten paar Minuten. Zugegebenermaßen war er oft etwas vergesslich und nicht ganz bei der Sache. Hatte er sie vielleicht doch ...? Auf das Gründlichste durchsuchte er seine Taschen, öffnete aus purer Verzweiflung sogar die einzige Schublade der Kommode – und riss die Augen auf.

Da waren sie!

Kopfschüttelnd nahm er den Bund heraus.

»Weniger *Haus der Musen*, sondern eher *Haus der Vergesslichkeit*«, murmelte er. Er beschloss, die Zweifel an seiner geistigen Verfassung zu ignorieren, genoss dafür den kurzen Schub der Erleichterung und trat in die Küche.

Der Raum war hell: Fenster in den zwei Außenmauern ließen Licht herein. In direkter Nähe zur Tür, durch die er die Küche betreten hatte, führte eine weitere, um neunzig Grad versetzt, in den letzten Raum des Erdgeschosses. Er zog sich über die gesamte Rückseite des Hauses und war wie das Wohnzimmer vollkommen leer: der sogenannte Salon.

»So viel Platz«, sagte er in die Stille hinein und kehrte beunruhigt, da seine Gedanken zu der winterlichen Heizrechnung wanderten, in die Küche zurück.

Auch hier befanden sich kaum Möbel. Außer einem Tisch und zwei Stühlen stellte lediglich der gelbe Kochtrakt einen Blickfang dar; er wurde durch eine Trennwand auf Brusthöhe (ihm drängte sich das Wort *Bar* auf) von dem Rest des Raumes abgetrennt.

Die Anzahl der Einschusslöcher war hier an einer Hand abzuzählen. Insgesamt schienen der Raum und dessen Inventar in guter Verfassung zu sein. Der Kühlschrank summte leise vor sich hin, die Mikrowelle zeigte die (falsche) Zeit an.

Sevy legte die Schlüssel auf den Tisch und öffnete dann die Schränke. Sie waren allesamt leer.

Zufrieden sah er sich um. Er konnte es kaum erwarten, einzuziehen. Einige kleinere Leinwände, ein paar Tuben Ölfarbe, eine Matratze mit Bettzeug und einen Koffer mit Kleidung hatte er bereits mitgebracht. Theoretisch konnte er gleich anfangen zu malen und die legendäre, stimulierende Wirkung des Hauses testen, wäre da nicht das Verpflegungsproblem. Am besten war es sicherlich, er fuhr kurz in die Stadt, um sich mit einigen Nahrungseinkäufen schon heute notdürftig in seinem neuen Zuhause und Atelier einrichten zu können.

Voller Vorfreude warf Sevy einen letzten Blick aus dem Fenster, wandte sich zum Gehen – und stockte.

»Hey!«

Über die Trennwand hinweg sah er direkt auf den kleinen Esstisch, auf dem er seine Schlüssel abgelegt hatte. Sie schwebten nun einige Zentimeter über der Tischplatte – gehalten von einer schmalen, knochigen Hand. Mehr war von der diebischen Person nicht zu sehen.

Schnell ging Sevy um den Tisch herum und näherte sich dem Eindringling, der erst jetzt vollständig ins Blickfeld rückte.

Mitten in der Bewegung hatte die kleine Gestalt innegehalten. Langsam wandte sie Sevy den Kopf zu, ein schuldbewusstes Lächeln auf den spröden Lippen. Der Körper war schmal und in ein weites, braunes Gewand gekleidet, das an der Taille mit einer Kordel zusammengehalten wurde. Im Vergleich zu der

Statur – das Wesen mochte höchstens einen Meter groß sein – wirkte der Kopf geradezu riesig. Dessen Form war darüber hinaus mehr breit als hoch, und die flache Stirn sowie das fliehende Kinn gaben dem Wesen ein eher kindliches Aussehen. In der Tat mochte man den verhinderten Dieb auf den ersten Blick für einen Drei- oder Vierjährigen halten, doch schon der zweite belehrte einen eines Besseren: Kinder waren in aller Regel nicht kahl und verfügten außerdem nicht über eine derart gedeihende Nasenhaarpracht.

Das ungewohnte Äußere verunsicherte Sevy, doch die Verärgerung über den versuchten Diebstahl gewann die Oberhand.

»Was soll denn das werden?«

»Uhm ... Schlüssel?« Die Tonlage der Stimme passte zu einem zehnjährigen Jungen, aber die Intonation deutete eher auf einen Erwachsenen. Noch immer verharrte das Wesen in seiner Stellung, dabei das Bündel in der Hand über dem Kopf haltend.

»Meine Schlüssel«, spezifizierte Sevy. »Hast du sie vorhin auch schon genommen? In der Vorhalle?«

Stolz nickte das Wesen.

»Super-Leistung«, höhnte Sevy.

»Danke.« Das Wesen entspannte sich angesichts des vermeintlichen Lobes und steckte den Schlüsselbund ein.

»Hey! Die hätte ich gerne wieder!«

Mit großen Augen sah die Gestalt ihn an. »Was?«

»Die Schlüssel.«

»Welche Schlüssel?«

»Die in deiner Tasche!« Allmählich verlor er die Geduld.

»Welche Tasche?«

»Die Tasche in deinem ...«

Das Wesen lachte, hielt sich prustend die Hand vor den Mund. Die langgliedrigen Finger verdeckten fast die Hälfte des Gesichtes. »War nur ein Scherz!«

Sevy biss die Zähne aufeinander. »Was willst du überhaupt damit?«

Die fröhliche Miene fiel in sich zusammen. »Womit?«

Entnervt schloss der Künstler einen Moment lang die Augen. »Mit ... meinen ... Schüsseln.«

Die Frage schien kompliziert. Ein Ausdruck der Verwunderung schlich sich auf das Gesicht des Wesens, nachdenklich schaute es auf den wieder hervorgeholten Bund. »Nun ...«, meinte es, sich auf die Lippen beißend. »Nun ...« Es sah sich um und die Augen wanderten zu den beiden Türen. Offensichtlich suchte es nach einem Fluchtweg. »Uhm ... Tja ...« Langsam tat es einen Schritt nach hinten, fort von Sevy.

»Her mit den Schlüsseln!«, befahl Sevy und riss den Bund aus den schmalen Fingern.

»Nicht fair!«, beklagte sich die Gestalt. »Das war nicht nett!«

»... beschwerte sich der Dieb«, murmelte Sevy und steckte die Schlüssel tief in seine Hosentasche. Als Demonstration seiner Überlegenheit schlug er zweimal von draußen darauf und schenkte dem Kleinwüchsigen ein überlegenes Grinsen.

Dann widmete er sich der Tatsache, dass ihm sowohl die Anwesenheit als auch die Gestalt seines Besuchers zu denken geben sollten.

»Wer bist du überhaupt?«

»Laval.«

Mitleidig verzog Sevy den Mund. »Alternative Eltern, was? Flower-Power-Einstellung? Jeder ist einzigartig und solch ähnliches Gedankengut?«

»Äh …«

»Vergiss es«, ersparte er Laval die Antwort. »Was tust du hier? Und wie bist du hereingekommen?«

»Also …« Laval hob die linke Hand und griff mit der rechten nach seinem Zeigefinger. »Ich bin hier, um deine Schlüssel zu verlegen.« Nachdenklich streckte er einen zweiten Finger – und Sevy stellte verwundert fest, dass Laval nur drei davon hatte.

»Und ich komme aus dem Wohnzimmer. Zu Fuß.«

Stolz auf seine Ausführungen sah er auf und zeigte an Sevy vorbei. »Das ist dort!«

»Das war ja erstaunlich informationsfrei«, erwiderte Sevy. Er sah Laval forschend an. »Machst du das eigentlich absichtlich?«

»Was?«

»Überflüssige Fragen stellen und inhaltslose Antworten geben. Mich damit in den Wahnsinn treiben.«

»Du bist wahnsinnig?« Alarmiert wich Laval ein Schritt zurück.

»Nein, bin ich nicht.« Sevy seufzte. »Also, versuchen wir es noch mal: Wie bist du in dieses Haus gekommen?« Er fügte hinzu: »Und damit meine ich nicht durch die Haustür.«

Ein quietschendes Geräusch ließ Sevy herumfahren, Laval damit mehr Bedenkzeit verschaffend. Ein schmaler Streifen Licht fiel aus dem Kühlschrank, der sich etwa einen Zentimeter weit geöffnet hatte. Schon hatte Sevy ihn erreicht, schloss ihn und rüttelte ein-, zweimal daran, um sicher zu stellen, dass er wirklich geschlossen war.

»Nun«, wandte er sich wieder an Laval, »Du wolltest mir …«

Mit Wucht schlug Sevy gegen die Kühlschranktür, als diese sich erneut öffnete. »Memo an mich …«, murmelte er, »Tesafilm kaufen.«

Dann bemerkte er den Druck, der von der Kühlschranktür ausging – und er hörte die wütenden Schreie, die durch die Isolierung drangen.

Erstaunt wich er zurück, als die Tür aufschwang. Der Kühlschrank war leer – bis auf eine verschrobene Gestalt. Sie war noch etwas kleiner als Laval, doch von genauso merkwürdigem Aussehen. Böse funkelte das Wesen Sevy an, auch wenn es dafür den Kopf schmerzhaft verdrehen musste. Aus irgendeinem Grund hatte es sich zwischen dem mittleren und dem oberen der Roste gezwängt. Die in einer schmutzigen Hose aus Jute steckenden Beine waren unnatürlich angewinkelt.

»Was soll das?«, wollte das Wesen wissen. »Soll ich erfrieren? Mir ist kalt!«

Sevy brauchte nur den Bruchteil einer Sekunde, bis er sich gefangen hatte: »Dann ist ein Kühlschrank wohl kaum der richtige Aufenthaltsort für dich. Raus da!«

»Wie kannst du es wagen ...«, begann die Gestalt, hob dann erstaunt die Augenbrauen. »Hey ... rauskommen! Gar nicht mal so dumm ...« Einen Moment lang schien das Wesen den Vorschlag ernsthaft in Erwägung zu ziehen, dann schüttelte es den Kopf und meinte: »Mein Fehler: War doch eine blöde Idee.« Wie selbstverständlich lehnte es sich wieder zurück und fing zufrieden an zu summen.

Sevy sah sich verdutzt nach Laval um. »Also ... bei dir war ich mir schon nicht so sicher, aber der da ...«

»Knut«, unterbrach ihn Laval.

»Von mir aus ...« Er zögerte. »Knut ist kein Kind, oder?«

Laval schüttelte den Kopf. »Schon seit knapp dreihundert Jahren nicht mehr.«

»Richtig«, murmelte Sevy. »Natürlich. Denn ihr seid ...?«

»Kobolde?«, erwiderte Laval unsicher. Die Frage schien ihn zu überfordern.

»Kobolde ...« Sevy blähte die Wangen auf, ließ die Luft laut entweichen. »Kein Wunder, dass die Villa so billig war. Schon nach fünf Minuten gibt das Hirn nach. Ob es hier irgendwelche giftigen Dämpfe gibt?«

Er öffnete die Fenster, atmete tief die frische Luft ein, alldieweil interessiert von Laval beobachtet. Knut pfiff inzwischen weiter vor sich hin. Sevy glaubte *Marmor, Stein und Eisen bricht* zu erkennen.

Schließlich schüttelte der neue Hausbesitzer den Kopf.

»Nein, daran scheint's nicht zu liegen. Bleiben die Möglichkeiten Traum, Schlaganfall ... oder ihr seid tatsächlich echt.«

Der letzte Teil des Satzes war an Laval gerichtet, der angesichts Sevys abwartendem Blick nun verunsichert an sich herunterschaute. »Echt?«, schlug er dann zweifelnd vor.

»Echt ...« Sevy dachte an den mittlerweile in einer Irrenanstalt lebenden Vorbesitzer des Hauses. Ob es einen Zusammenhang zwischen seinem Nervenzusammenbruch und den Kobolden gab?

»Kennt ihr Aldamor Frick?«

»Hm«, bejahte Laval. »Unangenehmer Typ. Hat nie seine Schlüssel abgelegt.«

Konnte es sein? War dies eines der Dinge, welche die Villa besonders machten? Waren die beiden Kobolde tatsächlich echt? Oder ging seine Fantasie mit ihm durch? Es wäre nicht das erste Mal ... In seiner Jugend hatte er imaginäre Freunde gehabt, später wurden daraus imaginäre Freundinnen (traurig, aber wahr). Außerdem schwor Sevy jedem, der es hören wollte, hoch und heilig, dass er tatsächlich einst ein Gespräch mit seinem Hamster geführt hatte (allerdings hatte er damals recht viel getrunken (Sevy, nicht der Hamster)).

Er schüttelte den Kopf. Die genaue Herkunft seiner Besucher spielte momentan keine Rolle. Fantasiegebilde, Irre, hässliche Kinder, Kleinwüchsige oder tatsächlich Kobolde: Er würde damit fertig werden.

Unvermittelt schlug er sich forsch auf die Hosentasche.

Beleidigt zog Laval die Hand zurück. »Aua!«

»*Meine* Schlüssel«, betonte Sevy. »Und wo wir schon dabei sind: *mein* Haus! Ich fahre jetzt in die Stadt, und wenn ich zurückkomme, will ich stark hoffen, dass ihr verschwunden seid. Sonst muss ich andere Saiten aufziehen!«

Laval nickte. »Sicher, kein Problem. Dein Haus, deine Schlüssel.« Er schien geknickt, doch dann leuchtete sein Gesicht auf. »Ich kümmere mich um Knut!«

Mit einem kritischen Blick auf den Kühlschrank verließ Sevy sein neues Zuhause und fuhr in die Stadt.

Kapitel 2: Das Gefängnis

Bereits aus über einem Kilometer Entfernung ließen die offenen Felder hin und wieder einen ungehinderten Blick auf die Villa zu: ein isolierter, dem langsamen Verfall ausgelieferter Bau. Tatsächlich konnte Sevy bei diesem Anblick nachvollziehen, weswegen es keinen Biete-Wettkampf um das Anwesen gegeben hatte. Der Makler hatte fast erleichtert gewirkt, als Sevy sich bei ihm meldete.

Dreißig Kilometer von der nächsten Stadt entfernt und zwanzig bis zum nächsten Nachbarn – Einsamkeit war nicht jedermanns Sache. Doch für ihn als Künstler gab es kaum einen besseren Ort, um sich schaffend zu betätigen. Dies hatte die *Musen-Villa* längst bewiesen. Drei Besitzer hatte sie in den letzten vier Jahren beherbergt: Drei renommierte Künstler aus den unterschiedlichsten Bereichen.

Den Anfang hatte der Filmmusik-Komponist Ludovico Ernst gemacht. Sein Nachfolger war der begnadete Autor Machius Schrift gewesen. Und bis vor Kurzem hatte natürlich Aldamor Frick, der europaweit bekannte Maler, in dem Anwesen gelebt. Wobei der geistige Absturz des Malers seinem Ruhm nicht abträglich gewesen war. Genialität und Wahnsinn waren in der Wahrnehmung der Öffentlichkeit bekanntlich zwei Seiten derselben Medaille, und so konnte der mentale Ausraster mit dem notwendigen Wohlwollen als ein Ausbruch der Inspiration ausgelegt werden. Außerdem würden in absehbarer Zeit keine neuen Bilder von ihm auf den Markt kommen, was wiederum die Preise anheizen würde. Im übertragenen Sinne galt dies übrigens auch für die beiden anderen Vorbesitzer: Ihre schaffende Lebensphase schien mit dem Auszug ebenso abgeschlossen. Ludovico Ernst hatte das Haus eines Tages einfach verlassen und sich auf der Couch seines Psychiaters einquartiert. Er war dort sehr, sehr lange geblieben. Machius Schrift neigte, wie Aldamor Frick, mehr zur radikalen Variante und hatte versucht, die Villa niederzubrennen. Erstaunlicherweise war ihm dies nicht gelungen, da nach seiner verwirrten Aussage alle seine Streichhölzer nass, und sämtliche Feuerzeuge leer gewesen waren. Als Schrift sich in der Stadt einen Flammenwerfer zulegen wollte, hatte die Polizei ihn schließlich verhaftet. Wo der Schriftsteller heute weilte, wusste Sevy nicht.

Die Sonne berührte bereits den Horizont, als Sevy das Auto parkte und mit den Armen voller Lebensmittel auf die Villa zuging. Er hatte nicht abgeschlossen, um Laval und Knut einen ungestörten Abzug zu ermöglichen, und so stieß er die Tür mit dem Fuß auf.

Im ersten Moment übersah er die roten Flecken, die im Flur die dunklen Dielen schmückten. Auch ignorierte er anfänglich die arg roten Lippen Lavals, als dieser ihm aufgeregt aus der Küche entgegenkam.

»Habe ich nicht gesagt ...«, begann Sevy, bevor sich seine Augen weiteten. »Ist das ...? Nein!«

»Was?«, fragte Laval, doch Sevy drängte sich bereits an ihm vorbei in die Küche und sah seine schlimmsten Befürchtungen bestätigt.

Der Küchentisch schien das Opfer einer Farbenexplosion geworden zu sein. Jede einzelne seiner Farbtuben war geöffnet worden, und in großen, grünen Lettern ließ sich *Knut und Laval waren hier!* auf den Fliesen lesen.

»Schmeckt irgendwie komisch«, meinte Laval, auf seine angemalten Lippen deutend. Er war Sevy gefolgt und erkannte die Anzeichen eines drohenden Wutausbruchs anscheinend noch nicht.

»Vermutlich, weil es kein Lippenstift ist«, presste Sevy zwischen den Zähnen hervor.

»Ach so?« Der Kobold produzierte einige schmatzende Laute, fragte dann: »Sicher?«

»Was genau hast du nicht verstanden, als ich sagte: Verschwindet aus meinem Haus?«

Verbissen arbeitete Sevy daran, seinen rasenden Puls unter Kontrolle zu bekommen. Er presste die Hände zu Fäusten, in einem Versuch, die Aggressivität zu kanalisieren.

»Uhm … alles?« Als sich Sevys Miene tatsächlich noch weiter verfinsterte, korrigierte Laval sich schnell: »Nichts?«

»Raus!«, fuhr Sevy ihn an.

»Raus aus der Küche?«

»Raus aus meinem Haus!«

Zum ersten Mal zeigte sich Entschlossenheit in Lavals breitem Gesicht. »Geht nicht.«

»Sicher geht das!«, widersprach Sevy. »Knut! Du auch!«

Die Kühlschranktür wurde aufgestoßen und Knut schaute ihn mit einem breiten Grinsen an. Seine Zähne waren weiß. Strahlend weiß.

Ein Blick auf den Boden bestätigte Sevys Vermutung: Dort lag die nur noch halb volle Tube mit weißer Ölfarbe.

»Raus hier, beide!«, wiederholte Sevy.

Widerwillig gehorchten die Kobolde dieses Mal und folgten ihm in den Flur – dort blieben sie jedoch stehen. Laval verharrte wenige Meter von der Haustür entfernt, während Knut sich im Hintergrund hielt und alle paar Sekunden mit dem Finger testete, ob die Farbe auf seinen Zähnen schon ausgehärtet war.

»Seid froh, dass ich keinen Schadensersatz von euch verlange!«, drohte Sevy. »Ich will euch hier nie wieder sehen, verstanden?«

Schweigend sahen die beiden Kobolde ihn aus großen, grünen Augen an.

»Was wollt ihr noch?«

»Wir können nicht raus«, meinte Laval ernst. »Wir wissen nicht, wie.«

»Was ist daran so schwer?« Ungestüm öffnete Sevy die Tür und tat zwei Schritte hinaus. »Hier, so einfach! Draußen ...« Er trat wieder hinein. »Drinnen. Ihr draußen, ich drinnen!«

Laval tippte nachdenklich mit einem Finger an sein Kinn, die ultimative Denkerpose einnehmend. Er ging einen Schritt vor. Noch etwa ein Meter trennte ihn von der Schwelle. »Wie war das? Noch ein letztes Mal, bitte.«

»Mein Gott!«, murmelte Sevy, um geistigen Halt ringend. Er machte einen großen Sprung vor die Tür. »Draußen ... und ...«

Laval schloss die Tür und schob den Riegel vor.

Etwa fünfzehn Minuten hatte Sevy gebraucht, um sich einigermaßen zu beruhigen. Den Kopf aufgestützt, saß er auf der Schwelle seines Hauses und beobachtete mit finsterer Miene den Sonnenuntergang. Eine Strähne seines fast schwarzen Haares fiel ihm in die Augen und ein Dreitagebart umrahmte sein Gesicht – so, wie es sich für jeden ernsthaften Künstler gehörte.

Verdutzt hatte er auf die Tür gestarrt, als diese ins Schloss gefallen war. Die Verwirrung war schnell der Wut gewichen: Lauthals hatte er seinem Ärger Luft gemacht. Doch sowohl Laval als auch Knut hatten kein einziges Wort mehr an ihn gerichtet. Erst als Sevy feststellte, dass er seine Stimmbänder sinnlos belastete, hatte er sein Geschrei eingestellt.

»Und?«, fragte nun eine Stimme durch den Briefkastenschlitz.

»Und was?«

»Willst du wieder rein?«

»Nein, ich verbringe bevorzugt die Nacht draußen. Vor allem, wenn ich von Eindringlingen aus meinem eigenen Haus ausgesperrt werde.«

»Draußen schlafen ist aber keine gute Idee«, gab Laval zu bedenken.

»Sag bloß.«

Beide verstummten.

»Wenn du mir zuhörst, dann lasse ich dich danach rein«, schlug Laval vor.

Zuerst wollte Sevy sich weigern, doch was hatte er zu verlieren? Tatsächlich wurde es langsam kühl, und er konnte nicht mal zurück in die Stadt fahren, da sich sein Schlüsselbund zusammen mit seinen Einkäufen in der Küche befand. Vermutlich hatte Laval sie längst ‚verlegt'. Missmutig schüttelte Sevy den Kopf über seine eigene Dummheit.

»Erzähle.«

Laval räusperte sich. »Für uns Geisterwesen ist die Villa wie ein Gefängnis. Wir können das Haus nicht verlassen, können nicht durch die Tür hinaus.«

»Dann springt aus dem Fenster«, schlug Sevy vor.

»Darf ich weitererzählen?«, empörte sich Laval. »Danke. Also, wir können nicht raus. Egal, ob Kobold, Pixie, Leprechaun, Zwerg oder Heinzelmännchen: Kein Geisterwesen, das erst mal in der Villa ist, kann wieder hinaus.«

»Tatsächlich?«, fragte Sevy, dabei darauf achtend, dass pures Desinteresse im Tonfall mitschwang.

»Ja!«, erwiderte Laval, der die Rückfrage als ehrliche Anteilnahme fehlinterpretierte. »Der Grund ist, dass vor etwa achtzig Jahren der persönliche Schutzgeist von Alfons Herder vor einer Troll-Übermacht fliehen musste.«

»Aha.«

»Das sind böse Geisterwesen, weißt du.«

»Hm.«

»Und Alfons Herder hat das Haus gebaut.«

»Interessant.«

»Nun, nicht selbst natürlich, aber er hat es bezahlt.«

»Klar.« Mit einem größeren Stein zeichnete Sevy eine kleine Gestalt, nicht unähnlich einem gewissen Kobold, in den Kies. Er versah den Hals mit einer Schlinge und fügte auch das weitere Zubehör eines Galgens hinzu. Seine Stimmung besserte sich schlagartig, und er kicherte leise.

»Also: Irving, der Schutzgeist von Alfons Herder, hatte die Intelligenz eine Gruppe von Trollen beleidigt«, fuhr Laval fort. »Und zwar so ungeschickt, dass die Trolle die Beleidigung auch mitbekamen. Daher wollten sie ihm eine Abreibung verpassen, was Irving wohl nicht toll fand. Und da er gegen so viele Trolle kaum anstinken konnte, sprach er eine Beschwörung aus, sobald er durch die Haustür gerannt war. Damit wurde das Haus undurchlässig für böse Geisterwesen. Sie konnten nicht hinein. Und Irving war sicher.«

»Solange er nicht aus dem Haus ging«, gab Sevy zu bedenken.

»Genau da liegt das Problem«, erwiderte Laval. »Denn leider war er nicht sehr gut in Zaubersprüchen.«

»Warum bin ich nicht überrascht?«, murmelte Sevy.

»Zwar können die bösen Geisterwesen nun nicht mehr herein – außer der Hausbesitzer lädt sie explizit dazu ein –, aber dafür können …«

»Moment«, unterbrach Sevy den Kobold. »Mit Einladung können die bösen Geisterwesen trotzdem herein?«

»Das habe ich doch gerade gesagt«, erklärte Laval ungeduldig. »Du musst mir schon zuhören!«

»Aber nur, wenn *ich* sie einlade?«

»Ja-ha! Aber so dumm wirst du ja wohl nicht sein. Oder?« Er pausierte, doch Sevy sprang nicht auf die implizite Herausforderung an. »Wobei das gar nicht das eigentliche Problem ist. Viel schlimmer ist, dass gute Geisterwesen, die einmal die Villa betreten haben, sie nicht mehr verlassen können. Sie sind hier gefangen. Ich bin hier gefangen. Wir, also die guten Geisterweisen, können einfach hinein und brauchen keine Einladung.«

»Du willst mir nicht ernsthaft erzählen, dass du zu den als ‚gut' eingestuften Exemplaren eurer Sippe gehörst«, warf Sevy ein. »Du klaust dauernd meine Sachen, sperrst mich aus und machst einen Sauhaufen aus meinem Haus.«

»Das ist mein Job«, erwiderte Laval gekränkt. »Ich bin dafür verantwortlich! Das machen wir Schlüsselgeister halt so: Wir verlegen die Schlüssel. Die Menschen verzweifeln dann und wundern sich über ihre eigene Dummheit.«

»Toller Job. Leider hast du zwei Dinge übersehen.«

»Was?« Wirkliches Interesse sprach aus Lavals Tonfall.

Sevy drehte sich um und sah die großen, grünen Augen durch den Briefschlitz schielen. »Erstens sollte man dich nicht bemerken, wenn du die Schlüssel stiehlst! Da hat bei dir wohl die Ausbildung versagt.«

Laval verengte die Augen.

»Zweitens verlegt kein Mensch innerhalb von fünfzehn Minuten dreimal seinen Schlüssel! Bei dem Thema Intelligenz solltest du nicht von dir auf andere schließen.«

Einen kurzen Moment lang verharrte Laval noch, dann schloss sich der Briefkastenschlitz. Beleidigt vor sich hin schimpfend, verklangen die Schritte des Kobolds auf dem Weg tiefer in das Hausinnere.

»Na, super«, murmelte Sevy. Dann wandte er sich wieder den nach und nach aufleuchtenden Sternen zu.

»Nicht alle Menschen können uns sehen – normalerweise«, erklärte Laval, als er Sevy nach weiteren zehn Minuten hineinließ. »Aber die Menschenleere hier vereinfacht das Ganze. Naturnähe und so ...« Er wedelte unbestimmt mit den Händen. »Keine Ahnung wie das genau funktioniert. Auf jeden Fall werden Menschen dann offener und sehen uns leichter. Außerdem wohnen wir hier auf ewig, da geben wir uns nicht mehr ganz so viel Mühe mit dem Nicht-Auffallen.«

»Ach so! Und ich dachte, deine Unfähigkeit diesbezüglich sei einfach nur auf dein mangelndes Talent zurückzuführen«, erwiderte Sevy, die Tür hinter sich schließend.

»Und dass ich so oft versucht habe, deinen Schlüssel zu verlegen, liegt einfach daran, dass ich einen Soll zu erfüllen habe«, überhörte Laval den Einwand.

»Einen Soll?«

Laval nickte. »Ich muss im Schnitt jede Woche einmal die Schlüssel verlegen.«

»Aber …?«, dehnte Sevy seine Frage. »Du hast es öfter gemacht, weil du ein verkappter Streber bist?«

»Ich hatte halt ein paarmal nachzuholen«, schmollte der Kobold.

Als sie die Küche betraten, öffnete Knut den Kühlschrank ein Stück weiter und zeigte grinsend seine immer noch weißen Zähne.

»Sehr schön«, kommentierte Sevy.

»Wenn wir unseren benötigten Schnitt über längere Zeit nicht schaffen, werden wir bestraft«, erklärte Laval, und ein Schaudern wanderte sein Rückgrat entlang. Sein Gewand erzitterte, und er zog den Kopf ein, sodass sich zum ersten Mal etwas bildete, das einem Kinn ähnlich sah. »Es ist wie eine Krankheit, die uns dann befällt.«

»Interessant«, erwiderte Sevy mit erwachtem Interesse. »Hört sich nach einer Art Entzugserscheinung an. Da ich die einzigen Schlüssel hier habe, könnte ich dich also in arge Probleme bringen, wenn ich sie nicht mehr aus den Augen lasse?«

Wahre Panik zeichnete sich in Lavals Zügen ab und Sevy beruhigte ihn schnell: »Keine Sorge, das werde ich nicht tun. Du wirst deine Chancen zum Begehen weiterer krimineller Taten schon bekommen.«

»Ich kann doch nichts dafür«, beklagte sich Laval, vor Schock den Tränen nahe. »Ich muss. Wie Knut.«

»Was ist denn Knuts Problem? Außer, dass er Farbe anstatt Zahncreme benutzt.«

»Seine Aufgabe ist es, ab und zu den Kühlschrank aufzumachen. Damit die Menschen sich über ihre eigene Vergesslichkeit ärgern.«

»Ab und zu?«

Laval zuckte die Schultern.

»Darf ich mal!«

Eine ungeduldige Stimme ließ Sevy hinter sich schauen, nur um erschrocken vor dem dort stehenden Wesen zurückzuweichen. »Mein Gott! Wer hat denn dich so zugerichtet?«

Mit ausdruckslosem Gesicht sah die etwa ein Meter große Gestalt ihn an. Das zerfurchte und gelbliche Gesicht (es war im Gegensatz zu Lavals eher länglich) schien dem eines Achtzigjährigen gleich – wäre da nicht die riesengroße Nase gewesen, deren disproportionalen Ausmaßen lediglich die Ohren das Wasser reichen konnten. Das Wesen trug ein … nun, vermutlich sollte es ein langes Gewand sein. Bis auf den Boden reichte das nur noch aus Fetzen bestehende braune Kleidungsstück. Darunter schauten große, behaarte und erschreckend dreckige Füße hervor.

Ohne sich weiter mit Sevy zu befassen, versuchte das Wesen die längst trockene Farbe vom Boden aufzuwischen. Da es den Flecken ausschließlich mit Wasser zu Leibe rückte, schien das Vorhaben ziemlich aussichtslos. Doch offensichtlich störte dies die abstoßende Gestalt nicht: Mit wahrhaftiger Gier stürzte er sich auf die Farbkleckse.

»Und das ist?«, fragte Sevy.

»Heimlich, unsere Hausputze ... Wie geht's so, Heimlich?« Laval stupste das Wesen grob an, das daraufhin stürzte. Laval kicherte.

»Hey!«, regte Sevy sich anstelle von Heimlich auf. Denn der ließ die Schmach stoisch über sich ergehen und griff nach dem fallengelassenen Putzlappen.

»Ach, den stört das nicht«, meinte Laval. »Er ist ein Heinzelmännchen. Die sind dafür da, alles in Ordnung zu bringen. Sie räumen hinter uns anderen Geisterwesen auf. Sie sind ziemlich unterwürfig, verstehst du? Es gefällt Heimlich bestimmt, wenn ich ihn umwerfe.«

Entgeistert sah Sevy den Kobold an, dann stieß er ihn unvermittelt von den Füßen. Mit vor Verwunderung aufgerissenen Augen landete Laval auf dem Allerwertesten.

»Wie? Nicht schön?«, wollte Sevy wissen. »Ich dachte nur: Wenn es Heimlich so gut gefällt, dann dir vielleicht auch?«

Beleidigt stand Laval auf und schlurfte davon, wütend vor sich hin murmelnd. Unter anderem glaubte Sevy das Wort ‚Arschloch' herausgehört zu haben, doch er ließ Laval ohne weitere Maßregelung ziehen.

»Nun, Heimlich ...«, begann Sevy.

Keine Reaktion.

»Erst mal danke, dass du hier aufräumst. Sehr freundlich, wirklich. Kann ich dir was anbieten? Etwas zu essen oder zu trinken, vielleicht? Du siehst etwas ...«, er hielt inne und überlegte. »Nun, *abgewrackt* ist kein nettes Wort. Und *verbraucht* ebenso wenig. Also sagen wir lieber *vernachlässigt*. Du siehst vernachlässigt aus.«

»Alles Schuld von anderen«, murmelte Heimlich, niemanden im Speziellen ansprechend. »Hasse Kobolde, hasse alle. Machen Dreck. Laut. Nervig.«

»Treffend zusammengefasst«, stimmte Sevy zu.

»Und nun auch noch Mensch«, klagte Heimlich weiter. »Hässlicher, ekelhafter Mensch.«

Sevy verzog den Mund. Heimlichs Punktestand auf der Sympathieskala schnellte auf null zurück. Offensichtlich hatte Sevy auch in seiner dritten neuen Bekanntschaft des Tages keinen Freund gefunden.

Nun, dachte er, die Achseln zuckend, *Freundschaften werden in der Regel eh überbewertet.*

Ein Stoß in seine Kniekehlen ließ ihn herumfahren. Dort stand Laval, der sich mit aller Kraft gegen seine Beine stemmte.

»Kann ich dir helfen?«, fragte Sevy.

Wütend sah Laval ihn an. »Du sollst fallen!«

»Gar nicht nachtragend, oder?«

»Was?«

»Oh, Entschuldigung, Fremdwort.« Mit einem Seufzen ließ Sevy sich umständlich auf den Boden nieder. »Zufrieden?«

Glücklich nickte Laval.

»Ihr seid wirklich ein anstrengender Haufen«, stellte Sevy fest. »Da kann ich mich glücklich preisen, dass ihr nur so wenige seid.«

»Stimmt«, erwiderte Laval, während Sevy sich auf den Weg ins Obergeschoss machte. Er hörte den Kobold nicht mehr, als dieser seinen Satz vervollständigte: »Stimmt … Die anderen schlafen ja noch.«

Dann griff Laval nach einer der noch nicht gänzlich leeren Farbtuben und begann den stoischen Heimlich gewissenhaft mit schwungvollen Mustern zu verzieren.

Kapitel 3: Bedrohung

Die ersten paar Sekunden verbrachte Sevy mit dem Versuch sich seines momentanen Aufenthaltsorts zu besinnen. Es war ungewohnt dunkel. So dunkel, genau genommen, dass er nicht einmal die sprichwörtliche Hand vor Augen sah. Im Halbschlaf wollte ihm nicht einfallen, wo er die Lampe suchen musste, und so stieß er sich den Kopf an dem kleinen Tisch am Ende des Bettes. Er fluchte laut.

Musik hatte ihn geweckt, trampelnde Füße und lachende Stimmen. Aufgeweckte Schreie drangen durch die Dielen unter ihm.

Die Erinnerung kam schlagartig: die Villa, Laval, Knut, Heimlich.

Unter ihm lag der Salon. Offensichtlich gab es dort eine Party. Und er war nicht eingeladen.

Er seufzte. Eine ruhige Nacht – wie hatte er bloß daran glauben können, dass ihm eine solche vergönnt sein würde?

Mit schnell wachsendem Unmut stand Sevy auf und suchte nach dem Lichtschalter. Jetzt, wo er langsam die Welt der Träume hinter sich ließ, fiel ihm wieder ein, dass er ihn neben der Tür finden konnte. Unnötigerweise zog er sich noch einen Holzsplitter aus dem Dielenboden ein, bevor das Schlafzimmer in gleißendes Licht getaucht wurde und er geblendet anfangs genauso wenig wie vorher sah.

Wie die meisten Räume des Hauses hatte er gestern auch dieses Zimmer leer vorgefunden. Ausgenommen der unzähligen Insektenleichen vor dem Fenster und einem tierischen, skelettierten Überrest, den er aus Mangel an biologischen Kenntnissen als Ratte identifiziert und aus dem Fenster geworfen hatte.

Mittlerweile fanden sich seine beiden Koffer, der kleine Tisch und die Matratze, die er am Abend hinaufgetragen hatte, in seinem designierten Schlafzimmer. Sein restlicher mitgebrachter Besitz befand sich noch im Auto und harrte dort seiner Abholung morgen früh. Er sah auf die Uhr und korrigierte sich: Den Rest würde er heute holen.

Es war weit nach Mitternacht.

Unter ihm stieß etwas mit Wucht gegen die Decke und die Dielen unter seinen Füßen bebten. Ganz plötzlich verspürte er einen Anflug von Wut und eine gewisse Sympathie für den militärisch angehauchten Lösungsansatz des Vorbesitzers.

Missmutig schlüpfte Sevy in seine Schuhe und polterte die Treppe hinunter. Der Lärm wurde lauter. Fiedel und Mundharmonika spielten auf, Gesang und Geschrei begleiteten die Musikinstrumente.

Eine böse Vorahnung überkam ihn, doch er verdrängte sie sofort wieder. Sicherlich besaß Laval oder Knut eine Stereoanlage? Dennoch ... für drei Personen schien der Lärm erstaunlich vielschichtig und umfangreich.

Einen Moment lang stand Sevy unschlüssig vor der geschlossenen Tür zum Salon. Dann klopfte er laut, schlug mit der geschlossenen Faust auf das Holz.

Nach einigen Sekunden tat sich etwas: Ein kleines, niedliches Wesen mit großen Augen und breiter Nase öffnete die Tür einen Spalt weit. Bekleidet war es mit einem langen T-Shirt und kurzen Hosen. Obwohl beide Kleidungsstücke wie aus der Kinderabteilung stammend anmuteten, wirkten sie merkwürdig überdimensioniert. Das Wesen mochte nicht mehr als sechzig Zentimeter messen. Der durchhängende und rot-grün geringelte Hut, unter dem nur die spitzen, langen Ohren hervorschauten, war fast genauso hoch. Es war bereits etwas länger her, dass Sevy Kinderbücher gelesen hatte, aber er meinte in dem Wesen eine Pixie zu erkennen.

Als das Wesen merkte, dass der nächtliche Besucher größer war als erwartet, löste sie den Blick von Sevys Knie und sah hinauf. Dann hob sie die schmalen Augenbrauen und fragte: »Was gibt's?«

»Erst Kobolde und jetzt auch noch eine Pixie?« Sevy rollte die Augen.

»Und zu allem Überfluss auch noch ein Mensch«, erwiderte sie. »Wo soll das alles noch enden?«

Perplex sah er das freche Wesen an – und dann durch den Türspalt in das Wohnzimmer hinein, in dem sich erschreckend viele Gestalten aufhielten. Kobolde hüpften mit einem Bier in der Hand durch die Gegend, dürre Leprechauns im Frack und mit Dreispitz sangen lauthals. Am Einsatz mangelte es nicht, doch leider schmetterte jeder von ihnen ein anderes Lied. Überdies gehörte das Singen nicht zu ihren herausragenden Stärken.

Sevy sah weg und schloss gequält die Augen. Als er sich einigermaßen gefangen hatte und wieder auf das kleine Wesen unten an der Tür blickte, hatte sich dessen Gesichtsausdruck nicht verändert.

»Es ist halb drei«, meinte Sevy und fügte mit Nachdruck hinzu: »Nachts.«

Das Wesen sah ihn mit leerem Blick an. Da Sevy keine Anstalten machte, sich weiter in Details zu ergehen, meinte es nach unendlich lang erscheinenden Sekunden: »Alles klar!«, und verschwand. Mit Schwung fiel die Tür ins Schloss.

Gute dreißig Sekunden verharrte Sevy regungslos und um Fassung ringend vor der geschlossenen Tür, hinter der die Party unvermindert weiterging. Einige fröhliche Rufe hallten herüber, jeder einzelne ließ seine Wut neue Dimensionen erreichen. Ein lautes Rumsen deutete auf eine weitere Deckenattacke hin.

Er klopfte erneut.

Auch dieses Mal erschien die Pixie. Sie richtete ihren Blick sofort nach oben und sah ihn abwartend an.

»Es ist halb drei nachts«, wiederholte Sevy.

Befremdet sah er, wie einer der Kobolde von seinen Freunden in die Luft geschleudert wurde und mit erschreckender Wucht in Kontakt mit der Decke trat. Sevy beschloss, nicht nach dem Grund für dieses Verhalten zu fragen.

»Halb ... drei ...«, betonte er erneut.

»Immer noch?«, fragte die Pixie.

»Immer noch«, bestätigte Sevy. »In der tiefen, dunklen Nacht.«

Kurz schien das Wesen verwirrt, dann leuchtete das kleine Gesicht auf. Die Ohren gewannen an Spannung und strebten leicht in die Höhe.

»Ah!«, sagte die Pixie, nickte bedeutsam, fast schon verschwörerisch – und schlug ihm ein zweites Mal die Tür vor der Nase zu.

»Wie mir gerade mitgeteilt wurde, bleiben uns nur noch wenige Stunden bis zum Sonnenaufgang!«, rief die hohe Stimme in die Menge. »Zeit für den Endspurt! Musik, Maestro!«

Ein lautes Johlen war die Antwort, die Musikanten legten sich extra ins Zeug, der Boden begann unter den vielen tanzenden Füßen wild und unrhythmisch zu vibrieren.

Sich geschlagen gebend kehrte Sevy auf sein Zimmer zurück. »Ohrstöpsel«, murmelte er müde. »Morgen kaufe ich mir Ohrstöpsel.«

Wie er es zustande gebracht hatte, war ihm selbst ein Rätsel, doch schließlich war er eingeschlafen. Welchen Zeitraum er in diesem gnädigen Zustand hatte verbringen dürfen, wusste er nicht.

Mystische, verführerische Musik hob ihn sanft aus dem Schlaf. Im Gegensatz zum letzten Mal ärgerte ihn die erneute Unterbrechung seiner Nachtruhe merkwürdigerweise nicht – nein, er war sogar dankbar für die Störung. Solch bezaubernde Melodien durften nicht verschlafen werden.

Vorsichtig öffnete Sevy die Augen.

Das gesamte Zimmer war in ein herrliches Farbenspiel getaucht. Stimmen flüsterten sanft und liebevoll auf ihn ein. Glücklich und bezaubert trat er an das Fenster. Dort unten, zwischen Haus und Landstraße, erblickte er eine heitere Ansammlung der unterschiedlichsten Geisterwesen, die nun auch auf ihn aufmerksam wurden. Ihre Gesichter erstrahlten, erfreuten sich seines Anblickes und forderten ihn auf, zu ihnen zu stoßen.

Positiv überrascht stellte Sevy fest, dass unter den Wesen die wenigsten ihn an Laval, Knut oder Heimlich erinnerten. Vielmehr waren die meisten Gestalten elfengleich: die männlichen unaufdringlich und androgyn, die weiblichen ein Traum – ihre Figuren zeichneten sich markant durch ihre langen, fließenden Gewändern ab. Sevy war schon immer der Meinung, dass gut verhüllt besser als schlecht gezeigt war, und so nickte er anerkennend, während er sich vom Fenster abwandte.

»Wird ja auch Zeit«, murmelte er. »Endlich mal Geisterwesen nach meinem Geschmack.«

Schnell zog er Hose und Schuhe an. Ein Lächeln umspielte seine Lippen. Vielleicht war der Kauf des Hauses doch eine bessere Entscheidung gewesen, als nach den ersten chaotischen Stunden befürchtet.

Möglichst leise schlich er die Treppe hinunter und trat hinaus in die sternenklare Nacht. Ihm war weder kalt noch warm; fast mochte man glauben, es gäbe eine physikalische Eigenschaft wie die Temperatur überhaupt nicht. Ein lauer Wind fuhr ihm durch die Haare und trug den Duft von Gebratenem heran.

Direkt vor der Tür erwarteten ihn zwei der Schönheiten, die ihn nun am Arm nahmen und in ihre Runde einführten. Ihre Berührung war weich, angenehm, sinnlich.

»Habt ihr auch Namen?«, fragte Sevy, abwechselnd die beiden Frauen anschauend, die er um etwa zwanzig Zentimeter überragte.

Blaue Augen wandten sich ihm von beiden Seiten zu.

»Brigitte.« Sie sprach den Namen französisch aus.

»Claudette.«

Er nickte anerkennend. Diese Gruppe von Geisterwesen gefiel ihm ausnehmend gut. Schon ihre Namen atmeten Ruhe, Benehmen und ein gewisses gehobenes Niveau – außerdem schmeichelten sie dem Ohr, im Gegensatz zu dem doch etwas derben *Knut*.

Leicht wiegten sich die Hüften der ihn begleitenden Frauen. Mit angenehmem, doch bestimmtem Druck auf Arme und Schultern führten sie ihn vorwärts. Der Boden kam ihm uneben vor, hin und wieder stolperte er. Doch Brigitte und Claudette fingen seinen Sturz jedes Mal ab.

Was geschah mit ihm? Eine innere Stimme raunte ihm zu, er solle sich in Acht nehmen. Doch Sevy wehrte sich gegen diesen Rat, genoss den Taumel der Gefühle und die Behaglichkeit, die alles andere in den Hintergrund verdrängten.

Die Feenkapelle spielte auf. Die Musikanten waren allesamt etwa zwanzig Zentimeter kleine, fast durchsichtige Gestalten mit dem Aussehen junger Mädchen. Ihre Flügel schlugen sanft im Takt der zauberhaften Weisen, bei denen Sevy sich nicht entscheiden konnte, ob er tanzen oder lieber schwelgend die Melodien genießen sollte.

»Tanz mit uns«, nahm Brigitte ihm die Entscheidung ab.

Er sträubte sich anstandshalber kurz, wenn auch nicht mit der Absicht, ihr seine Künste tatsächlich vorzuenthalten. Doch sein Zögern ließ die Elfe etwas Unerwartetes tun: Sie trat auf ihn zu und ihre Lippen fanden die seinen für einen federleichten und doch intensiven Kuss.

Im ersten Augenblick schreckte sein Körper vor der Berührung zurück – ein Hauch von Kälte, Tod und Verderben offenbarte sich ihm den Bruchteil einer Sekunde lang –, dann war sein Widerstand gebrochen und er folgte ihr gehorsam.

Lachende Gesichter, sich wiegende Körper, farbenreiche Gewänder und berauschende Klänge: Alles vermischte sich, nichts wirkte greifbar und war doch süßlich real. Sevys Körper schien leicht, zu allem in der Lage. Zwar stürzte er immer wieder – der Boden war wirklich verdammt uneben –, doch seine bezaubernden Begleiter halfen ihm unermüdlich auf die Beine, trieben ihn an, tanzten mit ihm um die Wette.

Wie unter Hypnose sprang er von einem Fuß auf den anderen, wirbelte herum, ließ den Kopf kreisen, sah seine neuen Freunde unscharf an sich vorbeiziehen. Feen, Elfen – und dann plötzlich dieses Gesicht.

Ein Gesicht, das ihm Furcht einflößte.

Teilweise aus seiner Trance herausfindend, hielt Sevy inne. Mühsam versuchte er die Kontrolle über sein Gehirn zurückzuerlangen. Seine Augen wollten sich nicht scharf stellen; beunruhigt kniff er sie zusammen. Doch der Blick blieb trüb.

Die von ihm entdeckte Gestalt schien geradezu aus dem Boden herauszuwachsen. Der Oberkörper war unmenschlich breit und zerschunden, die Beine waren zu Stummeln verkommen. Klauen bildeten eine Art Verlängerung der Arme, eine abscheuliche Grimasse stierte ihn an.

Das Wesen schien es auf ihn abgesehen zu haben, versuchte sich ihm zu nähern. Jetzt – unerklärlich spät – entdeckten auch die anderen Geisterwesen das Monster und stellten sich ihm in den Weg. Doch das Ungeheuer ließ sich nicht aufhalten, setzte zum Sprung an, schnitt einem Messer gleich durch die Luft – und berührte Sevy.

In diesem Moment, bei dieser Berührung, fiel der Vorhang von seinem Bewusstsein.

Die Musikkapelle, die Elfen, Elben und Feen, das Feuer und das Festgelände verschwanden. Fast augenblicklich fröstelte es ihn, doch als Sevy einen verwirrten Blick um sich warf, stellte er fest, dass eine drohende Erkältung sein kleinstes Problem darstellen dürfte.

Er stand am Rande des Daches, kurz davor, sieben Meter in die Tiefe zu stürzen.

Erschrocken wich er zurück, fiel und griff hektisch nach den Dachpfannen, von denen er einige herausriss. Schlitternd näherte er sich der Regenrinne, erst kurz vor dem drohenden Fall fand er endlich Halt. Reglos verharrte er, damit nicht auch diese Schindeln nachgäben. Dann begann er mit panisch aufgerissenen Augen nach einer rettenden Hand Ausschau zu halten. Sein Blick fiel auf das Ungeheuer, das ihn durch seine Berührung aus der Trance gerissen hatte. Erstaunt erkannte Sevy in dem nun transformierten Wesen die kleine Pixie wieder, die ihm am frühen Morgen zweimal die Tür zum Salon geöffnet hatte. Sie sah ihn mit einem schwachen Lächeln an. Dann löste sich ihr Körper auf. Er zerfloss zu Wasser und rann in einem schmalen Rinnsal vom Dach hinunter.

Gackerndes Lachen ließ Sevy den Kopf herumreißen. Eine Vielzahl an düsteren, verformten Wesen huschte über die Schrägen. Sie erklommen das Haus, schwärmten aus und wieder zusammen. Eine der unheilvollen Gestalten – schlank und wendig – näherte sich ihm von oben. Ihre scharfen Krallen bohrten sich nur wenige Zentimeter von Sevys Händen entfernt in die Schindeln. Langsam schob die Kreatur den Kopf vor: ein mit kleinen Hornplättchen versehener Schädel, dessen Form Sevy an den einer Katze erinnerte. Kein einziges Haar befand sich auf dem schuppigen Haupt, die Augen schienen vollständig aus Iris zu bestehen und waren wie der Rest des Körpers durchgängig schwarz. Ohren ließen sich nicht erkennen und die Nase war äußerst flach: Sie verbreiterte sich stark zu dem schmallippigen Mund hin.

»Wir sehen uns wieder«, säuselte die Gestalt mit der Stimme von Brigitte. Ein unangenehmes Lächeln schlich sich in die unwirklichen Züge, dann spannte sich der Körper und das Wesen sprang über Sevy hinweg, um von der Dunkelheit und der Tiefe verschluckt zu werden.

Schwer atmend schaute Sevy um sich. Die Kreaturen schienen ihr Interesse an ihm verloren zu haben. Eine Ausgeburt der Hölle nach der anderen zog sich zurück.

Mühsam kletterte Sevy die Schräge hinauf, auf der Suche nach einem Zugang ins Haus. Ein solcher musste existieren: Wie sonst hätte er während seiner rätselhaften Hypnose auf das Dach gelangen können? Tatsächlich entdeckte er eine kleine Dachluke, aus der immer wieder ein Arm hervorkam, ihm zuwinkend. Vorsichtig näherte er sich der rettenden Öffnung. Als seine Beine darin verschwanden, stieß er vor Erleichterung den Atem aus.

Sich auf die Dielen des Dachbodens herablassend, versagten Sevy die Knie. Glücklich, wieder in Sicherheit zu sein, legte er sich der Länge nach hin und starrte mit geweiteten Augen durch die Luke hinauf in den Sternenhimmel. Es fiel ihm nicht leicht, den erlittenen Schock zu verarbeiten. So nah war er dem Tod noch nie gewesen.

Ein Gesicht schob sich in sein Sichtfeld, und gequält schloss Sevy die Augen.

»Unangenehme Typen, was?«, fragte Laval.

»Ziemlich«, stimmte Sevy ihm zu.

»Ich kann vor allem diese schwarzen Dinger nicht ab«, erklärte der Kobold. »Sie sind Wechselbalge, können jede

Gestalt annehmen. Vor allem nachts können sie einen leicht was vorgaukeln.«

»Hm«, meinte Sevy nur.

Kurz schwiegen beide, dann meinte Laval: »Deswegen solltest du nachts nicht vor die Tür gehen.«

»Ich bin nicht vor die Tür gegangen«, erwiderte Sevy. »Ich war auf dem Dach.«

Laval überlegte, sagte dann: »Dann solltest du nachts auch nicht auf das Dach gehen.«

Sevy seufzte und setzte sich auf.

Außer dem Kobold hatten sich um die vierzig weitere Geisterwesen eingefunden. Keines sprach ein Wort, aber alle sahen ihn neugierig an. Neben den verschrobenen Kobolden waren ein paar zwar gleich große, aber ungleich stämmigere und überdies bärtige Wesen anwesend. Unter der fast allumfassenden Haarpracht verbargen sich vermutlich Zwerge, mutmaßte Sevy. Außerdem saßen einige der fast durchsichtigen Feen auf den Dachbalken. Auch mehrere kleine, wie Kinder aussehende Pixies hatten sich eingefunden.

Pixies ... Auch seine Retterin auf dem Dach gehörte zu dieser Gruppe von Geisterwesen.

Vielmehr: Sie hatte dazu gehört ...

»Was ist mit der Pixie, die mich gerettet hat?«

»Die auf dem Dach?«, fragte Laval. »Die hat's hinter sich.«

»Sie ist tot?«, fragte Sevy, gleichermaßen schockiert von der Nachricht an sich, wie auch von der Leichtfertigkeit, mit der Laval ihm dies mitteilte.

»Ja. Dumm gelaufen.«

»Sie hat mich gerettet!«, erklärte Sevy bestürzt.

»Hm«, nickte Laval unberührt. »Auf dem Dach. Außerhalb des Hauses. Wo sie aufgrund Irvings Beschwörung nicht lange überlebt.«

»Aber warum?«

»Weil du auf das Dach gegangen bist.«

Das war zwar nicht, was Sevy gemeint hatte, aber er war bereits im Problemlösungsmodus.

»Kann ich nicht irgendetwas für sie tun?«

»Nicht aufs Dach ...«

Verärgert unterbrach Sevy den Kobold. »Ich hab's verstanden! Kann ich jetzt noch etwas für sie tun?«

»Nö, das hat sich erledigt. Sie muss nun ...« Laval brach ab, zeigte sich plötzlich doch bedrückt. Er schauderte, als er meinte: »Die Arme ... Wenn ich daran denke, was sie jetzt durchzumachen hat!«

»Durchzumachen? Ich dachte, sie ist tot?«

»Wiedergeburt«, erwiderte Laval. »Wenn ein Geisterwesen stirbt, muss es wieder ganz von vorne anfangen. Der ganze, lange, anstrengende Weg muss erneut zurückgelegt werden. Und das in der widerlichsten Lebensform, die es gibt.«

Fragend sah Sevy den Kobold an, auch wenn er die Antwort bereits zu kennen glaubte.

Bedeutungsschwer nickte Laval, eine theatralische Mitleidsträne aus dem Auge pickend. »Sie wird wieder ein Mensch.«

Kapitel 4: Die Ursache

Ein gedämpftes, doch stetes Geräusch weckte Sevy. Die Sonne stand längst am Himmel, ein schwacher Wind rüttelte sanft an den Fenstern. Bis auf das dumpfe Schlagen unter ihm herrschte Ruhe im Haus.

Während Sevy sich hinunter in das Erdgeschoss begab – dem Geräusch auf der Spur – fragte er sich, ob er die nächtlichen Erlebnisse vielleicht nur geträumt hatte. Oder war er tatsächlich auf dem Dach gewesen? Hatte sich wirklich eine Pixie für ihn geopfert?

Fast stolperte er über Heimlich, der launisch vor sich hin murmelnd an den Flecken auf den Küchenfliesen schrubbte. Sie waren verblasst, aber noch nicht vollständig verschwunden.

»Guten Morgen, Heimlich«, grüßte Sevy. »Was macht denn hier diese rumsende Laute?«

Schweigen. Heimlich gönnte ihm nicht mal einen Blick.

»Na gut, dann nicht.« Achselzuckend suchte Sevy sich ein gesprächigeres Geisterwesen.

»Hallo, Knut«, sagte er, den Kühlschrank öffnend.

Mühsam hob der Kobold die Lider, sah ihn aus blutunterlaufenen Augen an, stöhnte angewidert und drehte ihm den Rücken zu.

Hier litt wohl jemand unter einem ausgeprägten Kater.

»Da sollen sie mir ausnahmsweise mal etwas erzählen, und dann ignorieren sie mich alle«, murmelte Sevy verärgert.

»Unterhältst du dich öfter mit dir selbst?«

Sevy drehte sich um. Mittlerweile schaute er automatisch nach unten und entdeckte einen kleinen, massiven Mann, dem der graue und verfilzte Bart bis zum Bauch reichte. Vom Gesicht ließ die Behaarung gerade mal ein Drittel frei, nämlich die Augen, die Nase und einen vernachlässigbaren Teil der Wangen. Bekleidet war das Geisterwesen mit einem Blaumann, dessen übermäßig lange Hose die Füße verdeckte.

»Selbstgespräche sind ein Armutszeugnis, da ein Zeichen der Einsamkeit. Du solltest dir eine Partnerin suchen«, schlug der Zwerg vor.

»Danke, das sagt mir meine Mutter auch immer«, entgegnete Sevy säuerlich. »Deswegen jährt sich in wenigen Tagen mein letzter Besuch bei ihr.«

Er stellte sich vor: »Ich bin Sevy.«

»Jeremiah«, erwiderte sein Gegenüber, ihm die schwielige Hand reichend. »Entschuldige die anderen, sie werden sich erst gegen Abend erholt haben. Wir Zwerge sind dagegen deutlich trinkfester als der Durchschnittskobold.«

»Und was zeichnet euch darüber hinaus sonst noch aus?«, fragte Sevy skeptisch.

»Was meinst du?«

»Zwerge stehlen nicht etwa Schlüssel, tragen meine Unterwäsche oder sind verkappte Pyromanen?«

»Ach so«, lachte Jeremiah. »Nein, keine Angst.«

»Mein Gott«, seufzte Sevy erleichtert. »Es ist wirklich schön, hier mal jemanden zu treffen, der nicht vollkommen ... wie formuliere ich das am besten ...«

»Verrückt ist?«, schlug Jeremiah vor.

Sevy nickte dankbar.

»Nun, ich gebe mir Mühe, trotz der Situation und der Gesellschaft einen klaren Kopf zu behalten.«

»Eine große Leistung«, erkannte Sevy an. »Ich hoffe, ich schaffe das auch. Für Aldamor Fricks Einlieferung in die Irrenanstalt habt ihr nur wenige Monate gebraucht; es wäre verdammt ärgerlich, wenn mir Ähnliches blüht.«

»Tatsächlich werden die dafür benötigten Zeiträume immer kürzer – wir werden halt immer zahlreicher«, führte Jeremiah als Erklärung an. »Je mehr Geisterwesen, desto effektiver.« Bei dem letzten Wort verzog er abwertend das Gesicht. »Regelmäßig bekommt die Villa Geisterwesen-Neuzugänge, aber niemand verlässt sie wieder.«

Dann fügte er hinzu: »Von solchen Ausnahmen wie gestern mal abgesehen.«

»Du meinst ...?«

»Marla, die Pixie«, bestätigte Jeremiah.

Peinlich berührt sah Sevy auf einen Punkt rechts oberhalb von Jeremiahs Schulter, bevor er das Gespräch auf den Grund seines Erwachens lenkte:

»Woher kommt eigentlich dieses penetrante Wummern?«

Verwundert legte der Zwerg den Kopf schräg. Es dauerte einige Sekunden, bis auch er das Geräusch bewusst wahrnahm. »Ach ja ... So richtig bekommen wir das gar nicht mehr mit. Das ist nur Irving.« Er zeigte vage hinter sich, wedelte mit der Hand in Richtung des Flurs.

»Irving, der Schutzgeist von Alfons Herder, dem Erbauer der Villa?«, fragte Sevy, sich an Lavals Predigt erinnernd. »Er wohnt immer noch hier?« An diese Möglichkeit hatte er noch gar nicht gedacht.

Jeremiah nickte. »Er kann genauso wenig fort von hier, wie der Rest von uns. Daher ist er im Keller und bestraft sich dafür, dass er das Haus verflucht hat.«

»Gestern habe ich aber noch nichts gehört.«

»Das andauernde Rumsen ist seine übliche Dreingabe, wenn als Folge seines damaligen Fluches ein gutes Geisterwesen gestorben ist.«

Sevy traute sich nicht zu fragen, um was es sich bei der *Dreingabe* handelte.

»Willst du ihn kennenlernen?«, fragte der Zwerg. »Er ist zwar nicht sehr gesprächig, doch gehört sozusagen zur Grundausstattung der Villa.«

In dem aus Holz bestehenden Unterbau der Treppe war eine Tür eingelassen, die den Zugang zum Keller darstellte.

Das Untergeschoss zog sich über die gesamte Grundfläche des Hauses und bildete damit eine riesige Nutzfläche. Auch hier war alles leer, staubig, verkommen. Wenn oben vor ein paar Monaten letztmalig geputzt worden war, so mussten hier mehrere Jahre seit der letzten Reinigung vergangen sein. Spinnen und Ratten schienen sich überall häuslich eingerichtet zu haben; immer wieder nahm Sevy Bewegungen in den Schatten wahr.

Die Decke war niedrig, sodass Sevy geduckt ging. Außerdem musste er alle paar Meter seinen Kopf noch weiter einziehen, um bei dem Durchschreiten einer Tür keine schmerzhafte Bekanntschaft mit den feuchten Querbalken zu machen. Die Nässe dominierte die vielen Räume, und modrige Luft stieg ihm in die Nase.

Jeremiah schien sich gut auszukennen: Zielstrebig führte er Sevy durch eine Reihe von winzigen Räumen, die auf den neuen Hausbesitzer alle geradezu identisch wirkten.

Langsam nahm das monotone Geräusch an Lautstärke zu.

»Wir sind gleich da«, meinte Jeremiah, während er um eine weitere Ecke bog.

An einen Türrahmen gelehnt, entdeckte Sevy Laval. Der Kobold stand regungslos im Durchgang und schaute weg von ihnen, hinein in den angrenzenden Raum.

Als Sevy von hinten an den Kobold und den Zwerg herantrat, sog er leise die Luft ein. Der sich ihm bietende Anblick war alles andere als schön.

Auf dem nackten Erdboden des Verlieses – als etwas anderes konnte man den Raum nicht bezeichnen – lagen zwei Bretter, die allem Anschein nach als provisorisches Bett dienten. Damit hatte sich die Einrichtung des etwa drei mal drei Meter großen Raumes bereits erschöpft. Lebewesen schienen sich hier nicht freiwillig aufzuhalten, sah man von der gebeugten Gestalt ab, die vor einer Wand hockte und alle paar Sekunden ihren haarlosen Schädel gegen die Steine schlug. An der betreffenden Stelle glänzte die Mauer nässlich. Sevy wurde übel, als er realisierte, dass es sich bei der Feuchtigkeit nicht um Wasser handelte.

»Das ist Irving?«

»Genau der«, bestätigte Jeremiah leise.

Der Selbstbestrafung des Schutzgeistes nicht länger tatenlos zusehen wollend, zog Sevy kurz entschlossen den Pullover aus und ging auf den Kobold zu. Zwischen zwei Schlägen führte er sein Kleidungsstück zwischen Wand und Kopf ein.

Das darauffolgende Geräusch war leiser – und vor allem der damit einhergehende Schaden an Irvings Kopf geringer.

»Och, schade!«, meinte Laval, aus seiner Trance erwachend. »Da kann ich stundenlang zuschauen. Das hat so was ... Beruhigendes.«

»Beruhigend?« Abwertung lag in Sevys Stimme.

»Irgendwie schon. Bumm, Bumm, Bumm ...« Träumerisch wiegte Laval sich von rechts nach links. »Meditativ.«

Angewidert schüttelte Sevy den Kopf und wandte sich dann Jeremiah zu.

»Wie oft kommt denn so etwas vor?«, wollte er von dem Zwerg wissen. »Wie oft stirbt einer von euch?«

»Eher selten«, meinte Jeremiah. »Im Schnitt etwa zweimal pro Jahr.«

Von etwa gleicher Größe wie Laval, hatte Irving noch weniger auf den sich durch das zerschlissene Gewand abzeichnenden Rippen. Schuhe schien er nicht zu besitzen, zerschundene Füße blickten unter den Stofffetzen hervor.

»Warum gebt ihr ihm keine neue Kleidung?«

»Die will er nicht«, erwiderte Jeremiah.

Mitleid erfasste Sevy, als er den Kobold bei seiner Selbstgeißelung beobachtete. Mit verzerrtem Gesicht und geschlossenen Augen schien Irving nicht wahrzunehmen, dass er nicht länger allein war. Seine Stirn war geschwollen, Blut tropfte ihm ins Gesicht.

»Und das alles nur, weil er einen falschen Zauberspruch verwendet hat?«

»Immerhin hat er uns alle hier eingesperrt«, empörte sich Laval.

»Und seitdem ist er im Keller? Habt ihr ihn hier eingesperrt?«

»Nein«, beeilte Jeremiah sich zu widersprechen. »Es ist seine selbstauferlegte Strafe. Er verlässt diesen Raum nie.«

»Essen Geisterwesen nicht?«

»Nur wenn wir Lust haben«, erwiderte Laval. »Das Einzige, das wir zum Überleben brauchen, ist die regelmäßige Berührung eines anderen Lebewesens.«

»Ungefähr dreimal pro Tag«, fügte der Zwerg hinzu. »Sonst siechen wir dahin und sterben innerhalb weniger Tage.«

»Also kommt ihr regelmäßig hier herunter, um Irving zu berühren?«

»Wir wechseln uns ab«, erklärte Laval. »Ist keine wirklich beliebte Aufgabe.«

Vorsichtig fasste Sevy den im selbst gewählten Exil lebenden Kobold an der Schulter, versuchte ihn zu beruhigen. Doch Irving fuhr unaufhaltsam fort: Mal auf Mal schlug sein Kopf auf den nun rötlich verfärbten Pullover.

»Warum gerade sein Kopf?«, murmelte Sevy. »Wer weiß, welche Schäden er sich dabei zuzieht.«

»Er bestraft seinen Kopf, weil aus diesem damals der Spruch hervorgegangen ist«, sagte Jeremiah, der hinter Sevy getreten war. Hier, im Halbdunkel, mit dem Rücken zu dem dreckigen, niedrigen Fenster direkt unter der Decke, ließ sich überhaupt nicht mehr erkennen, dass der Zwerg sprach. Der Bart und die Schatten schluckten jeden sichtbaren Hinweis darauf. »Ab und zu weicht er aber auch auf andere Körperteile aus. Letztens war es sein Finger.«

»Was ist mit seinem Finger?« Als Sevy sich nach der Hand bückte, rutschte der Pullover von seiner Stelle an der Wand. Das übelmachende Geräusch von Kopf auf Stein kehrte zurück.

»Den hat er sich absichtlich gebrochen, als ein anderer von uns das Zeitliche gesegnet hat«, erklärte Jeremiah.

Sevy betrachtete den krumm verwachsenen Finger, während er den Pullover wieder in Position brachte. »Meintest du nicht, dass nur zwei Geisterwesen pro Jahr sterben? Der sieht aber noch ziemlich frisch aus, der Bruch.«

»Ja, richtig«, stimmte der Zwerg ihm zu. »Vor einer Woche haben Knut und Seitz Ball gespielt. Da ist der Ball aus der offenen Vordertür raus, und Seitz ist voller Elan hinterher. War eine etwas unüberlegte Aktion. Nur eine Wasserpfütze blieb.«

»Und der Ball ist auch weg!«, regte sich Laval auf.

Überraschend stellte Irving seine Selbstbestrafung ein. Einige Sekunden starrte er noch die Wand an, dann sah er sich mit trüben Augen in seinem Verlies um, abwechselnd die drei

Besucher anblickend. Er wankte leicht, schien unter Gleichgewichtsstörungen zu leiden.

»Hallo, ich bin der neue Hausbesitzer«, stellte Sevy sich vor, zaghaft die Hand ausstreckend.

Ein gequältes Lächeln trat auf Irvings Lippen. »Lasst ihr mich allein?«

»Nein, wir können auch hierbleiben«, beeilte Sevy sich anzubieten.

»Ich will aber allein sein.«

»Ach so ... Sicher«, murmelte Sevy. »Sicher.«

Verunsichert richtete er sich auf und ging zur Tür. Zu gerne hätte er dem Kobold Trost gespendet, noch etwas Beruhigendes gesagt – doch ihm fiel nichts Passendes ein. So verließ er schweigend den Raum. Laval und Jeremiah folgten ihm.

»Ach, übrigens, Jeremiah?«, fragte Laval, kaum, dass sie die Ecke umrundet hatten, »Hast du mitbekommen, dass Manka heute Morgen verschwunden ist? Den hat's wohl auch erwischt.«

Fast augenblicklich setzte hinter ihnen das Geräusch von Kopf auf Stein wieder ein.

»Vielen Dank, Laval«, fuhr Sevy ihn an. »Hättest du damit nicht warten können, bis wir oben sind!«

»Irving bekommt es so oder so mit«, verteidigte Jeremiah überraschenderweise den Kobold. »Früher oder später.«

Scharf attackierte Sevy weiter den unbeteiligt dreinschauenden Laval: »Trotzdem! Für Mitgefühl scheint es in deinem Erbsenhirn wohl keinen Platz zu geben?«

»Hey!«, beschwerte Laval sich.

»Sonst noch schlechte Neuigkeiten, mit denen du uns den Tag versauen kannst?«

Der Kobold überlegte, schüttelte dann den Kopf. »Nein, tut mir leid. Vielleicht später.«

Ihm wurde eine weitere Zurechtweisung erspart, als ein Klingeln an der Haustür die Auseinandersetzung unterbrach. Gedämpft tönte das Summen bis in den Keller.

Alle drei verharrten.

»Ist das einer von euch?«, fragte Sevy.

»Da wir das Haus nicht verlassen können, wage ich das zu bezweifeln«, erwiderte Jeremiah.

»Ach ja, richtig.«

»Das wird die Frau sein«, meinte Laval.

»Die Frau? Welche Frau?«

»Die vor ein paar Stunden mit dem Auto gekommen ist.«

Sevy atmete scharf aus. »Habe ich dich nicht gerade gefragt, ob es Neuigkeiten gibt?«

»*Schlechte* Neuigkeiten«, betonte Laval. »Du hast nach schlechten Neuigkeiten gefragt. Sind Frauen denn schlechte Neuigkeiten?«

»Das lässt sich so pauschal nicht beantworten«, murmelte Sevy, seinen Ärger nur langsam überwindend.

Mit großen Schritten durchquerte er die Kellerräume, eilte mehrere Treppenstufen auf einmal nehmend seinen Begleitern voraus und erreichte so als Erster das Erdgeschoss – nur um auf dem Weg zur Haustür fast über einen Kobold zu stolpern. Mit einem Ausfallschritt dem Geisterwesen einige hässliche Verletzungen ersparend, stieß er um ein Haar die Kommode um. Leise fluchend wandte er sich dem mit freudiger Miene im Flur stehenden Wesen zu. Es schien jünger als Laval und noch nicht ganz so verschroben. Außerdem befand sich die Robe des Kobolds in einem noch annehmbaren Zustand.

»Ich soll dir etwas ausrichten.« Glücklich über seinen wichtigen Auftrag sah der Kobold den Menschen an.

Es klingelte erneut.

Leichte Kopfschmerzen kündigten sich an, als Sevy nach weiteren schweigend verbrachten Sekunden nachfragte: »Und *was* sollst du mir ausrichten?«

»Oh …« Mit dieser Frage hatte das Wesen anscheinend nicht gerechnet. Er tippte sich mit dem Finger auf die Stirn, den Denkprozess unterstützend. »Irgendwas mit dreimal am Tag … Und jemand soll ausziehen.«

»Laval?«, hoffte Sevy.

Doch der Kobold zuckte nur die Schultern und schlurfte davon.

Der festen Überzeugung, dass ein Kobold und ein Stück Holz ähnlicher Größe in etwa den gleichen Intelligenzquotienten aufweisen dürften (als Mitbewohner bevorzugte er dabei eindeutig das Stück Holz), öffnete Sevy die Tür.

Kapitel 5: Besuch

Gewohnt, das Antlitz der Hausbewohner in einer Höhe von etwa einem Meter anzutreffen, war Sevy irritiert, als er dort die leichte Wölbung eines Bauches unter einem T-Shirt erblickte.

»Hallo«, begrüßte ihn die Frau. Auch sie schien überrascht. »Sie sind nicht Aldamor Frick, oder?«

»Nein, Sevy Lemmots.« Sich an seine guten Manieren erinnernd, reichte er ihr die Hand.

Ihr Griff war trotz der feinen Finger fest und selbstbewusst. Diese Beschreibung traf beim zweiten Blick auf ihre ganze Erscheinung zu. Glatt nach hinten gebundenes, braunes Haar und eine sportliche Figur. Insgesamt eine ansprechende Erscheinung, wenn auch nicht im herkömmlichen Sinne hübsch. *Interessant* war der passende Ausdruck.

»Freut mich. Ich heiße Annabel Beruze. Und eigentlich wollte ich zu …«

»Aldamor Frick«, vervollständige Sevy den Satz. »Der wohnt hier nicht mehr. Er ist … nun, sagen wir, er ist vor Kurzem umgezogen.«

»Ärgerlich!« Enttäuscht verzog die Frau das Gesicht. Die etwas zu große Nase runzelte sich leicht.

»Vielleicht kann ich Ihnen weiterhelfen?«

»Das glaube ich nicht«, erwiderte sie, lächelte dann. »Außer Sie malen ähnlich gute Bilder wie er.«

»Ich gebe mir zumindest Mühe.«

»Ach, Sie malen wirklich?«

»Genau genommen handelt es sich dabei sogar um meinen Beruf.«

Interesse ließ Annabels Gesicht aufleuchten. »Zeigen Sie mir Ihre Arbeiten?«

»Nun ...«, zögerte er. »Eigentlich bin ich hier noch nicht zum Malen gekommen. Gestern erst eingezogen, wissen Sie. Und seitdem war ich irgendwie beschäftigt.«

Sie sah an ihm vorbei. »Da will wer was von Ihnen.«

Er folgte ihrem Blick. Der Kobold, der ihn vorhin auf dem Weg zur Tür abgefangen hatte, stand hinter ihm.

»Sie können ihn auch sehen?«, wandte Sevy sich erstaunt an Annabel.

»Den Kobold? Sicher.«

Das Geisterwesen hielt Sevy ein Zettel hin, den er schnell überflog.

»Wer hat dir den gegeben?«

»Ich habe ihn nicht gesehen«, erwiderte der Kobold. »Er stand draußen und hat den Zettel unter der Hintertür hindurch geschoben.«

»Hat er mit dir gesprochen?« Als der Kobold nickte, hakte Sevy nach: »Was hat er gesagt?«

Der Bote überlegte – lange – und kam schließlich zu einem Ergebnis: »Ich glaube er meinte, dass ich ein Idiot bin, weil ich mir nicht mal zwei Sätze über den Zeitraum einer Viertelstunde merken kann.« Er nickte. »Genau. Und dann hat er mir den Zettel zugeschoben.«

Annabel lachte laut auf. Ein unbeschwertes, klares Lachen. »Leider nicht wirklich intelligent, diese Kobolde.«

»Nicht wirklich intelligent, ist noch ziemlich freundlich ausgedrückt«, erwiderte Sevy, den Zweizeiler erneut überfliegend. In einer geschwungenen Handschrift stand geschrieben:

Jeden Tag sterben drei Geisterwesen.
Bis der Mensch Sevy auszieht.

»Ich gehe dann mal«, meinte der Kobold und schlurfte davon.

»Sicher«, murmelte Sevy. »Ach so … wie heißt du überhaupt?«

»Wieso?« Argwohn zeigte sich in seinen Zügen.

»Nur damit ich weiß, wer mir hier die Hiobsbotschaften überbringt.«

»Woher weißt du, dass der Zettelschreiber Hiob heißt?«

»Vergiss es!«, stöhnte Sevy, während Annabel erneut auflachte.

»Du weißt nicht, was ich durchmachen musste«, sagte er zu ihr, unbewusst die persönliche Anrede benutzend. Sie korrigierte ihn nicht. »Innerhalb von vierundzwanzig Stunden wurde ich beklaut, bin fast vom Dach gefallen, habe indirekt eine Mitschuld an dem Tod einer Pixie und werde nun auch noch erpresst.«

»Fleißig, diese Geisterwesen«, erwiderte sie, doch ihr Gesicht sah betreten aus. »Was genau ist denn passiert?«

»Lange Geschichte«, stöhnte er. »Möchtest du erst mal hereinkommen?«

»Gern. Ich gehe nur schnell mein Auto abschließen.«

»Das dürfte hier kaum nötig sein.«

»Trotzdem.« Sie lächelte entschuldigend. »Mein VW-Bus ist so etwas wie mein mobiles Zuhause.«

Kaum war sie aus seinem Sichtfeld verschwunden, rief Sevy nach Laval. Einige Sekunden später zeigte sich der Kobold, aus dem ersten Stock kommend.

»Ist dir eigentlich klar, dass ich nicht dein persönlicher Sklave bin?«, fragte Laval.

»Habe ich dir gerade in irgendeiner Art und Weise Befehle erteilt?«

»Der Tonfall macht die Musik«, meinte Laval, die Unterlippe beleidigt vorschiebend, was aufgrund des fliehenden Kinns nur halb gelang. Klagend fügte er hinzu: »Du nimmst mich einfach nicht ernst.«

Sevy verkniff sich einen bissigen Kommentar und fragte stattdessen: »Doch, gerade deswegen habe ich dich herbeigerufen. Möchtest du dich ausnahmsweise mal sinnvoll betätigen?«

»Nicht unbedingt.«

Den Einwand überhörend, bat Sevy: »Tu‘ mir bitte den Gefallen und schau, ob jemand fehlt.

»Von den Geisterwesen?«

»Nein, von deinen Gehirnzellen.«

»...?«

»Ja, von den Geisterwesen«, kam Sevy weiteren Verwirrungen zuvor.

»Nun, Marla fehlt. Du hast sie gestern umgebracht.«

»Danke, daran erinnere ich mich noch. Ich meinte auch vielmehr …«

»Manka fehlt auch.«

Sevy stöhnte. »Schau einfach nach, ob seit heute Morgen noch jemand anders abhandengekommen ist, okay?«

An Lavals Gesichtsausdruck konnte Sevy erkennen, dass der letzte Satz nicht mehr registriert worden war. Nachdenklich sah der Kobold an ihm vorbei, meinte dann kritisch: »Sie sieht besser aus als du.«

Sevy drehte sich um, gerade als Annabel die Villa betrat. »Das hat zwar nichts mit deiner Aufgabe zu tun, aber recht hast du trotzdem«, erwiderte er.

»Und tanzen kann sie bestimmt auch besser als du.« Der Kobold prustete laut, Sevy wieder seine ungeteilte Aufmerksamkeit zukommen lassend. »Du hättest dich gestern auf dem Dach mal rumhüpfen sehen sollen!« Übertrieben fuchtelte er mit Armen und Beinen in der Gegend herum.

»Ja, eine Schande, dass ich mir nicht dabei zusehen konnte, wie ich fast zu Tode gestürzt bin«, erwiderte Sevy grimmig.

Laval pickte sich eine Träne aus dem Augenwinkel. »Ja, wirklich schade.«

»Gehst du jetzt nachschauen?«, erinnerte Sevy ihn an seine Aufgabe.

»Nachschauen?«

Kurz vor dem Nervenzusammenbruch erkläre Sevy sein Anliegen erneut und lediglich Annabels Anwesenheit hielt ihn davon ab, den Kobold langsam und qualvoll zu erwürgen.

Am Küchentisch hatten sie sich mit einer wärmenden Tasse Tee vor dem erstaunlich kühlen und windigen Julitag verkrochen.

Annabel hatte es tatsächlich geschafft, dass Sevy über einen kurzen Zeitraum hinweg die unwillkommenen Mitbewohner seines Hauses mehr oder weniger vergessen konnte. Zwar hatte Knut regelmäßig aus dem (mittlerweile ausgeschalteten) Kühlschrank hervorgelugt, und auch Laval war hin und wieder vorbeigekommen. Dennoch hatte sich bei Sevy eine gewisse Gelassenheit eingestellt. Sogar als Laval versucht hatte, Annabels Schlüssel in seinen Besitz zu bringen, war Sevys Blutdruck kaum angestiegen. Wobei dies auch an Annabels Geschicklichkeit liegen mochte: Sie hatte dem Kobold nicht den Hauch einer Chance gegeben. So hatte Laval sein Anliegen schließlich aufgegeben – und sich stattdessen auf die Suche nach Sevys Schlüsselbund gemacht. Erneut hatte Sevy ihn daran erinnern müssen, sich nach dem Verschwinden von Geisterwesen zu informieren. Wie schon bei den beiden Malen zuvor hatte Laval zuerst ernst genickt und dann doch etwas ganz anderes gemacht.

Das war vor etwa einer Stunde gewesen.

»Und wie kannst du dir das leisten?«, wollte Sevy wissen. Gerade hatte die junge Frau ihm erzählt, dass sie leidenschaftlich Kunst sammelte. Mit ihrem fahrbaren Wohnsitz fuhr sie von Stadt zu Stadt und besuchte die Künstler persönlich.

»Sagen wir: Ich habe geerbt.«

»Geht mich auch nichts an«, meinte Sevy. »Ich dachte nur, du hättest vielleicht einen aufregenden Job.«

»Nein«, sie schüttelte den Kopf. »Keinen Job momentan.«

»Arbeit kann ich das, was ich tue, wohl auch nicht immer nennen«, gab Sevy zu. »Nicht selten muss ich tatenlos darauf warten, bis die Muse mich küsst. Ohne Inspiration keine Kunst.« Er lachte. »Aber dieses Problem sollte sich hier erledigt haben.«

Ihr Blick forderte ihn zu einer Erklärung auf.

»Inoffiziell heißt dieses Haus die Musen-Villa«, erklärte er. »Vor mir haben drei Künstler hier gewohnt. Die Zeit in der Villa entsprach für jeden Einzelnen der produktivsten Schaffensphase. Man schreibt dies dem Anwesen zu. Die Künstlerwelt scheint sich sicher, dass jeder, der hier wohnt und arbeitet, mit seiner Kunst reich und berühmt wird. Zumindest kurzzeitig.« Er zuckte die Schulter. »Auch deswegen bin ich hier eingezogen.«

»Auch?« Ein amüsiertes Glänzen trat in ihren Augen.

»Ausschließlich«, gab er zu. Dann schnupperte er und sah sich um. »Riecht es hier verbrannt?«

»Könnte sein«, stimmte Annabel zu. »Ja, du hast recht.«

Beunruhigt stand Sevy auf und ging dem Geruch nach. »Der Wasserkocher«, identifizierte er den Übeltäter. »Ich habe wohl vergessen, ihn auszuschalten.«

An den Tisch zurückkehrend, rief er nach Laval.

Erstaunlich schnell kam der Kobold herbei und verbeugte sich bis auf den Boden. »Du hast gerufen, Meister Lemmots?« Er faltete die Hände in unterwürfiger Erwartung eines Befehls.

Als Annabel laut lachte, konnte sich auch Sevy ein Lächeln nicht ganz verkneifen. »Wie lang freust du dich denn schon auf diese Darbietung?«

»Seit fast einer Stunde«, grinste der Kobold, wieder eine normale Position einnehmend.

»Hast du etwas herausgefunden?«

»Was denn?«

Sevy hatte keine andere Antwort erwartet. »So bringt das nichts«, stöhnte er. »Wo ist Jeremiah?«

Stumm zeigte Laval hinter sich.

»Könnest du ihn bitte für mich rufen?«

Mit einem genervten Seufzen begab Laval sich auf die Suche nach dem Zwerg. Gerade wollte Sevy sich erneut über den Kobold aufregen, als ein Geräusch ihn aufhören ließ.

»Klick!«

Der Wasserkocher leuchtete auf. Sevy schaltete das Gerät ab und zog den Stecker. »Wahrscheinlich noch einer von denen«, meinte er.

»Die können einen in den Wahnsinn treiben mit ihren Aufgaben«, sagte Annabel. »Ich habe in meinem Auto auch ein paar Kobolde. Einer dreht mir dauernd den Tankdeckel ab, ein anderer verstellt alle paar Sekunden die Spiegel.«

Ein Geräusch an der Steckdose war zu vernehmen, dann erneut ein »Klick!«.

»Würdest du bitte damit aufhören?«, verlangte Sevy, auf den Übeltäter zugehend.

Der Kobold unterschied sich von Laval und Knut vor allem durch ein etwas schmaleres Gesicht. Außerdem wuchsen einige wenige Haare auf dem runzligen Schädel. Er nickte schuldig.

Sevy drehte sich wieder um.

»Klick!«

»Jetzt reicht's!« Wütend griff Sevy nach dem Wasserkocher und stellte ihn zwischen sich und Annabel auf den Tisch.

»Man gewöhnt sich an sie«, beruhigte sie ihn.

»Es sind einfach zu viele ...«

»Kobolde?«, fragte der die Küche betretende Jeremiah, den weitab seines üblichen Standortes stehenden Wasserkocher richtig deutend.

»Das ist Annabel«, stellte Sevy seinen Besuch vor. »Annabel, Jeremiah. Einer der wenigen intelligenten Lebensformen im Haus.«

»Zwerge sind grundsätzlich ziemlich schlau«, meinte sie, Jeremiah lächelnd die Hand reichend.

In wenigen Worten erklärte Sevy dem Zwerg, was er Laval aufgetragen hatte. Doch im Gegensatz zu dem Kobold brauchte Jeremiah nicht nachzuforschen. Er kannte die Antwort bereits:

»Heute Morgen ist Manka verschwunden, das weißt du bereits. Anscheinend ist auch Nema seit einer Stunde nicht mehr gesehen worden.«

Sevy sah auf seine Uhr. »Dann wäre sie so gegen eins verschwunden.« Seine Miene drückte Bestürzung aus. »Anscheinend handelt es sich nicht um eine leere Drohung.«

»Welche Drohung?«, fragten der Zwerg und die Frau unisono.

Schweigend legte Sevy die von dem Kobold im Flur bekommene Nachricht auf den Tisch.

»Denkst du wirklich, das meint der Verfasser ernst?«, fragte Annabel, nachdem sie die zwei Zeilen gelesen hatte. »Vielleicht versuchen ein paar Kobolde, dich hereinzulegen.«

»Dazu fehlt ihnen der Grips«, urteilte Sevy, bevor er die Namen der Vermissten wiederholte: »Manka und Nema ... Was sind – oder waren – sie für Wesen?«

»Nema war ein Kobold und Manka war ein Leprechaun«, sagte Jeremiah. »Aber warum sollte jemand Geisterwesen töten? Und wie? Und was bringt es ihm oder ihr, wenn du ausziehst?«

Zumindest auf die erste Frage glaubte Sevy die Antwort zu kennen: »Ich dachte, diese bösen Geisterwesen wollen euch töten. Laval meinte, dass sie es schon immer auf euch abgesehen hätten. Ist das nicht richtig?«

Der Zwerg zuckte die Schultern. »Schon ... Böse und gute Geisterwesen liegen immer im Clinch. Allerdings bedeutet das nicht immer direkt Mord und Totschlag. Die große Ansammlung von guten Geisterwesen hier im Haus scheint ihnen zwar ein

Dorn im Auge zu sein, aber sie schienen sich mit der Situation in den letzten Jahren eigentlich abgefunden zu haben. Wir leben seit längerer Zeit quasi in einer Pattsituation. Wir können nicht raus und sie können nicht rein – zumindest, solange du als Mensch und Hausbesitzer sie nicht ausdrücklich einlädst.«

»Ich habe sie gestern Abend kennengelernt«, meinte Sevy zu Annabel. »Sie haben mich irgendwie hypnotisiert. Fast wäre ich vom Dach gesprungen.«

»Gefährliche Wesen«, stimmte sie ihm zu. »Zumindest potenziell. Wo die guten Geisterwesen bloß zu Verärgerungen, aber auch Freude beim Menschen führen, können böse Geisterwesen Depressionen, Furcht, Panik und sogar Tod bewirken. Nicht nur bei Menschen, sondern auch bei anderen Geisterwesen.« Sie sah auf Jeremiah und dann auf ihre Uhr. »Sevy, danke für die Gastfreundschaft, aber ich habe noch ein paar Dinge zu erledigen und muss mich auf den Weg machen.«

»Klar«, erwiderte er. »Es war schön, wieder mit einem Menschen Umgang zu haben.« Spontan fragte er Annabel, ob sie nicht an einem gemeinsamen Abendessen Interesse hätte.

»Gerne«, nahm sie die Einladung an.

»In der Hoffnung, dass die bösen Geisterwesen nicht wieder mit der Dunkelheit Einzug halten.«

»Sie sind nicht an die Nacht gebunden«, gab Annabel zu bedenken, bereits auf dem Weg zur Tür. »Auch am Tag können sie unterwegs sein, aber in der Nacht sind Menschen einfacher beeinflussbar. Vor allem, wenn sie schlafen.« Sie hielt inne. »Wo war denn eigentlich gestern Nacht dein Schutzgeist?«

»Mein ...« Mit großen Augen sah er Annabel an. Sie hatte Recht: So wie Irving für Aldamor Frick da gewesen war, musste auch Sevy einen Schutzgeist haben. Doch wo war dieser gewesen, als Sevy auf dem Hausdach akuter Lebensgefahr ausgesetzt gewesen war? Er sah Jeremiah an.

»Frag ihn selbst«, erwiderte der Zwerg. »Yves ist im Wohnzimmer.«

»Du hast geschlafen?«

Ungläubig starrte Sevy auf die knochige Gestalt, die sich reckte, sich den Schlaf aus den Augen rieb und ihn dann betreten ansah.

»Wie konntest du seelenruhig träumen, während ich fast das Zeitliche gesegnet habe?«

»Die Party ...«, meinte Yves entschuldigend.

»Ich bin fast vom Dach gefallen!«

»Passiert nicht wieder«, meinte das Heinzelmännchen geknickt. Das fast menschliche Gesicht schien überproportional groß im Vergleich zu dem mickrigen Körper. Während Yves ähnlich hässlich wie Heimlich war, machte er immerhin einen nicht ganz so ungepflegten Eindruck.

Kopfschüttelnd verließ Sevy das Wohnzimmer und stand einen Moment unschlüssig im Flur. Ein Blick auf die Uhr, und er beschloss, die für das gemeinsame Abendessen benötigten Lebensmittel zu besorgen. Eine kurze Pause von der Musen-Villa würde ihm gut tun. Jeremiah würde in der Zwischenzeit ein Auge auf die anderen Geisterwesen haben.

Als Sevy gegen vier erneut die Villa erreichte, nahmen neben den Einkäufen vor allem seine Malutensilien den Großteil seines Autos ein. Er hatte einen Umweg in Kauf genommen, nur um in seiner alten Wohnung die restlichen Arbeitsmittel zu holen. Annabel hatte ihm den letzten notwendigen Impuls gegeben, seinem Beruf mit neuer Energie nachzugehen. Noch heute wollte er wieder den Pinsel über die Leinwand führen. Vielleicht konnte er ihr bis zum Abend sogar einen ersten Erfolg präsentieren?

Während er auf die Villa zuhielt, betrachtete Sevy neugierig den rechts vom Haus parkenden VW-Bus. Die Farbe – ein schmutziges Gelb – ließ das Auto alt und verbraucht wirken. Den Gardinen in den Fenstern und den vielen Aufklebern auf dem verblichenen Lack war es zu verdanken, dass das Fahrzeug trotz seines Zustandes einen insgesamt freundlichen Eindruck hinterließ.

Die Augen auf den Bus gerichtet und nach Annabel Ausschau haltend, sah Sevy den Zettel an der Haustüre erst, als er aufschließen wollte.

Zwei sind bereits tot.
Der/die Nächste folgt bald ...

Verunsichert betrat Sevy den Flur. In der Küche traf er auf Jeremiah, der von der Nachricht noch nichts wusste.

Dafür war sie Knut bekannt.

»Ich habe sie gelesen«, meinte der Kobold, mit der Zunge über die Zähne fahrend. Stückchen weißer Farbe blätterten ab und verteilten sich in seinem Mund.

»Wo? An der Haustür?«

Knut verneinte. »Ich habe sie bekommen. Danach habe ich sie an Merlin weitergegeben. Der muss sie dort angetackert haben.«

»Von wem hast du sie bekommen?«

Natürlich hatte Knut dies vergessen.

»Laval!«, rief Sevy, verärgert über das schlechte Erinnerungsvermögen der Kobolde im Allgemeinen und über Knut im Speziellen.

Laval kam herbeigerannt, schlug die Hacken gegeneinander und führte die Hand salutierend an den Kopf. »Jawohl, mein Führer?«

»Sehr witzig!«, meinte Sevy säuerlich. »Hast du diesen Zettel schon mal gesehen?«

Der Kobold schaute auf das Stück Papier, ging in sich, überlegte und kam schließlich zu einem Ergebnis. »Ja.«

»Wann?«

»Schon ein wenig länger her. Da habt ihr beide in der Küche gesessen. Ich habe ihn bekommen.«

»Das war vor etwa drei Stunden!«, regte Sevy sich auf.

»Ich habe keine Uhr.«

Sevy schluckte und atmete durch. »Von wem hast du den Zettel bekommen?«

»Ich habe ihn Knut gegeben«, sagte Laval, als ihm keine Antwort auf Sevys Frage einfiel.

»Schön. Und wieso?«

»Das wurde mir so aufgetragen.«

»Von wem?«

Schweigen.

»Okay«, seufzte Sevy. »Ich hätte gerne, dass du versuchst, dich an heute Nachmittag zu erinnern. Fangen wir in der Küche an. Dort hast du zuerst versucht Annabels Schlüssel zu stehlen. Erinnerst du dich daran?«

Glücklich nickte der Kobold. »Schöne Zeiten.«

»Sicher, wie auch immer … Und jetzt machst du Schritt für Schritt das Gleiche, was du dann getan hast. Gehe in die gleichen Räume, versuche dich an die Wesen zu erinnern, denen du dort begegnet bist.«

Laval hatte bei jedem Teilsatz genickt, was jedoch nicht viel bedeuten musste.

»Hast du alles verstanden?«, überzeugte Sevy sich daher.

»Ja.«

»Dann los!«

Einen Moment lang zögerte Laval noch, dann drehte er sich um und ging zum Tisch. Er hielt kurz an dem einfachen Holzstuhl, auf dem Annabel gesessen hatte, ging um den Tisch herum und bedeutete Sevy sich zu setzen. Dann griff er ihm in die Hosentasche, nach den Schlüsseln suchend.

Bestrafend schlug Sevy ihm auf die Hand.

»Ja, genau so war es«, überlegte Laval, seine schmerzenden Finger betrachtend. Konzentriert begab er sich zur Tür, hielt jedoch vorher an und bückte sich. »Hier habe ich diese tote Kakerlake bestaunt«, meinte er, den Kadaver zwischen Tür und Wand hervorziehend. »Dann habe ich sie wieder zurückgelegt.« Er tat es, tippte mit dem Finger, der gerade noch die Tierleiche berührt hatte, auf die Unterlippe und überlegte. »Und dann bin ich nach oben gegangen.«

Damit verschwand er aus der Küche.

»Melde dich sofort zurück, wenn du dich an den Zettelüberbringer erinnerst«, rief Sevy ihm hinterher. Dann schüttelte er den Kopf. Große Hoffnungen hatte er nicht.

Die nächsten zwei Stunden verbrachte Sevy mit dem Einrichten seines Ateliers, wofür er den Raum neben seinem Schlafzimmer auserkoren hatte. Letzteres war hinten rechts im Haus verortet. Das Atelier lag dagegen nach Westen und nach Süden, ebenso auf der rechten Seite der Villa, direkt oberhalb des Wohnzimmers, und verfügte somit über ausreichend Tageslicht.

Längst hatte er Staffelei und Leinwand arrangiert, Farbe und Pinsel lagen griffbereit. Nun war es endlich soweit: Er wollte sich nach einigen Tagen kreativer Pause wieder in die Arbeit stürzen.

»Nein«, zögerte er den Moment heraus. Die Kunst musste mit unbeschwertem Geist betrieben werden und noch gab es Probleme, die ihn beschäftigen. Unter anderem schien es ihm ein mehr als unheilvolles Zeichen, dass er seit dem Gespräch in der Küche nichts von Laval gehört hatte. Nach den letzten vierundzwanzig Stunden war diese Ruhe zwar eine willkommene Abwechslung, aber die dem Kobold zugeteilte Aufgabe war wichtig.

Vollständige Stille herrschte in der Villa. Vermutlich lag dies daran, dass alle schliefen. Wie ihm Annabel erzählt hatte, war der normale Tageszyklus der meisten Geisterwesen genau dem der Menschen entgegengesetzt.

»Laval?«

Dieses Mal bekam Sevy keine Antwort. Auch als er erneut nach dem Kobold rief, ließ dieser sich nicht blicken. Die Nervensäge konnte die Villa nicht verlassen – oder nur ein einziges Mal ... Ein hämisches Grinsen konnte Sevy sich nicht verkneifen, auch wenn ihm dies bereits im nächsten Moment leidtat. Der Kobold konnte nichts für seine Mängel. Er verdiente zu leben wie jedes andere Wesen auch.

Sich in sein Schicksal fügend, legte Sevy den Pinsel beiseite und seufzte. Kam der Berg nicht zum Propheten, ging der Prophet eben zum Berg. Es stellte sich nur die Frage, wo er seine Suche nach der wandelnden Plage beginnen sollte.

Man musste immer die richtige Frage stellen, wusste Sevy. Und die war in diesem Fall: Was interessiert den Kobold?

»Meine Schlüssel und meine persönlichen Habseligkeiten im Allgemeinen«, murmelte er.

Unverzüglich begab Sevy sich in sein Schlafzimmer.

Friedlich schlafend lag Laval in Sevys Bettdecke eingewickelt. Das Gesicht entspannt, schien nichts auf der Welt ihn betrüben zu können.

Unsanft rüttelte Sevy den Kobold wach.

»Was?«, fragte Laval verwirrt.

»Du wolltest herausfinden, was du heute getan hast«, erinnerte Sevy ihn. »Von schlafen war nicht die Rede!«

»Nun«, erwiderte Laval, langsam zu sich findend, »Ich versuche doch gerade herauszufinden, was ich getan habe!«

»Wie …«, begann Sevy, doch Laval fiel ihm ins Wort:

»Nachdem ich heute Mittag bei dir und Annabel in der Küche war, bin ich hoch, um nach anderen Schlüsseln zu suchen. Daher habe ich in deinen Sachen gewühlt.« Er richtete sich auf und sah Sevy eindringlich an: »Neue Socken wären übrigens angebracht …«

»Weiter«, verlangte Sevy.

»Dann habe ich deine Unterhosen versteckt und an dem Apfel dort geleckt …« Er zeigte in Richtung des Fensterbretts, auf dem das Stück Obst lag. »Danach habe ich mich zu einem Nickerchen auf dein Bett gelegt.«

Angewidert fragte Sevy: »Warum leckst du an meinem Apfel?«

Laval beantwortete diese Frage mit einem leeren Blick.

»Und dann?«, fügte sich Sevy.

»Ach so, richtig. Jetzt geht's weiter«, freute Laval sich. Er schien richtig Spaß an seiner Spurensuche zu haben. »Mal schauen ... Nach dem Nickerchen habe ich das Wasser aus deinem Glas getrunken ...«

»Aber es ist noch drin«, protestierte Sevy.

» ... und es wieder zurückgespuckt«, fuhr Laval fort, bevor er die Prozedur vor Sevys ungläubigen Augen wiederholte.

Der Kobold wischte sich ein paar Wassertropfen von den Lippen und verließ das Zimmer mit den Worten: »Dann bin ich ins Erdgeschoss zurück, um Heimlich zu ärgern.«

Sevy schüttete die Flüssigkeit aus dem Fenster.

Dann warf er das Glas hinterher.

Kapitel 6: Musen

Während Laval auf den Spuren seiner jüngsten Vergangenheit wandelte – gemäß seines ausdrücklichen Wunsches bevorzugt allein –, griff Sevy nach Pinsel und Ölfarbe.

Der Moment war gekommen: Er würde malen.

Der Kopf war leer, doch kaum konzentrierte er sich auf die vor ihm liegende Arbeit, begannen die Ideen zu sprudeln. Genau genommen brachen sie einem Sturzbach gleich über ihn herein: Bilder, Farben, Impressionen – alles wirbelte durch seinen Kopf. Sie warteten bloß darauf, von ihm in die physikalische Welt übertragen zu werden.

In ungezügelter Hast führte er den Pinsel über die Leinwand, die Befürchtung nicht abschütteln könnend, die vielen Ideen nicht schnell genug auf dem Tuch festhalten zu können. Doch sie blieben und verfestigten sich.

»Musen-Villa«, murmelte er. »Du hältst dein Versprechen!«

Tatsächlich schien etwas in diesem Haus die Fantasie zu beflügeln. Die Inspiration schien unerschöpflich, die Produktivität war ungekannt. Schneller als jemals zuvor nahm das Bild Form an. Zielgerichtet bannte Sevy das Motiv auf die Leinwand.

»Das gefällt mir ganz gut«, murmelte eine Stimme. »Besser als das von dem letzten Typen.«

»Handwerklich ist er nicht schlecht, aber ein wenig wild ist das Bild schon«, relativierte eine zweite Stimme.

Sevy versuchte die Kommentare zu ignorieren und widmete sich weiter seiner Kunst.

»Ich verstehe nur das Motiv nicht«, fuhr die erste Stimme fort. »Warum ist dieser Mensch dort nur so groß wie der Baum daneben?«

»Ich glaube, das heißt Perspiration, oder so«, schlug die zweite Person vor.

»Ach so … Und warum haben die beiden Menschen dort das Hinterteil eines Pferdes auf den Schultern?«

»Das sind zwei Gesichter in der Seitenansicht!«, brach Sevy aufgebracht sein Schweigen. »Und es heißt *Perspektive*!«

»Ah!«, tönte es unisono von den beiden Pixies, die hinter Sevy Position bezogen hatten. Wie die verstorbene Marla trugen sie hohe, spitz zulaufende Hüte. Die darunter hervorlugenden Gesichter waren denen von Kleinkindern ähnlich.

»Kann ich euch sonst irgendwie helfen?«, fragte Sevy ungeduldig.

»Bei was?«

»Bei dem was ihr tut.«

Ein kurzes Schweigen, dann die unvermeidliche Frage: »Was tun wir denn?«

Sevy seufzte. »Eine gute Frage. Eine ausgezeichnete Frage!«

Das linke Wesen nickte fleißig, schien sich über Sevys Bestätigung zu freuen.

»Mich küsst gerade die Muse, da hätte ich gerne meine Ruhe«, erklärte Sevy.

Angeekelt verzog die Pixie das Gesicht. »Ich küsse dich doch nicht! Du etwa, Franz?«

»Sehe ich etwa so aus, als ob ich auf der Suche nach einem Würgereiz bin?«

»Das war bildlich gemeint«, seufzte Sevy. »Darüber hinaus sind Musen keine realen Personen, sondern eine Metapher.«

»Eine ...?«

»Sie existieren nicht«, stellte Sevy klar.

»Die Metaffen?«

»Die Musen.«

»Ach so!«, begriff Franz, überlegte es sich anders und nickte dann vehement mit dem Kopf. »Doch, die gibt es wohl. Ich und Karl sind Musen.«

»Ihr wollt Musen sein?«

Die beiden Pixies nickten stolz.

»Hm«, legte Sevy sich nicht fest. »Das lässt sich leicht überprüfen. Geht ihr mal kurz raus, bitte?«

Widerwillig gehorchten Franz und Karl, während Sevy sich erneut der Leinwand widmete und seine Komposition weiter vervollständigte. Unvermindert stark kamen ihm Ideen, ein Unterschied durch die Abwesenheit der beiden Pixies ließ sich nicht feststellen.

»Es liegt nicht an euch!«, rief er. »Alles ist wie vorher.«

Franz öffnete die Tür einen Spalt weit. »Echt?«

»Echt.«

»Vielleicht reichen die zehn anderen Musen dann doch schon aus«, vermutete die Pixie.

»Die zehn anderen ...«, begann Sevy.

»Na: Britta, Marco, Karo, Linda, Rico ...«

»Die sind auch noch hier?«, fiel Sevy ihm ins Wort. Doch kaum hatte er die Frage gestellt, entdeckte er prompt eine dritte kleine Gestalt. Und auch die anderen blieben ihm nun nicht länger verborgen. Merkwürdig, dass er sie anfangs nicht wahrgenommen hatte ... Alle gehörten derselben Art Geisterwesen an und jede einzelne der Gestalten war beschäftigt. Einige zeigten Interesse an ihm, andere weniger. Zwei schienen überhaupt keine Notiz von ihm zu nehmen, sondern stupsten mit einem von Sevys Pinseln eine genervte Ratte an.

»Zwölf Musen«, sagte Sevy leise. Ob sie tatsächlich für seine Inspiration verantwortlich waren? Er hob die Stimme: »Könntet ihr bitte alle für ein paar Sekunden vor die Tür gehen?«

Die meisten gehorchten wortlos, doch drei oder vier folgten seiner Aufforderung nur unter Begleitung ungehaltenen Murmelns.

»Wichtigtuer!«, beschwerte sich eine kleine, weibliche Pixie.

Noch während die Geisterwesen den Raum verließen, konnte Sevy förmlich spüren, wie ihm die Inspiration abhandenkam, wie die Ideen versiegten.

Erstaunt ließ er den Pinsel sinken. Zwölf Musen, welche die Kunst aus den Bewohnern herauskitzelten. Vermutlich hatten die Vorbewohner jeweils ihre eigenen Musen mitgebracht, und auch diese hatten anschließend die Villa nicht mehr verlassen können. Wahrscheinlich war nun auch Sevys persönliche Muse hier gefangen – wie auch Yves, sein Schutzgeist.

Als ihm dieser Gedanke so unvermittelt kam, fragte Sevy sich, was dies zu bedeuten hatte. Fehlte ihm ab sofort im alltäglichen Leben – außerhalb der Villa – ein gewisser Schutz? Was würde aus ihm ohne Schutzgeist?

Er legte den Pinsel zur Seite, als die Musen in das Zimmer zurückkehrten.

»Weiß jemand, wo Jeremiah ist?«, fragte er. Ihm schien, von einem Gespräch mit dem Zwerg konnte er sich die umfangreichsten Antworten auf seine Fragen erhoffen.

»Wer?«, wollte Franz wissen.

»Egal, ich werde ihn schon finden«, erwiderte Sevy, und verließ das Zimmer.

»Ich komme mit«, meinte Yves, der neben der Tür auf ihn gewartet hatte.

»Ah, perfekt«, erwiderte Sevy, als er das Heinzelmännchen entdeckte. »Dich hätte ich auch noch gesucht! Ich muss mit dir sprechen.«

»Dafür hast du jetzt viel Zeit«, erwiderte Yves. »Ich bleibe den ganzen Abend an deiner Seite, heute Nacht bis du sicher.«

»Du musst es ja nicht gleich übertreiben«, sagte Sevy, sich bereits um seine Nachtruhe sorgend.

Pflichtgetreu heftete Yves sich an Sevys Fersen, als dieser die Treppe hinunterging und die Küche betrat.

Suchend sah Sevy sich um, wollte bereits den Raum wieder verlassen, als er einen Kobold vor dem Wasserkocher entdeckte. Die dürre Gestalt zitterte, schaute mit sehnsuchtsvollem Blick auf das elektrische Gerät.

»Alles in Ordnung?«

»Ich ... muss ... anmachen«, stieß der Kobold zwischen den Zähnen hervor, die Augen nicht abwendend.

Das Wesen schien tatsächlich zu leiden, nahm all seinen Willen zusammen, um Sevys Verbot Folge zu leisten.

»Weißt du was?«, schlug Sevy vor, Mitleid verspürend, »Du darfst ihn jetzt noch einmal anschalten, und dann ...«

»Klick!«

»Gut, sehr schön. Jetzt machst du eine Pause von einer Stunde, in der du dir eine andere Beschäftigung suchst. Und dann bauen wir diese Pausen langsam aus, okay? Wir kriegen das zusammen schon hin.«

Erleichtert nickte der Kobold.

»Wie heißt du?«

»Midas.«

»Also, Midas: Unterhalte dich doch ein wenig mit Knut – der ist im Kühlschrank –, oder spiele mit Laval. Ich komme nachher zurück, und dann kannst du mir beim Kochen zusehen.«

Nachdem Sevy den Wasserkocher wieder ausgeschaltet hatte, drehte er sich um – und wäre fast über Yves gestolpert. »Laufe mir zumindest nicht vor den Füßen herum!«

Yves nickte.

»Weißt du, wo Jeremiah ist?«

»Nein ... Soll ich ihn holen?«

»Das wäre nett«, wunderte Sevy sich über das zuvorkommende Verhalten des Heinzelmännchens.

Yves riss den Mund auf und rief ohrenbetäubend laut: »Laval!«

»So viel zu meinem einst ausgezeichneten Hörvermögen«, murmelte Sevy, die Augen verdrehend.

Der Herbeigerufene musste sich in der direkten Umgebung aufgehalten haben, denn er erschien kurz darauf in der Küchentür.

»Was ‘n los?«

»Sevy will, dass du Jeremiah suchst«, befahl Yves.

»Was?«, empörte sich Sevy, »Das habe ich nicht gesagt! Du solltest selbst ...«

Doch Laval hatte sich bereits mit einem Stöhnen umgedreht.

Yves mit einem Kopfschütteln bedenkend, begab Sevy sich in den Flur, wo ihm Jeremiah und Laval bereits entgegenkamen.

»Was kann ich für dich tun?«, fragte der Zwerg.

»Laval, geh mal Midas beschäftigen«, ließ sich Yves hinter Sevys Rücken vernehmen. Schon wollte Sevy ihn maßregeln, doch zu seiner Überraschung gehorchte Laval auch diesmal. Einem geschenkten Gaul ...

»Ich habe ein paar Fragen«, richtete sich Sevy an Jeremiah. »Erstens wüsste ich gerne, was mit Yves passiert, wenn ich das Haus verlasse.«

»Er bleibt hier«, war die einfache und erwartete Antwort.

»Brauche ich denn keinen persönlichen Schutzgeist? Ich meine: Sind die nicht wichtig?«

»Es geht auch ohne«, beruhigte Jeremiah ihn. »Ihre Nützlichkeit ist streng hypothetisch. Für die meisten Menschen spielen sie keine wirkliche Rolle.«

Sevy sah sich nach Yves um, der gelangweilt an seinem Hintern kratzte und dem Gespräch offensichtlich nicht folgte.

»Also brauche ich mir immerhin deswegen keine Sorgen zu machen«, sagte Sevy beruhigt. Langsam ging er in die Küche zurück, gefolgt von Jeremiah – und natürlich Yves.

»Und wie sieht es mit meiner Muse aus? Ich habe doch vermutlich eine?«

Jeremiah nickte. »Ja, die wird auch hierbleiben müssen.«

»Das erklärt auf jeden Fall, warum die Vorbesitzer mit dem Auszug aus der Villa ihre Schaffensphase beendet haben«, überlegte Sevy. »Dafür bin ich allerdings noch ein wenig zu jung. Also sollten wir alles daransetzen, den Fluch aufzuheben.«

»Eine hervorragende Idee ...«, meinte der Zwerg.

Sevy schöpfte angesichts des positiven Tonfalls bereits Hoffnung – doch Jeremiah nahm ihm diese sofort wieder:

»... die aber leider nicht von Erfolg gekrönt sein wird.«

»Warum nicht?«

»Soweit wir wissen, gibt es keinen Spruch, der Irvings Bann aufhebt.«

»Es gibt für alles ein Gegenmittel«, widersprach Sevy.

»Auch für einen Sprung vom Kirchturm?«

»Nun gut, für fast alles«, gestand Sevy ein. Nachdenklich begann er, die wenigen aus der alten Wohnung mitgebrachten

Kochutensilien auszupacken: zwei Töpfe, eine Pfanne, ein Schneidebrett und ein Sammelsurium an Messern und anderen Hilfsmitteln.

»So, wie Irving den Spruch angewandt hat, war er neu«, überlegte Jeremiah. »Sicherlich gibt es Geisterwesen, die eventuell ein Mittel dagegen finden könnten, doch davon hat sich bisher keines hierher verirrt.«

»Vielleicht sollte ich nach einem geeigneten Kandidaten Ausschau halten?«, schlug Sevy vor. »Außerhalb des Hauses, meine ich.«

Jeremiah tat ein Schritt zur Seite, als Sevy mit Schneidebrett, Käse und Raspel bewaffnet auf den Tisch zuhielt.

»Vielleicht ist das gar keine so dumme Idee«, meinte der Zwerg, wobei ihm die Verwunderung trotz des dicken Barts anzusehen war. Er schien tatsächlich überrascht darüber zu sein, dass Sevy einen sinnvollen Einfall gehabt hatte. Bevor dieser dies beleidigt kommentieren konnte, fuhr Jeremiah bereits fort:

»Allerdings müsste man dich unterstützen. Außerhalb des Hauses wirst du die Geisterwesen nicht so einfach entdecken, wie das hier der Fall ist.«

»Das ist mir eh unklar«, griff Sevy die Chance beim Schopf. »Laval meinte, dass die Naturnähe es begünstigt, euch zu sehen. Wieso?«

»Wir entstammen der Natur, wie der Mensch. In der Natur sind sich unsere Spezies nah. Die Stadt dagegen ist künstlich. Unnatürlich. Sie lenkt vom Wesentlichen ab. Außerdem beherbergt diese Villa einfach zu viele von uns. Sie ist mittlerweile eher ein Teil unserer Welt als der euren.«

Jemand zupfte zaghaft an Sevys Hose.

»Darf ich wieder?«, fragte Midas, die ganze Haltung eine einzige Fleisch gewordene Bitte.

»Den Wasserkocher anschalten? Nein, noch nicht. Später, okay?«

»Aber mir ist langweilig.«

»Frag' Laval oder Knut.«

Enttäuscht schlenderte Midas in Richtung Kühlschrank davon.

»Mit ein bisschen Übung kannst du überall Geisterwesen sehen«, fuhr Jeremiah fort, während Sevy Wasser aufsetzte. »Es gibt Milliarden von uns, du musst nur auf uns aufmerksam werden.«

Erneut ein Ziehen an Sevys Hosen; dieses Mal fester und ausdauernder.

Laval sah ihn an. »Mir ist auch langweilig!«

»Tu' irgendwas! Beschäftige dich, zeichne, bastle!« Er drehte sich noch mal zu dem Kobold um, der bereits davonschlich. »Aber nicht wieder auf Heimlich herummalen!«

»Ist das Essen für uns?«, fragte Yves, der nur kurz für Laval Platz gemacht hatte.

»Eigentlich für Annabel und mich. Aber wenn etwas übrigbleibt, kannst du gerne was haben.«

»Wie ist das überhaupt mit Zwergen?«, wandte Sevy sich wieder an Jeremiah. »Ich meine: Da du keine Wasserkocher an- und ausschalten musst, oder ...«

»Darf ich?«, schrie Midas, der mit einem Arm an der Kühlschranktür hing, aufgeregt. »Darf ich?«

»Nein, Midas. Spiel weiter mit Knut, okay?«

Der Kobold nickte betrübt. Er strampelte mit den Füßen, bis er sich wieder in Richtung des offenen Kühlschranks gedreht hatte, und pikste dann erneut mit einer Gabel an Knut herum. Das Opfer wehrte sich nur halbherzig.

»Also«, kam Sevy auf seine Frage an Jeremiah zurück. »Was machen Zwerge wie du den ganzen Tag lang?«

»Momentan eher wenig«, meinte Jeremiah lachend. »Aber in der Natur sind wir für die Pflanzen und Bäume zuständig. Wir versorgen und pflegen sie, helfen ihnen beim Wachsen.«

»Dann hast du hier drinnen ja eher wenig zu tun«, sinnierte Sevy. Ihm tat der Zwerg leid, so abgeschieden von seiner natürlichen Umgebung. Vielleicht konnte er ihm eine Freude machen, indem er beim nächsten Einkauf … Er stockte.

Wo war seine Käseraspel?

Verwundert suchte er den Tisch ab und bückte sich dann, um auf dem Boden nachzusehen. Tatsächlich fand er das Werkzeug – in Lavals Händen.

»Sag' mal, spinnst du?«

Der Kobold saß auf seinem Hinterteil und fuhr mit der Raspel an einem Tischbein entlang. Feine Späne lagen auf dem Boden verteilt. Der Pfosten hatte bereits einen guten Teil seiner Stärke eingebüßt.

»Hörst du wohl sofort damit auf!«, verlangte Sevy.

Mit einer lustlosen Geste ließ der Kobold die Hand sinken und sah Sevy eindringlich an. »Mir ... Ist ... Langweilig ...«

»Deswegen brauchst du nicht meinen Besitz zu zerstören! Her damit!« Er griff nach der Raspel und lief dann zur Spüle, um sie zu reinigen. Als es einen Augenblick später an der Haustüre klingelte, war er so intelligent, das Werkzeug nicht in Lavals Nähe abzulegen, sondern es kurzerhand mitzunehmen.

Die Uhr zeigte kurz vor acht, verabredet hatten sie sich erst für Viertel nach. Ob Annabel ihn missverstanden hatte?

Ganz der charmante Gastgeber, öffnete Sevy die Türe weit – und fuhr erschrocken zurück.

Es war nicht Annabel, die ihn dort erwartete.

»Hallo, Schätzchen!«, ließ sich die verführerische Stimme Brigittes vernehmen. Die katzenähnliche Gestalt schaute ihn belustigt aus den fast schwarzen Augen an. In selbstsicherer Haltung – voller körperlicher Spannung und dennoch betont gelassen – stand sie mit einem erhobenen Arm an den Türrahmen gelehnt.

»Hallo«, brachte Sevy schließlich hervor.

»Froh, mich wiederzusehen?«

»Hält sich in Grenzen.«

Kurz trat ein schalkhaftes Blitzen in ihre Augen, die Schultermuskeln unter der geschuppten Haut zuckten.

Mühsam behielt Sevy die Kontrolle über seine Beine und verbot ihnen, weiter in das Haus zurückzuweichen. Böse Geisterwesen können die Villa nicht betreten, erinnerte er sich. Ihm drohte keine Gefahr.

»Was willst du hier?«

»Ich wollte dich wiedersehen«, erwiderte Brigitte säuselnd.

Er schnaubte und die Spannung wich einen Moment lang von ihm. »Sicher.«

Das Wesen beugte sich vor und näherte sich ihm mit dem Kopf. Langsam verengten sich die Augen, in dem Mund zeigten sich schwarze, scharfe Zähne. »Wir haben noch etwas zu Ende zu bringen ...«, zischte sie.

Dann wich der Hass aus dem Gesicht und ein falsches Lächeln trat an dessen Stelle. »Aber nicht heute, das erledigen wir ein anderes Mal. Im Moment gibt es Wichtigeres. Nuchelavee will dich sprechen.«

»Nuchelavee? Wer ist denn das?«

»Er hier.« Damit trat Brigitte zur Seite, die Sicht auf den zweiten Besucher freigebend.

Kapitel 7: Der Erpresser

Eine Hufe gelangte in Sevys Blickfeld. Eine Hufe mit den Ausmaßen eines Frühstückstellers.

Doch damit fing der Schrecken erst an.

Langsam, fast lässig, trat das Wesen näher und Sevy wich unwillkürlich einen Schritt zurück. Dabei war es nicht die schiere Größe des Tieres, die Sevy ein Schaudern über den Rücken sandte. Auch wenn das Pferd bis zum Kopf in etwa drei Meter maß. Vielmehr ließ ihn die Beschaffenheit der Haut zurückweichen.

Der Hengst hatte keine.

Dunkle Venen zogen sich kreuz und quer durch das freiliegende und in der untergehenden Sonne feucht glänzende Fettgewebe. An den meisten Stellen schienen Muskeln durch: Dunkelrote Striemen, die zu ihren Enden hin in der Tiefe des massiven Körpers verschwanden. Angeekelt und gleichzeitig fasziniert starrte Sevy auf die Arbeit der Muskelfasern, auf das Pulsieren der Adern im Takt des ruhigen, kräftigen Herzschlags. Das Haupt des Pferdes bot einen ähnlich verstörenden Anblick: Die Zähne blickten hervor und Ohren war nicht vorhanden. Dunkle Löcher markierten die betreffenden Stellen.

Schweigend betrachtete das Pferd Sevy, dann erklang seine erstaunlich angenehme Stimme: tief und überlagert von einer leichten Vibration.

»Mein Name ist Nuchelavee.«

Sevy schluckte und versuchte seine plötzlich knochentrockenen Lippen mit einer noch trockeneren Zunge zu befeuchten. »Sevy.«

Die lidlosen Augen des Pferdes waren groß. Aufgrund der fehlenden Haut war das Weiß der Augäpfel zu sehen; ringförmig umgab es die matt-graue Iris.

»Normalerweise würde ich Sie ja hereinbitten«, sagte Sevy aufgeregt. »Aber es gibt da mit dem Haus so ein kleines Problem. Ich meine: Sie wollen sicher nicht ... Außerdem haben wir gar nicht so viel Platz ... Ich ... Sorry, da geht gerade der Gaul mit mir durch.«

Noch während er die Entschuldigung aussprach, wurde ihm bewusst, dass die gewählte Redewendung eher unpassend sein dürfte.

»Ein Witzbold«, meinte Nuchelavee mit kalter Stimme zu Brigitte, bevor seine Augen wieder Sevy fixierten. »Dies ist allerdings kein Moment zum Scherzen.«

Sevy spürte die Erschütterungen der Erde, als der Hengst seine Hufe aufschlug, seinen Worten Gewicht verleihend.

»Ich wollte nicht ...«, begann Sevy, brach dann ab.

»Ich brauche deine Hilfe«, sagte Nuchelavee, Sevys Nervosität ignorierend.

»Oh?«

»Du sollst ausziehen.«

Sevy zögerte, rang sich dann zu der wesentlichen, ihn interessierenden Frage durch: »Warum?«

»Weil wir sonst dreimal am Tag jeweils einen deiner Mitbewohner umbringen.«

»Meine Mitbewohner? Du meinst den chaotischen Haufen, den ich mir zusammen mit der Villa zugelegt habe?« Er schnaubte herablassend, in einem Versuch zu demonstrieren, dass ihn diese Drohung kalt ließ. »Und warum sollte mich das stören?«

Ein dunkles Lachen arbeitete sich die Kehle des Tieres hinauf. Das Maul blieb regungslos und bewegte sich – wie auch beim Sprechen – keinen Millimeter. Aufgrund der fehlenden Lippen klangen die darauf folgenden Worte leicht unartikuliert: »Ihr Menschen seid außerordentlich sentimental. Eine für mich nicht nachvollziehbare Eigenschaft eurer Sippe. So mögt ihr es überhaupt nicht, wenn anderen Lebewesen etwas zustößt. Zum Beispiel ... Brigitte?«

Der Aufforderung Folge leistend, kam der Wechselbalg herbei, senkte den Kopf und schnüffelte mit der breiten und flachen Nase umher. Brigittes Bewegungen waren geschmeidig, katzengleich, als sie sich plötzlich bückte und mit ungeahnter Kraft die Hand in den Boden rammte. Bis zum Ellenbogen versank der Arm in der Erde, um dann zwei sich heftig windende Maulwürfe hervorzuziehen. Mit einem fiesen Grinsen hielt Brigitte die Nager in die Höhe und zerbrach ihnen mit den Fingern das Genick. Leblos fielen die kleinen Körper zu Boden.

»Du wirst nicht behaupten können, dass dir das gefallen hat«, sagte Nuchelavee.

»Nun ja, Maulwürfe sind schlecht für den Garten«, gab Sevy zu bedenken. Angesichts des Wissens, dass das Pferd und seine Helferin ihm an seiner momentanen Position, im inneren der Villa, nicht gefährlich werden konnten, hatte er zu seiner gewohnten Standfestigkeit zurückgefunden. Hypnotisieren konnten sie ihn nur im Schlaf.

Hoffte er zumindest …

Das Pferd stieß einen Laut aus, der sich wie ein Seufzen anhörte. Das linke Auge starrte weiter Sevy an, der aufgrund dieses Blickkontaktes feststellte, dass es höchst irritierend war, einen Gesprächspartner zu haben, der nicht blinzelte.

»Ich weiß nicht, warum ich mich immer wieder provozieren lasse«, kritisierte das Pferd sich selbst. Doch es klang eher wie eine an Sevy gerichtete Drohung.

Das anschließend hervorgestoßene Wiehern drang tief in Sevys Körper ein. Es ließ seine Knochen schmerzhaft vibrieren. Trotz des grauenhaften Klanges schien sein Körper von dem Geräusch angezogen zu werden. Sein Gehirn protestierte nicht dagegen – anfangs. Erst, als er sich der unbewussten Bewegung klar wurde, hielt er inne. Erschrocken streckte er die Arme aus und stemmte sich gegen den Holm der Tür. Um auf Nummer sicher zu gehen.

Entgegen Sevys erster Vermutung, schien das Wiehern nicht ihm gegolten zu haben: Gleich drei Feen kamen von der Straße her angeflogen und ein Kobold rannte über das Gras auf den Pferdedämon zu. Unwiderstehlich angelockt von der vibrierenden Stimme, strebten die Geisterwesen zu

Nuchelavee. Sie schienen in ihm eine Verlockung anstatt eine Bedrohung zu sehen.

Alarmiert drehte Sevy sich um und fing eine ganze Gruppe von Geisterwesen ab, die sich durch die Tür ins Freie – und in den sicheren Tod – stürzen wollten. Seine unsanfte Berührung schien sie zur Vernunft zu bringen; erschrocken wichen sie zurück.

Sevy wandte sich erneut dem Geschehen vor der Haustür zu. Während der herbeigelaufene Kobold rechtzeitig zu sich selbst zurückfand und hastig das Weite suchte, schienen die Feen weiter wie betäubt. Zwei der schemenhaften Wesen verscheuchte Brigitte, doch das dritte griff sie gezielt aus der Luft. Die Fee war nach wie vor unter Hypnose. Sie schien sich ihrer Lage nicht bewusst zu sein. Erst, als Brigitte einen der Flügel herausriss, fand das Opfer in die Realität zurück. Ein schriller Schrei löste sich von ihren Lippen.

Sevy biss die Zähne zusammen, erlaubte sich jedoch sonst keine sichtbare Regung. Dem auf ihn ruhenden Blick von Nuchelavee war er sich mehr als bewusst.

Mit einer drehenden Bewegung wurde auch der zweite Flügel entfernt, erneut gefolgt von einem schmerzerfüllten Schrei. Dann fasste Brigitte den weniger als zwanzig Zentimeter langen Körper mit der einen Hand, die andere schloss sie um den Kopf der Fee, dessen Hilferufe damit verstummten.

»Nein!«, rief Sevy noch, doch es war bereits zu spät. Ein Ruck hatte den Kopf vom Rumpf getrennt.

Lächelnd betrachtete Brigitte ihre Hände, aus denen Wasser zu Boden tropfte.

Sevys Schultern sackten herab, seine Miene wurde schwer. Dennoch schaffte er es, einen Hauch von Widerstand in seinen Blick zu legen, als er zu Nuchelavee aufsah.

»Menschen sind zu emotional«, tat das Pferd unaufgefordert seine Meinung kund. »Und damit lassen sie sich erpressen. Die Wahl liegt bei dir: Entweder du schaust dir alle paar Stunden den Tod eines Geisterwesens an, oder du ziehst aus.«

Alles schien gesagt: Ohne auf eine Antwort zu warten, drehte Nuchelavee sich um und setzte seinen massiven Körper in Bewegung. Der ihm untergebene Wechselbalg folgte und kletterte auf den Rücken des Hengstes.

»Warum?«, brachte Sevy schließlich hervor. Es hatte sich um nicht mehr als ein Flüstern gehandelt und so wiederholte er die Frage mit festerer Stimme: »Warum?«

Der geisterhafte, von pulsierenden Venen überzogene Kopf Nuchelavees wandte sich ihm zu.

»Warum soll ich ausziehen?«, formulierte Sevy die Frage vollständig.

»Das hat dich nicht zu interessieren«, antwortete das Pferd.

Bevor Sevy widersprechen konnte, fiel Nuchelavee in einen Trab, gleich darauf in den Galopp. Die Beschleunigung des Hengstes schien Sevy gegen jegliche physikalischen Gesetze zu verstoßen. Die Beine des Tieres verschwammen zu flächigen Gebilden, lediglich der weißlich-rote Glanz des hautlosen Körpers ließ sich verfolgen, bis er von einem Waldstück verschluckt wurde.

Einige Sekunden lang starrte Sevy auf die verlassenen Felder. Dann senkte er seinen Blick auf die Stelle, an welcher der nasse Boden von dem Tod eines weiteren Geisterwesens zeugte.

Traurig wandte er sich um.

Gleich acht Hausbewohner standen im Flur und sahen ihn mit großen Augen an. Laval war Teil der Gruppe; ebenso Midas und Jeremiah.

»Nuchelavee ist mehr als gefährlich«, sagte der Zwerg. »Nicht nur für uns. Auch für dich.«

Sevy nickte. Er zweifelte nicht an Jeremiahs Worten.

»Ich komme gleich«, sagte er dann, trat hinaus und umrundete mit schnellen Schritten die rechte Ecke des Hauses. Sich immer wieder umschauend, klopfte er an die Seitentür des dort geparkten VW-Busses.

Das fahle Licht einer Glühbirne drang durch die milchigen Scheiben, als Annabel die Gardinen zur Seite schob. Einen Augenblick später öffnete sie ihm.

»Bin ich zu spät?«, fragte sie verwirrt. In ihrer blauen Jogginghose und ihrem knallroten T-Shirt hob sie sich nicht wesentlich von dem farbenreichen Inneren des Gefährts ab. Aufkleber, Fotos und Poster bedeckten jeden freien Quadratzentimeter des Blechs, der Überzug des schmalen Bettes war mit Zeichentrickfiguren bedruckt.

»Nein, ich wollte dich nur warnen. Hast du vorhin dieses Wiehern nicht gehört?«

Sie schüttelte den Kopf.

»Es läuft hier ein ziemlich unangenehmes Wesen herum. Sieht aus wie ein Pferd, nachdem ihm auf dem Schlachthof das Fell abgezogen wurde – nur, dass es noch lebt.«

»Ein Nuchelavee?«

»Du kennst ihn?«, fragte er erstaunt.

»Diesen speziellen Nuchelavee? Eher unwahrscheinlich. Es gibt nicht nur ein Exemplar. Genauso wenig wie es nur einen Kobold gibt.«

»Leider«, warf Sevy ein.

»Ja, in beiden Fällen«, stimmte Annabel ihm zu. »Von den hautlosen Pferden existieren aber nur relativ wenige. Dafür sind sie äußerst bösartig und ziemlich mächtig.«

»Wahrscheinlich ist er so etwas wie der Anführer der hiesigen bösen Geisterwesen.«

»Hm«, überlegte sie. »So oder so ist sein Auftauchen nicht gerade positiv zu bewerten.«

Sevy atmete tief ein und wieder aus – und setzte eine halbwegs zuversichtliche Miene auf. »Gönnen wir uns erst mal eine Pause und ein Abendessen, dann greifen wir den unwillkommenen Besuch von eben später auf. Wie besprochen in etwa einer halben Stunde in der Küche? Ich kann allerdings nicht versprechen, dass dir meine Kochkünste imponieren. Außerdem entschuldige ich mich schon jetzt für die vermutlich anwesenden ungebetenen Gäste.«

Er war bereits auf dem Weg zurück, als ihm noch etwas einfiel: »Ach so: Bitte keine Geisterwesen mitbringen, zum Beispiel deinen Schutzgeist.« Verunsichert wartete er auf ihre Reaktion, da ihm bewusst wurde, dass diese Warnung reichlich spät kam. Doch sie nickte bloß und verabschiedete sich auf später.

Beide hatten sich bemüht, die Themenwahl während des Abendessens auf die Menschenwelt zu beschränken. Mit freundlicher Unterstützung von Jeremiah war es ihnen sogar gelungen, die Küche zu einer mehr oder weniger geisterwesenfreien Zone zu erklären. Lediglich Yves war unbeirrbar und wich nicht von Sevys Seite. Der Schock von Nuchelavees Besuch steckte dem Heinzelmännchen tief in den Knochen, und nur widerwillig erinnerte er sich daran, dass er während des Gesprächs zwischen Sevy und dem Dämonenpferd vor Furcht im Wohnzimmer gekauert hatte.

Natürlich zog Sevy ihn überaus gerne damit auf.

Neben Yves ließ sich nur Laval hin und wieder blicken – ihm war halt langweilig. Außerdem war er nach wie vor beleidigt, weil Sevy ihm die Käseraspel abgenommen hatte. Erst nach der dritten ausdrücklichen Aufforderung fügte der Kobold sich und ließ Midas ein wenig Aufmerksamkeit zukommen.

Zufrieden erkannte Sevy, wie die beiden einen Draht zueinander fanden und aufgeregt tuschelnd den Raum verließen. Hoffentlich lenkten sie sich gegenseitig in dem Maße ab, dass Laval seinen destruktiven Neigungen zumindest zeitweise nicht nachging. Für Midas stellte sich die neue Freundschaft schon jetzt als positiv heraus: Seit nunmehr zwei

Stunden war der Wasserkocher nicht mehr eingeschaltet worden.

Sevy stand auf und ging zum Herd. »Ich hoffe, das Essen war in Ordnung?«, fragte er. »Ohne Rezept sind Nudeln für mich leider schon das höchste der Gefühle.«

Als sie nicht antwortete, drehte er sich um. »Annabel?«

Ihm abgewandt, schaute sie gedankenverloren ins Nichts.

»Annabel?«, fragte er erneut, doch erst, als er an den Tisch trat, sah sie lächelnd auf.

»Du bist ziemlich einfach abzulenken«, meinte er. »Oder taub«, fügte er scherzhaft hinzu.

»Letzteres«, antwortete sie und führte dann ihr Weinglas an den Mund, während er sich an seinem Getränk verschluckte und ein wenig Wein durch seine Nase den Weg zurück nach draußen fand.

Sein Hustenanfall ließ sie auflachen. »Entschuldigung, das hätte ich dir schon früher sagen sollen. Es ist nur so, dass ich sehr gut Lippenlesen kann. Die meisten neuen Bekanntschaften sind von kurzer Dauer, da spare ich mir die langwierigen Erklärungen.«

Sie stellte das Glas ab. »Ich bin seit meinem zwölften Lebensjahr taub. Zu Sylvester ist eine Rakete direkt hinter meinem Kopf explodiert. Die Haare kamen mit der Zeit zurück – das Gehör nicht.«

»Das tut mir leid«, brachte Sevy hustend hervor. »Deswegen hast du vorhin wohl auch den Nuchelavee nicht gehört.«

»Das ist dennoch merkwürdig«, gab sie zu bedenken. »Bei lauten Geräuschen spüre ich die Vibrationen. Zum Beispiel habe ich es gemerkt, als du am Bus angeklopft hast. Allerdings hatte ich kurz vorher noch den Motor an, um die Batterien aufzuladen. Vielleicht haben die unrund laufenden Kolben die Schwingungen des Wieherns überlagert.«

»Unglaublich, dass ich nichts mitbekommen habe!«, staunte Sevy und betrachtete Annabel nun mit anderen Augen. Einerseits erschien sie ihm aufgrund ihrer Behinderung schwach, andererseits jedoch umso stärker. So oder so meisterte sie ihr Leben allem Anschein nach problemlos.

Ihre blauen Augen glänzten schelmisch. »Jede Frau hat so ihre Geheimnisse.«

»Erzähl mir etwas Neues«, murmelte Sevy, die Augen verdrehend. Dann setzte er sich auf. *Und du hältst mich auch nicht zum Narren?*, formte er tonlos mit den Lippen.

»Nein«, meinte sie, als ob er seine Frage laut ausgesprochen hätte. »Keine Sorge.«

Er lehnte sich zurück, streckte die Beine aus und trat dabei gegen etwas Weiches, das einen schmerzerfüllten Laut von sich gab.

»Oh, tut mir leid!«, entschuldigte Sevy sich, unter den Tisch schauend. Dort hockte Heimlich, eine alte Tube Kleber in der faltigen Hand. Anscheinend hatte er die Holzspäne, die Laval von dem Tischbein abgeschabt hatte, aus dem Mülleimer heraussortiert. Nun war er dabei, das ultimative Puzzle, das der

Pfosten darstellte, wieder in den Originalzustand zu versetzen. Gerade fügte er einen weiteren Holzschnipsel ein.

»Blöder Mensch«, murmelte Heimlich. »Blöder Kobold.«

Mit der letzten Bemerkung konnte Sevy sich identifizieren, die erste sagte ihm dagegen weniger zu. Glücklicherweise hatte er sich längst an das verschrobene Heinzelmännchen gewöhnt und nahm die Bemerkung daher auf die leichte Schulter. Außerdem versuchte er gar nicht erst, ihn von der überflüssigen Reparatur abzuhalten. Wenn Heimlich sich etwas in den Kopf gesetzt hatte, konnte er ihn kaum davon abbringen.

»Meine Taubheit hat einen großen Vorteil«, meinte Annabel, Sevys Aufmerksamkeit wieder auf sich ziehend.

»Du verspürst bei einem Gespräch mit einem Kobold nicht den Wunsch, ihn auf der Stelle zu erwürgen?«, riet er.

Sie lachte. »Unter anderem. Aber noch hilfreicher ist die Taubheit bei den bösen Geisterwesen. Denn wie gesagt, sind die guten maximal lästig, die Aufgabenspanne der bösen reicht dagegen von störend bis tödlich.«

Vor seinem geistigen Auge sah er erneut die unangenehmen Gestalten von Nuchelavee und Brigitte.

»Die meisten Zauber wirken auf Menschen über ihr Gehör«, kam Annabel auf das Thema ihrer Taubheit zurück. »Die Stimmen, vor allem die Gesänge von Geisterwesen, wirken hypnotisierend.«

»Das kann ich bezeugen.«

»Da ich nichts höre, bin ich gegen viele ihrer Tricks immun.«

»Das ist in der Tat ein wesentlicher Vorteil«, gab er zu. »Sie haben gleich in der ersten Nacht versucht, mich umzubringen.« Er schürzte die Lippen. »Bleibt nur die Frage, warum? Was treibt sie an?«

»Was treibt uns an?«, stellte sie eine Gegenfrage. »Warum tun wir, was wir tun?«

»Spaß? Macht? Liebe?«, schlug er vor.

»In der Reihenfolge?«, lachte sie.

Die Antwort blieb er ihr schuldig, da sie beide von Midas und Laval abgelenkt wurden. Wie die besten Freunde traten die beiden Kobolde Seite an Seite in die Küche, in ein Gespräch vertieft.

»Keine Ahnung«, meinte Midas, auf eine Frage von Laval antwortend.

»Aber warum sollte Sevy sonst so bösartig zu mir sein?«, klagte Laval. Er lachte auf, während sie sich dem Küchentisch näherten. »Wir sollten ihm den Kopf rasieren, während er schläft! Das ist doch eine Spitzenidee!«

»Genau!«, ereiferte sich Midas. »Und dann malen wir ihn mit Ölfarbe an und schmeißen seine Wäsche aus dem Fenster.«

Sevy räusperte sich. »Ist euch Knalltüten eigentlich bewusst, dass ihr direkt neben mir steht?«

»Hm?«, fragte Laval, die Augenbrauen hebend. »Was ist … Hey!« Er hatte Heimlich entdeckt. »Du zerstörst mein Meisterwerk!«

Im ersten Augenblick begriff Sevy nicht, auf was er anspielte, doch dann fiel sein Blick auf den Tischpfosten. Erstaunt hob er die Augenbrauen. Heimlich hatte bereits die oberen drei Viertel des Holzbeines wiederhergestellt.

Laval ging großen Schrittes zum Tisch und sah teils verärgert, teils neugierig auf Heimlichs Arbeit. Natürlich konnte er es nicht dabei belassen: Er drückte und stupste mit den Fingern an dem Pfosten herum, dabei einen Großteil der Restauration zerstörend. Die Miene des Heinzelmännchens verfinsterte sich weiter. Wütend murmelte er Flüche, bedachte Laval jedoch mit keinem Blick.

»Hey, weg da!«, verscheuchte Sevy den Kobold.

»Mein Kunstwerk!«, protestierte Laval.

»Das war kein Kunstwerk, sondern Vandalismus!«

Lavals Gesicht fiel in sich zusammen, eine Träne löste sich aus dem linken Augenwinkel. Zitternd erhob er eine Hand und wischte sich die Nase lautstark ab. »Ich wollte doch nur wie du sein«, murmelte er verletzt. »Ein Künstler.«

Das schlechte Gewissen und eine Spur Stolz ließen Sevy einlenken: »Entschuldigung, so war das nicht gemeint. Du musst nur ...« Er hielt inne, als er das breite Grinsen von Laval sah.

»Siehst du«, sagte der Kobold zu Midas. »Einfaltspinsel sind es. Sie sind extrem einfach hereinzulegen.« Er verzog erneut das Gesicht, seufzte jämmerlich. »Buhu! Hilfst du großer Künstler mir? Gibst du mir, dem Unwürdigen, ein paar Tipps?«

Glucksend wich Laval aus, als Sevy nach ihm griff. Auch Midas stob davon. Beide Kobolde schienen sich köstlich zu amüsieren. Aus sicherem Abstand grinsten sie zum Tisch herüber.

Doch dann fiel Midas‘ Gesicht in sich zusammen. Er erhob einen zitternden Finger und zeigte auf das Fenster hinter Sevy.

»Sicher«, sagte Sevy beleidigt. »So leichtgläubig bin ich dann doch nicht.«

»Sevy«, sagte nun jedoch Annabel – und der Tonfall ließ ihn herumfahren.

Vor dem Fenster zeichnete sich ein unförmiger Schatten ab: groß, bedrohlich, unheimlich. Erst, als Sevy näherkam, erkannte er in dem unwillkommenen Besuch Nuchelavee. Geisterhaft nackte Augen stierten ihn an.

Äußerlich die Ruhe selbst öffnete Sevy das Fenster. Ein Schwall kühle Luft drang herein, zusammen mit einem unbekannten und gleichzeitig unangenehmen Geruch.

»Störe ich?«, fragte das Pferd mit seiner freundlichen, fast väterlichen Stimme. »Leider muss ich feststellen, dass du immer noch da bist. Das verärgert mich.«

»Du warst doch gerade erst da«, erwiderte Sevy. »So schnell kann ich wohl kaum reagieren.« Er zuckte die Achseln. »Außerdem lasse ich mich nicht erpressen.«

»Tatsächlich? Vielleicht solltest du das lieber Eva erklären.«

»Eva? Ich kenne keine Eva.«

»Das ist schade, denn zum Kennenlernen bleibt dir nun äußerst wenig Zeit. Sie hat nur noch wenige Sekunden zu leben.«

Brigitte trat von der linken Seite aus vor das Fenster. In ihren Armen hielt sie eine Pixie. Das Wesen zitterte und sah Sevy mit einem flehenden, angsterfüllten Blick an. Die Wirkung dieses stummen Hilferufs war umso stärker, da Eva ihn an Marla erinnerte. Marla, für deren Tod er zumindest teilweise eine Mitschuld trug. Offensichtlich war es Nuchelavees Absicht, ihm mit diesem Akt weitere Schuld aufzuladen.

Ein leises, klagendes Geräusch drang aus Evas Mund, dann durchfuhr sie ein heftiges Zucken, mit dem ihr Körper schlagartig zu Wasser wurde. Ein leises Gluckern ertönte, als die Flüssigkeit zwischen Brigittes Fingern verrannte.

»Wir sehen uns dann bei der nächsten Hinrichtung«, meinte Nuchelavee schlicht.

Bevor Sevy auch nur ein Wort äußern konnte, zogen sich die beiden Geisterwesen zurück. Lediglich die kleine Pfütze unter dem Fenster verblieb.

Kapitel 8: Die Predigt

Wie gelähmt hatte Sevy den Vorgängen vor dem Fenster beigewohnt. Er fühlte sich merkwürdig leer.

Regungslos hatte auch Annabel den Tod der Pixie mit angesehen. Sie stand am Tisch, ihre Augen waren auf das Fenster gerichtet. Schrecken und Anteilnahme zeigten sich in ihrem Gesicht.

»Keine leere Drohung«, sagte sie in das drückende Schweigen hinein.

»Nein«, erwiderte Sevy einsilbig. Er schloss das Fenster und überlegte.

Was nun? Wie sollte er vorgehen?

Obwohl eine plötzliche Müdigkeit ihn überfiel, musste er reagieren. Es war sein Haus und er musste die Entscheidungen treffen.

»Laval?«

Der Kobold sah auf.

»Wolltest du nicht immer schon der Aufgabe gerecht werden, den ganzen chaotischen Haufen an Geisterwesen dieses Hauses zu versammeln? An einem einzigen Ort? Sagen wir: Im Wohnzimmer?«

»Nein.«

»Nun, ich auch nicht«, sagte Sevy. »Ich kann mir wenig Schlimmeres vorstellen. Und daher ist das jetzt deine Aufgabe.«

Das Wohnzimmer allein hatte nicht ausgereicht, und so hatte Laval die restlichen Geisterwesen im Flur antreten lassen. Einige waren sogar in die Küche ausgewichen.

Mitten im Chaos stand Sevy: In dem Durchgang zwischen Küche und Wohnzimmer im Flur. An seiner Seite befand sich Annabel, die angesichts des ihrer Meinung nach hohen *Putzigkeitsfaktors* des ungestümen Geistervolkes ein Lächeln auf den Lippen hatte. Gerade amüsierte sie sich über eine Gruppe von Feen, die ausgelassen Fangen spielte. Sevy beobachtete indes einige Kobolde, die versuchten, den Leprechauns die Dreispitze zu klauen, während diese wiederum hart daran arbeiteten, den Anschein eines intelligenten Gespräches aufrechtzuerhalten.

»Tatsächlich glaube ich, dass die inhärente hypothetische Annahme des Begriffs auf den Bereich eines Habitus hinweist«, plusterte sich einer der Leprechauns auf. Wie seine Artgenossen erinnerte seine untere Gesichtshälfte an einen Frosch, und wie das amphibische Tier verfügte auch der Redner über fast kein Kinn. Zwischen der kaum vorhandenen Oberlippe und dem Nasenansatz war dagegen viel Platz.

»Aber was ist der Centerpoint?«, meinte sein Gegenüber. »Hast du bedacht, dass die Verwendung der Terminologie lediglich auf der Evolution der zugrundeliegenden Linguistik basieren könnte?«

»Sicherlich, mein Werter«, freute sich der Angesprochene über den Einwand. »Doch man darf nicht der Verlockung der Simplifizierung nachgeben. Immerhin sind die extrinsischen

Faktoren auf die Ableitung der stammeswörtlichen Geschichte belegt.«

Sevy fasste Annabel an die Schulter, um ihre Aufmerksamkeit auf ihn zu lenken. »Über was unterhalten die sich?«, fragte er.

»Über das Wort *Wohnzimmer*«, lachte Annabel.

Eine junge Fee flatterte Sevy ins Gesicht, er wedelte sie fort wie eine lästige Mücke. Dann sah er sich um. »Laval?«

Der Kobold drängte sich heran.

»Bist du fertig?«

»So ziemlich«, klagte Laval. »Die Feen sind wirklich nervige Dinger, sie fliegen dauernd davon. Und die Leprechauns erst! Du bist mir echt was schuldig! Die haben ...«

»Eigentlich wollte ich wissen, ob alle da sind«, fiel Sevy ihm ins Wort.

»Ach so ... Uhm ... Irving fehlt.«

»Lass ihn. Das ist vielleicht sogar besser so.«

Laval zuckte die Schultern. »Trotzdem bist du mir was schuldig.«

»Wenn du meinst«, winkte Sevy ab.

»Du weißt, was ich mir wünsche?«

»Was? Jetzt?«

Der Kobold nickte. Sein kleiner Körper war angespannt und Hoffnung zeigte sich in seinen Augen.

Sevy seufzte, zog seinen Schlüsselbund hervor und löste die Schlüssel zu seiner alten Wohnung. Dann ließ er sie fallen.

Wie ein Bluthund stürzte Laval sich auf sie, huschte dann über das ganze Gesicht grinsend davon, ein Versteck für sein Diebesgut suchend.

Sevy sah ihm nach, räusperte sich und erhob die Stimme. »Schenkt ihr mir bitte alle kurz eure Aufmerksamkeit?«

Kaum ein Kopf drehte sich ihm zu. Erst nach der zweiten und deutlich lauteren Aufforderung richteten die meisten Geisterwesen ihren Blick auf Sevy. Lediglich die Gruppe von Leprechauns diskutierte weiter.

»Würdet bitte auch ihr kurz still sein?«, wandte Sevy sich direkt an sie.

»Sicher«, antwortete einer von ihnen. »Unsere bisherige Verhaltensweise lässt sich dabei einfach erklären. Du hast vor wenigen Sekunden bloß darum gebeten, dass wir dir zuhören sollen. Nicht, dagegen, hast du verlautbaren lassen, dass wir auch schweigen sollen. Daher ...«

»Ich habe euch alle hier versammelt ...«, unterbrach Sevy den Leprechaun, »..., um ein paar neue Regeln bekannt zu geben.«

Ein kollektives Stöhnen ging durch die Menge. Einige wandten sich sogar demonstrativ zum Gehen.

»Es geht um Leben und Tod«, fügte Sevy schnell hinzu. »In den letzten vierundzwanzig Stunden sind insgesamt vier Geisterwesen dieses Hauses umgekommen.«

Diese Worte schafften Eindruck und die bereits den Flur verlassenden Geisterwesen drehten sich wieder um und kamen zurück. Alle starrten Sevy an. Stille hatte sich über das Haus gelegt – mit Ausnahme eines wummernden Geräusches, das, plötzlich einsetzend, an Sevys Ohren drang.

»Ist das Irving?«, fragte Sevy verwundert. »Warum …?« Er sah auf die Kellertür. Auf die offene Kellertür. Daneben stand Laval – mit schuldiger Miene.

»Ich dachte, ich mache die Tür auf, damit er mithören kann«, erklärte der Kobold kleinlaut.

»Sehr aufmerksam«, erwiderte Sevy, die Augen verdrehend. Um Irving würde er sich später kümmern müssen. Von seiner Selbstbestrafung aufgrund eines weiteren Todesfalls konnte Sevy ihn vermutlich eh nicht abhalten.

An alle gewandt fuhr er fort: »Wir werden bedroht von einem Nuchelavee.« Ein beunruhigtes Raunen ergriff Besitz der drei Räumlichkeiten. »Er will jeden Morgen, Mittag und Abend einen von euch umbringen. Bisher hat er sich daran gehalten.«

Sevy hatte es nicht leicht, das nun aufbrandende, wirre Durcheinander an Stimmen zu übertönen: »Um weiteren Todesfällen vorzubeugen, möchte ich, dass keiner von euch allein umhergeht. Keiner lässt sich von einem bösen Geisterwesen ansprechen. Egal, ob durch ein Fenster, durch die Tür oder sonst wie. Und keiner versucht das Haus zu verlassen.«

Als keine Widerworte erfolgten, bat er: »Jeder sollte auf seine Freunde und Bekannte achten. Sobald jemand fehlt, muss das sofort mir oder Jeremiah mitgeteilt werden.«

»Und wenn ihr nicht da seid?«, wollte ein Kobold wissen.

»Dann … geht ihr zu Yves.«

»Aber wenn Yves nicht auffindbar ist?«

»Zur Not halt Laval. «

»Und wenn er ...«, begann der Kobold, doch Sevy kam ihm zuvor:

»Einer von uns wird da sein, dafür werden wir sorgen.«

»Und wenn nicht?«, erklang eine schrille Stimme, einer beunruhigten Fee zugehörig. Theatralisch raufte sie sich die Haare. »Oh mein Gott, wir werden alle sterben!«

Eine laute Diskussion brach aus, erneut musste Sevy fast Schreien, um die Gemüter zu beruhigen. »Hört mal: Ich weiß, dass ihr nicht gerade ein intelligenter Haufen seid.«

Entrüstetes Gemurmel.

»Aber ihr werdet ganz sicher nicht alle sterben. Deswegen diese neuen Regeln. Habt ihr die alle verstanden?«

Er sah der eben noch hysterischen Fee direkt ins Gesicht, fixierte sie, stellte sicher, dass auch sie begriff. »Auch du?«

Sie grinste unverschämt. »Natürlich. Ich wollte diesen Satz nur immer schon mal sagen.« Sie führte die Hände ans Gesicht, riss die Augen auf und schrie: »Oh mein Gott, wir werden alle sterben!« Ein erneutes Grinsen. »Ich sollte Schauspielerin werden.«

»Gott bewahre«, murmelte Sevy und löste die Versammlung auf.

Schweigend hockte Irving inmitten seines Verlieses, den Blick schräg vor sich auf den Boden gerichtet. Er wankte leicht; vor und zurück, vor und zurück.

Sevy war in den Keller gegangen, um den Kobold persönlich über seine neuen Verordnungen aufzuklären. Realistisch gesehen war dies unnötig: Verließ er doch niemals sein selbst gewähltes Gefängnis. Doch seit Sevy ihn das erste Mal gesehen hatte, ging ihm das Schicksal des Märtyrers nicht mehr aus dem Kopf. Außerdem wollte er sicher gehen, dass Irving die Selbstkasteiung wieder eingestellt hatte.

Er betrat den Raum, gefolgt von Annabel. In ihrem Gesicht erkannte er zuerst den Schrecken und dann das Mitgefühl, das sich noch steigerte, als sie die raue, blutige und schorfige Stirn des Kobolds erblickte.

Yves blieb indes an der Tür zurück. Ihn schien die zerschundene Gestalt Irvings abzustoßen.

»Irving?«, fragte Sevy sanft. Langsam trat er an den Kobold heran und ging dann in die Knie. Sanft berührte er die blanke Schulter – das zerrissene Gewand fand nur noch mit wenigen Fäden an dem alten Körper Halt.

Irving hob den Kopf, sah Sevy aus milchigen Augen an. »Sorgst du dafür, dass keine weiteren Geisterwesen das Haus betreten?«, fragte er. Seine Stimme war schwach.

»Wenn ich kann …«

»Jakobskraut«, erwiderte der Kobold. »Jakobskraut an alle Eingänge.«

»Es schreckt Geisterwesen ab«, flüsterte Annabel, die hinter Sevy stand.

»Das mache ich«, versprach Sevy. »Gleich morgen besorge ich welches.«

Irving murmelte ein Wort des Dankes, bevor er den Blick wieder senkte.

»Kann ich sonst irgendetwas tun?«, wollte Sevy wissen.

Eine Träne löste sich aus Irvings Augenwinkel. Er schüttelte den Kopf. »Nein. Ich müsste etwas tun. Ich müsste dem Leid ein Ende bereiten, das Haus wieder befreien. Aber ich weiß nicht wie.« Er sah auf, konnte Sevys Blick jedoch nicht lange standhalten.

»Geht, bitte«, sagte er leise.

Hilflos sah Sevy auf. Annabel zuckte die Schultern – auch sie schien nicht weiter zu wissen. Schweigend begaben sie sich zurück ins Erdgeschoss.

»Vielleicht sind sie noch nicht wieder da«, mutmaßte Sevy. »Wegen der Versammlung, meine ich.«

In einem Versuch, ihre Niedergeschlagenheit nach dem Besuch bei Irving zu vertreiben, hatten er und Annabel beschlossen, einen Blick auf seine neueste Arbeit zu werfen. Gerade hatten sie sein Atelier betreten und hielten Ausschau nach den Musen, die Sevy am Mittag so tatkräftig unterstützt hatten.

»Heute Mittag hat es hier vor Musen nur so gewimmelt.« Die Beunruhigung war Sevy anzuhören. Hoffentlich hatte er sie nicht verprellt, als er sie vorhin aus dem Zimmer geschickt hatte.

»Sie werden spätestens dann kommen, wenn du anfängst zu malen«, erwiderte Annabel. »Geisterwesen werden von Kreativität angelockt, sie wollen an allem Teil haben.«

Sie ging auf die Leinwand zu, studierte schweigend das Bild.

Sevys Anspannung wuchs mit jeder schweigsamen Sekunde. Gefiel ihr sein Gemälde? Als Künstler war man durchgängig den Meinungen anderer ausgesetzt, und zweifellos hatte er sich mittlerweile eine dicke Haut zugelegt. Wenn seine Arbeit nicht gefiel, so konnte er damit heute besser umgehen als noch vor wenigen Jahren. Doch in Annabels Fall ... Ihm war wichtig, dass sie sich mit seiner Kunst identifizieren konnte; dass sie seine Bilder mochte.

Hinter ihm wurde Yves langsam unruhig. Ihn hatte die Langeweile gepackt: Sevy zu bewachen war längst nicht so spannend, wie er sich das vorgestellt hatte. Er begann mit den Musen zu tuscheln, die nach und nach das Atelier betraten, angelockt von der Anwesenheit der beiden Menschen.

»Es liegt eine Art erotische Spannung in deinem Bild«, sagte Annabel schließlich. »Ich kann schwer sagen, in welchem Element genau. Es ist unterschwellig. Es gefällt mir.« Sie sah ihn an, überlegte. »Doch ganz davon abgesehen: Du hast Talent.«

»Danke.« Er trat an sein Gemälde, versuchte es mit ihren Augen zu sehen. Erstaunt bemerkte nun auch er die angesprochene Spannung, die sich zwischen den beiden im Halbprofil dargestellten Menschen ergab. »Das ist für mich eher ungewöhnlich«, meinte er. »Ich komme sonst fast immer ohne Erotik aus.«

»Hm.« Annabel sah sich um, streckte dann die Hand nach einer kleinen Pixie aus. »Hey, kommst du mal?«

Schüchtern kam das Geisterwesen näher.

»Das ist wohl dein Einfluss, habe ich recht?«

Die Pixie nickte.

»Wie heißt du?«

»Fluster.«

Nachdenklich betrachtete Sevy das Geisterwesen. »Da muss ich mich doch fragen, inwieweit es sich überhaupt noch um meine Kunst handelt. Wenn die Musen verantwortlich sind, welcher Teil meiner Arbeit gehört dann noch mir?«

»Es sind deine Ideen, es ist dein Können«, stellte Annabel klar. »Die Musen vereinfachen dir nur den Zugriff darauf.«

»Also ist alles, was in dem Bild steckt, meins?«

Sie nickte. »Keine Angst, nur du bist für dieses Bild verantwortlich. Fluster hat lediglich eine neue Ader in dir angezapft.«

»Also, ich glaube ja eher, dass Annabel diese Ader angezapft hat«, kicherte Laval, der sich mit Midas vor dem Bild eingefunden hatte. »Hast du gesehen, wie er sie anschaut?« Er riss die Augen auf, legte den Kopf schräg und schmachtete Midas an, sodass dieser rot wurde und verwirrt zurückwich.

Da Annabel Sevy zugewandt war, hatte sie Lavals Kommentar nicht von seinen Lippen ablesen können – zu Sevys immenser Erleichterung.

Ein schmatzendes Geräusch löste sich von Lavals Lippen, währen er versuchte, den nervös ausweichenden Midas zu umarmen. »Ich liebe dich, darf ich für dich kochen, dir meine Bilder zeigen?«

»Wenn du nicht bald aufhörst, zeige ich dir den Garten«, drohte Sevy.

Augenblicklich stellte Laval seine Eskapaden ein und sah Sevy verletzt an. »Warum bist du immer so gemein zu mir?«

»Warum versuchst du mich immer in den Wahnsinn zu treiben?«

»Zuneigung?«, schlug Laval vor.

Annabel hatte sich mittlerweile umgedreht und versuchte dem Gespräch zu folgen. »Was ist denn passiert?«

»Unwichtig«, meinte Sevy. »Gehen wir wieder hinunter?«

»Willst du mich loswerden?«, fragte sie verschmitzt.

Die Zeit war zwar fortgeschritten, doch den gemeinsamen Abend schon jetzt zu beenden, war nicht seine Intention gewesen. Vielmehr war die Küche in den letzten anderthalb Tagen zu so etwas wie seinem bevorzugten Aufenthaltsort geworden. Er war dort inmitten des Geschehens und konnte ein wachsames Auge auf die Geisterwesen haben – zumindest redete er sich das ein.

»Auf keinen Fall«, erwiderte er. »Jemand, der mich talentiert nennt, ist mein bester Freund – oder beste Freundin.«

Sie lachte, dann wurde ihr Gesicht ernst. »Ich würde das Bild gerne kaufen. Sobald es fertig ist.«

»Viel gibt es daran nicht mehr zu tun«, überlegte er und trat erneut an die Leinwand. Dabei musste er einigen Abstand bewahren, da sich neben Laval und Midas nun auch Franz und Karl – zwei der Musen –, sowie zwei Leprechauns eingefunden hatten.

»Ich weiß nicht«, meinte einer der Leprechauns. Sein Dreispitz neigte sich zur Seite, während er eine Hand lässig in seiner Fracktasche versenkte und die andere dorthin führte, wo bei Menschen das Kinn war. Dabei wurde er von Laval und Midas beobachtet; fasziniert verfolgten sie jede Bewegung.

Der Leprechaun räusperte sich. »Die Gestaltung der Bäume weist aufgrund der flächigen Maltechnik auf eine pessimistische Grundhaltung des Malers hin.«

»Dagegen wurden die Wolken sehr filigran angedeutet: schwebend, durchsichtig«, gab sein Nachbar zu bedenken. »Was mag er uns damit sagen wollen? Was ist seine Botschaft?« Sein Froschmund verzog sich, als eine grünliche Zunge hervorschnellte, um die fast nicht vorhandenen Lippen zu befeuchten.

»Kunstkritiker«, murmelte Laval herablassend. Dann hob er die Stimme und erklärte voller Inbrunst: »Ich glaube ja, dass die eckige Form der Gesichter der Personen hier für einen Komplex sprechen. Ich denke, der Maler ist unsicher und hässlich, deshalb verunstaltet er die Menschen.«

»Oder er kann nicht malen«, warf Midas hilfreich ein.

»Oder er kann nicht malen«, stimmte Laval ihm zu. »Wobei ... Wenn man genau hinsieht, ist die Farbe der Nase etwas heller als die der Wange. Kindheitstrauma, ganz eindeutig. Und dieser Pinselstrich hier!« Animiert stellte er sich auf die Zehen und zeigte auf eine beliebige Stelle des Bildes. Offensichtlich fand er Gefallen an der frei erfundenen Auslegung. »Der zeigt doch eindeutig auf, dass er sich ungeliebt fühlt! Außerdem verrät die

Stärke des Striches uns, dass er die Schuhgröße 43 hat.« Laval nickte ernst. »Nach der gezeigten Strichtechnik zu urteilen ist der zweite Zeh des rechten Fußes des Malers einen guten Millimeter länger als der des linken Fußes.«

Laval tat einen Schritt fort von der Leinwand, und er und Midas sahen abwartend die Leprechauns an, die völlig verwirrt zwischen Bild und Koboldén hin und her schauten.

Dann prusteten die beiden Kobolde los; sie konnten sich vor Lachen kaum auf den Beinen halten.

Es dauerte einige Sekunden, bis die Leprechauns begriffen, dass sie Opfer eines Scherzes geworden waren. Kurz sah es so aus, als wollten sie die Sache diskutieren, doch dann erkannten sie die Sinnlosigkeit dieses Vorhabens und verließen böse fluchend das Zimmer.

»Und diese ... Haare«, stieß Midas stockend zwischen Lachanfällen hervor, »zeugen von ... der Angst vor ... der Glatze!«

»Natürlich«, prustete Laval zwischen zwei tiefen Atemzügen. »Und hier ... die schmale Hüfte des Mannes ... Eindeutig ein Zeichen ... für einen ... unterentwickelten ...«

»Okay, das reicht«, unterbrach Sevy die beiden. Ungestüm drängte er sie zur Tür hinaus. Aufgrund ihres Lachanfalls waren sie nicht in der Lage, sich gegen den Rausschmiss zu wehren. Noch durch die geschlossene Tür konnte Sevy die beiden belustigten Kobolde witzeln hören.

»Und?«, fragte Annabel.

Verwirrt sah er sie an, in Gedanken noch bei den unverschämten Kobolden.

»Verkaufst du mir das Bild?«

Er schüttelte den Kopf. »Wenn du es wirklich willst …«, sie nickte, »… dann schenke ich es dir.«

Annabel war kurz vor zwei gegangen – eine Stunde war das mittlerweile her. Sevy hatte sie bis zu ihrem Bus begleitet, wo sie sich mit einem Kuss auf die Wange von ihm verabschiedet hatte. Leider war die freundschaftliche Geste von Laval und Midas, die vom Wohnzimmerfenster aus zuschauten, nicht unbemerkt geblieben. Sevy hatte sich – als sie anfingen, Witze zu reißen – kurzerhand auf morgen verabschiedet.

Damit musste er nur noch Yves loswerden …

Seit Stunden war das Heinzelmännchen immer in seiner Nähe geblieben. Zwar hielt der Schutzgeist sich oftmals im Hintergrund, doch seine dauerhafte Anwesenheit belastete Sevy.

»Hör' mal, Yves«, meinte er, während er sich bis auf die Unterwäsche auszog und in sein Bett stieg. »Ist ja wirklich schön, dass du mich beschützen willst und so, aber ich möchte jetzt schlafen.«

»Dann träum schon«, wünschte das Heinzelmännchen und setzte sich inmitten des Schlafzimmers auf die Dielen.

»Nun gut«, seufzte Sevy. »Ich muss wohl deutlicher werden: Ich möchte, dass du mich allein lässt.«

»Geht nicht.«

»Sicher geht das!«

»Ich pass auf dich auf!«, beharrte das Heinzelmännchen.

»Ja, das habe ich vorhin gesehen«, erwiderte Sevy. »Danke, dass du mich vor Nuchelavee gerettet hast ... vom Wohnzimmer aus! Falls du es nicht bemerkt hast: Ich stand im Hauseingang!«

»Ich wollte einen besseren Überblick bekommen«, verteidigte sich Yves.

»Wie denn? Durch die Wand hindurch?«

Yves schwieg.

»Gönne mir doch bitte ein wenig Ruhe«, versuchte er es mit einem Appell. »Schlaf vor der Tür, wenn du musst, aber ich hätte einfach mal gerne niemanden um mich.«

»Ich bleibe hier!«

Sevy seufzte, riss dann die Augen auf. »Oh, dort! Nuchelavee! Er kommt!«

»Nicht witzig«, murmelte Yves beleidigt und wandte sich ab.

Immerhin sah das Heinzelmännchen ihn nun nicht mehr an. Grinsend schaltete Sevy das Licht aus.

Kapitel 9: Tod

»Mau-mau!«

War das nicht Midas' Stimme gewesen?

Mühsam öffnete Sevy die Augen.

Das erste, was er an diesem Morgen sah, waren die Gesichter von Laval, Yves und Midas – aus beunruhigender Nähe. Die drei Geisterwesen hatten es sich auf seinem Bett bequem gemacht, die Hände voller Karten, seine Hüfte als Spieltisch verwendend.

»Ich dachte, wir spielen Poker?«, meinte Laval.

»Ach so?« Midas kratzte sich am Kopf.

»Schachmatt!«, versuchte Yves sein Glück.

Sevy stöhnte. »Gute Morgen«, krächzte er dann.

»Hi.«

»'morgen.«

»Gut geschlafen?« Nur Yves hatte sich Sevy zugewandt.

»Ein bisschen kurz vielleicht.«

»Lass dich nicht stören«, meinte das Heinzelmännchen, eine Karte ablegend.

»Zu freundlich«, murmelte Sevy und setzte sich auf.

Ein aufgebrachter Protest folgte angesichts der herabfallenden Karten.

»Fehlt jemand?«, fragte Sevy, als ihm schlagartig die Geschehnisse vom Vortag einfielen. Seine Uhr zeigte halb zehn. Sollte Nuchelavee sein Wort gehalten haben, müsste er erneut jemanden getötet haben.

»Keine Ahnung«, erwiderte Laval, hastig ein paar Karten zusammenraffend. »Ihr schuldet mir beide einen Zehner«, klärte er dann Midas und Yves auf, die sich sofort lautstark beschwerten.

»Hier!« Laval hielt ihnen die eingesammelten Karten vor die Nasen. »Seht ihr? Ich habe, uhm ... alles!«

Sevy verließ das Zimmer, während die drei Streithähne sich hektisch nach den verstreuten Karten bückten, um das beste Blatt zusammenzuklauben.

Die Küche schien verlassen. Wie immer war jedoch davon auszugehen, dass Knut sich in seinem selbsterwählten Zuhause – dem Kühlschrank – aufhalten würde. Wahrscheinlich schlief er.

Sein Frühstück aus den Schränken zusammensuchend, kamen Sevy dann jedoch Zweifel. Was, wenn Knut nicht da war? Was, wenn er ...

Von derart beunruhigenden Gedanken getrieben, öffnete Sevy die Kühlschranktür. Aufatmend stellte er fest, dass der Kobold tatsächlich darin lag und die Störung seiner Privatsphäre nicht mal bemerkte.

Einen Moment lang hatte Sevy wirklich befürchtet, Knut könnte das nächste Opfer gewesen sein. Wer wusste schon, wen Nuchelavee auswählen würde?

Leise schloss Sevy die Kühlschranktür.

»Jeremiah?«

Kurze Zeit später schaute das bärtige Gesicht des Zwerges um die Ecke. »Guten Morgen!«

»Hallo. Weißt du, ob jemand fehlt?«

Jeremiah schüttelte den Kopf. »Ich kann es noch nicht mit Sicherheit sagen, aber ich glaube nicht.«

»Das wäre eine gute Nachricht! Dann haben mir gestern Abend doch alle zugehört.«

»Unvorstellbar, aber es scheint so. Um sicherzugehen, schaue ich mich aber noch mal um.« Der Zwerg zeigte auf den Kühlschrank. »Ist Knut da?«

»Komatös.«

»Gut, damit ist der erste auf meiner Liste abgehakt.« Mit einem knappen Nicken verabschiedete er sich. Dabei musste er Midas ausweichen, der mit schmollender Unterlippe die Küche betrat.

»Nummer zwei«, meinte Jeremiah.

Ohne Sevy eines Wortes zu würdigen, ging Midas zur Küchenablage, kletterte hinauf und hielt vor dem Wasserkocher.

»Klick!«

»Gibst du deine Entziehungskur auf?«, fragte Sevy. »So lustlos, wie du den Wasserkocher gerade eingeschaltet hast, scheinst du doch eigentlich auf einem guten Weg zu sein.«

»Ich habe mich umentschieden«, erwiderte der Kobold finster. »Der Wasserkocher ist wieder mein bester Freund.«

»Streit mit Laval?«, erriet Sevy. »Das kenne ich. Passiert mir dauernd.«

Mit verbissener Miene starrte der Kobold auf das Elektrogerät, während Laval und Yves auf Midas‘ Spuren die Küche betraten.

»Kommst du mit, Heimlichs Putzlappen klauen?«, fragte Laval den Kobold. Allem Anschein nach hatte er den von Sevy vermuteten Streit längst überwunden.

Midas schüttelte den Kopf.

»Sicher?«

Midas nickte.

»Warum sprichst du nicht mit mir?«, wunderte sich Laval, und als Midas sich hierzu nicht äußerte, zog er an Sevys Hose. »Warum spricht er nicht mit mir? Warum?«

Sevy hatte gerade eine Schüssel mit Müsli und Joghurt in der Hand. Durch Lavals ungestümes Rütteln schwappte ein wenig der zähen Masse heraus.

»Lass das!«

»Warum?«, wollte Laval wissen.

»Weil es mich nervt!«

»Warum?«

»Nee, das Spiel mache ich nicht mit!«, weigerte sich Sevy und floh kurzerhand in den Flur. Doch Laval folgte, das Gesicht zu einem breiten Grinsen verzogen.

»Warum gehst du?«

Kurz davor in das Obergeschoss auszuweichen, fiel Sevys Blick auf die Haustür. »Ha!«, rief er, hinaus in den Garten stürzend. »Herrliche Ruhe!«

Glücklich ließ er sich in das weiche Gras sinken. »Willst du mir nicht Gesellschaft leisten?« Fröhlich winkte er Laval zu. »Komm doch, komm her!« Er tätschelte den Rasen neben sich.

Beleidigt wartete Laval einige Minuten an der offenen Tür. Als er erkannte, dass Sevy den Genuss seines Müslis absichtlich in die Länge zog, drehte er sich schließlich um und verschwand im Hausinneren.

»Nervensäge«, murmelte Sevy, bevor sein Blick zu dem VW-Bus wanderte. Nichts regte sich dort. Annabel schien zu schlafen. Kein Wunder nach den gestrigen Vorkommnissen.

Die Sonne brannte angenehm in Sevys Nacken und in der Ferne meinte er sogar die Ostsee rauschen zu hören. Vielleicht war es auch nur der Wind in den in einiger Entfernung stehenden Bäumen. Egal: Beruhigend wirkte die Geräuschkulisse allemal.

Er blickte erneut auf den VW-Bus und ihm wurde klar, dass er seinen Aufbruch hinauszögerte.

Für sie.

Er hätte sie gerne gesehen, sie eventuell gefragt, ihn bei seinem Einkauf zu begl…

Ein lautes Scheppern ließ ihn aufspringen. Das Geräusch war aus dem Haus gekommen. Mit weit ausholenden Schritten eilte er in die Küche.

Knut lugte schlaftrunken aus dem Kühlschrank hervor und Yves stand abseits, während Midas und Laval vor dem Haufen Plastik standen, der einst Sevys Wasserkocher gewesen war. Irgendjemand hatte die Idee gehabt, ihn als Wurfhammer zu missbrauchen. Als das Wurfseil – in diesem Fall das Elektrokabel – nachgegeben hatte, war das Gerät wohl gegen die Wand und dann auf den Boden geknallt.

Sevy bemerkend, sahen die beiden Kobolde auf. Für die Dauer eines Wimpernschlags zeigte sich Schuld in Lavals Zügen, dann hob er den Finger und zeigte schweigend auf Midas. Dieser war aufgrund der Anschuldigung zu perplex, um sich zu verteidigen.

Erschrocken wich Sevy zurück, als zu allem Überfluss ein schwarzer Schatten an ihm vorbeihuschte und sich in einer dunklen Ecke im Flur verlor.

»Kobolde oder Ratten«, stöhnte Sevy. »Ich weiß nicht, was schlimmer ist.«

Die anderen schienen hierzu keine eindeutige Meinung zu haben, und genau genommen wollte Sevy sie sowieso nicht hören.

Ohne ein weiteres Wort verließ er die Küche, setzte sich in sein Auto und fuhr in die Stadt.

Einsame Felder, verlassene Landstraßen. Nur das Geräusch des Motors war zu hören, sonst herrschte wohltuende Ruhe. Nach zwei Stunden in der Stadt – die Uhr im Instrumentenbrett zeigte mittlerweile kurz vor eins – fühlte Sevy sich wie neugeboren. Und doch: Es war komisch. Nicht nur freute er sich darauf, Annabel und die Villa wiederzusehen. Nein, ihm fehlten – er wollte es sich zuerst gar nicht eingestehen – auch die Bewohner des Anwesens. Während des Einkaufens war ihm die normale Menschenwelt so langweilig, so beständig vorgekommen. Auf eine merkwürdige Art und Weise hatte er sich inmitten der Menschenmengen nicht wirklich wohl gefühlt.

Diese Abkehr von der Stadt schien nicht nur ihn heimgesucht zu haben: So viel Mühe er sich auch gab, Geisterwesen hatte er in der Stadt nur wenige gesehen.

Anders war dies im Gartenzentrum gewesen. Hier und da war ihm ein Zwerg begegnet. Außerdem waren ein paar Kobolde auf der Suche nach einer destruktiven Aufgabe an ihm vorbeigeeilt. Doch sogar inmitten von Pflanzen, Teichen und Blumenbeeten hatte sich die Anzahl der Geisterwesen in Grenzen gehalten – obwohl Sevy vermutete, dass er sowohl in der Stadt als auch in der Gartenanlage nur einen Bruchteil der tatsächlich vorhandenen Kreaturen wahrgenommen hatte. Zwar schien er mittlerweile sensibler für ihre Anwesenheit zu sein, doch sogar in der Musen-Villa übersah er sie anfangs oft. Man musste sich auf sie konzentrieren. Man musste sie sehen *wollen*.

Er parkte das Auto neben der Villa und ließ einen Großteil der Einkäufe vorerst im Kofferraum. Lediglich das gekaufte Jakobskraut nahm er an sich, ebenso den Werkzeugkasten.

Wie er Irving versprochen hatte, brachte er das Gewächs an der Haustür, der Hintertür im Salon und an den Fenstern an. Damit würden – so der Plan – weitere Geisterwesen davon abgehalten, sich in die Falle zu begeben, welche die Villa für sie darstellte.

Nach einem erneuten Gang zum Wagen suchte Sevy die Küche auf. Das Betreten dieses Raumes war von Mal zu Mal ein Abenteuer, wusste er doch nie, was ihn dort erwartete. So war er auf vieles gefasst gewesen – und trotzdem verschlug der Anblick ihm die Sprache.

Laval und Midas standen in vollem Licht vor dem westlichen Fenster, die Gewänder hochgerafft und die nackten Bäuche vorgestreckt.

Dicke Bäuche.

Kugelrunde Bäuche.

Behaarte Bäuche.

Bei dieser Gelegenheit musste Sevy gezwungenermaßen feststellen, dass Kobolde allem Anschein nach geschlechtslos waren. Dies kam ihm angesichts der Blöße der beiden sehr gelegen.

»Hi Sevy«, rief Laval fröhlich. »Hilf uns mal: Wer hat den dickeren Bauch?«

Auch Midas hob den Blick. Er machte keinen sehr glücklichen Eindruck.

»Alles in Ordnung?«, fragte Sevy.

»Mir ist nur leicht schlecht«, erwiderte der Kobold.

Sevy hob zwei Saftkanister vom Boden auf. Außerdem einen großen Plastikbecher, der einst Joghurt beinhaltet hatte. Und eine leere Tüte Milch.

»Was habt ihr denn gemacht?«

»Wir haben uns neue Aufgaben gesucht«, erklärte Laval stolz. »Da du deine Farben eingeschlossen hast ...«

»In weiser Voraussicht«, fiel Sevy ihm ins Wort.

» ..., haben wir zur Bekämpfung der Langeweile gewettet, dass wir es schaffen, alle Flüssigkeiten im Haus zu trinken.«

Nach dem Sinn des Vorhabens zu fragen, würde reine Zeitverschwendung sein, und so beschränkte Sevy sich auf das Wesentliche: »Habt ihr's denn geschafft?«

Träge nickte Midas, während Laval die Frage mit deutlich größerem Enthusiasmus beantwortete.

»Und jetzt wollen wir wissen, wer von uns beiden mehr getrunken hat«, erklärte Laval.

»Dem Aussehen nach Midas«, sagte Sevy. Der Kobold ließ gerade sein Gewand wieder sinken. Es spannte über seinem Bauch.

»Nur weil ihm schlecht ist?«, protestierte Laval. »Schau dir meine Wampe an!«

»Nein danke, mir ist der Appetit bereits vergangen.«

Sevy entdeckte eine weitere leere Packung. »Wer hat die denn getrunken?«, fragte er erstaunt, den Karton aufhebend.

»Die Milch war schlecht! Da Knut die Tür vom Kühlschrank immer auf lässt, habe ich ihn ausgeschaltet. Ich wollte die Milch schon gestern wegwerfen, da roch sie bereits.«

Mit verzogenem Gesicht starrte Midas auf die leere Milchtüte. »Das erklärt so einiges«, murmelte er. Dann sah er leidend zu Sevy auf, sagte »Entschuldige mich« und erbrach sich ausgiebig auf den Fußboden.

Im Hintergrund konnte Sevy Heimlich aufstöhnen hören.

Schon kam das Heinzelmännchen herbei und machte sich mit einem verschlissenen Tuch an dem Erbrochenen zu schaffen.

Midas hatte der Sauerei inzwischen bereits den Rücken gekehrt. Die Erleichterung über den nun reduzierten Mageninhalt war ihm anzusehen.

»Noch eine Tüte Milch?«, provozierte Sevy, die Packung zwischen seinen Einkäufen heraussuchend.

»Nein, danke«, kam Laval Midas zuvor, als letzterer erstaunlicherweise bereits die Hand ausstreckte. »Als nächstes wollen wir ...«

Sevy hob die Hand. »Sagt es mir nicht, ich will es gar nicht wissen.«

»Aber ...«

»War Annabel hier?«

Ein unziemliches Grinsen entblößte Lavals blassweiße Zähne. »Wieso?«

»War sie hier?«, wiederholte Sevy seine Frage.

Der Kobold schüttelte den Kopf. »Nein.«

Neutralen Gesichtes zuckte Sevy die Schultern. »Langschläferin.«

»Bestimmt ist sie längst wach, hat aber kein Interesse dich zu ...«, begann Laval, wurde dann aber von Midas abgelenkt, der ihn ungeduldig am Arm zog. Ein leises Tuscheln, dann zogen die beiden Kobolde voller beunruhigender Vorfreude von dannen.

Nachdem Sevy die Einkäufe verstaut hatte, wollte er Jeremiah sein Geschenk überreichen, überlegte es sich dann aber anders. Vermutlich war der Zwerg unterwegs, um erneut die

Anwesenheit aller Geisterwesen zu überprüfen. Bei dieser wichtigen Aufgabe wollte Sevy ihn nicht stören.

Stattdessen entschloss er sich, sein Bild zu vollenden. Unter Umständen konnte er es bereits heute Abend Annabel als Überraschung präsentieren. Er wusste nicht, wann sie abfahren wollte, und ebenso wenig wusste er, wohin. Zwar hatte sie ihm erzählt, dass sie Kunst sammelte, doch wo sich die benötigten Räumlichkeiten für die Aufbewahrung der kostspieligen Exponate befanden, hatte sie ihm bisher verschwiegen.

Am Bild gab es nur wenig zu ändern; die Komposition war bereits gestern fertig gewesen. Bis auf ein paar letzte Tupfer war die Landschaft vollständig, die beiden dargestellten Personen mussten jedoch noch mit Details versehen werden. Diese Arbeit gefiel Sevy am besten, und er hob sie sich deshalb immer bis zuletzt auf.

Wie am Vortag, ging ihm das Malen leicht von der Hand, und so wandte er sich nach wenigen Minuten den Figuren zu. Strich für Strich nahmen sie Gestalt an; ihre Struktur hob sich stärker und stärker hervor.

Zu seinen beiden Seiten hatten sich einige Musen eingefunden. Schweigend sahen sie ihm zu, ihn mit ihrer Aufmerksamkeit gleichzeitig unterstützend.

Sevy arbeitete das Gesicht der Frau heraus. Unter anderem war sie es gewesen, die – wie Annabel ganz richtig bemerkt hatte – eine Spannung, eine unterschwellige Erotik, beisteuerte. Diese Emotion wollte Sevy verstärken, wenn auch nur minimal. Doch zu seiner Verärgerung schwand die Wirkung mit jedem

Pinselstrich. Abgelöst wurde die angestrebte Nähe langsam, aber sicher von einer kühlen Distanziertheit.

Sevy tat einen Schritt zurück.

»Nein«, murmelte er. Das Ergebnis war nicht so, wie er es sich wünschte. Mit einem Tuch entfernt er den Großteil der eben aufgetragenen Farbe und stellte den alten Zustand wieder her. Gerade wollte er erneut mit der Bearbeitung anfangen, als er an die Muse denken musste, die nach Annabels Meinung für seine neuen Anwandlungen in der Kunst mit verantwortlich war.

Fluster.

Befand sie sich momentan nicht im Raum? War dies der Grund für sein erfolgloses Bemühen? Doch warum sollte sie nicht anwesend sein, wenn ...

Alarmiert sah Sevy auf und suchte unter den ihn umgebenden Pixies nach dem schüchternen Wesen.

Er fand es nicht.

»Wo ist Fluster?«, fragte er Franz.

Die Pixie hob die Schultern. Auch die anderen konnten Sevy diesbezüglich keine Auskunft geben.

Nichts Gutes ahnend, riss Sevy die Tür auf. »Jeremiah?«

»Du bist schon wieder da?«, hallte ihm die Stimme des Zwerges aus dem Erdgeschoss entgegen. Von der Treppe schallten die schnellen Schritte kurzer Beine herüber. Als der Zwerg in das Atelier trat, ließ seine Miene Schlimmes erwarten.

»Es sind seit heute Morgen zwei weitere Geisterwesen verschwunden«, teilte er unumwunden mit. »Eine Pixie und ein Zwerg.«

»Fluster?«, fragte Sevy. »Heißt die Pixie Fluster?«

Jeremiah nickte.

Kurz schloss Sevy die Augen. Dann legte er das Tuch mit den Farbresten zur Seite und kehrte dem Bild den Rücken zu. In Anbetracht der neuen Todesfälle schien ihm seine Beschäftigung plötzlich trivial: Er malte, während immer noch Geisterwesen umkamen! Auch wenn ihnen danach bloß die Reinkarnation in Menschenform drohte, durfte er dies nicht auf die leichte Schulter nehmen.

»Ich bin gleich zurück«, verkündete er und machte sich auf den Weg in den Keller.

Von der Treppe aus kam ihm Heimlich entgegen.

»Denke du bitte auch daran«, forderte Sevy ihn auf. »Immer Vorsicht walten lassen! Es sind heute bereits zwei weitere Geisterwesen umgekommen.«

Wortlos betrat Heimlich das Atelier und begann die von zwei herumalbernden Musen gemachten Farbkleckse vom Boden zu entfernen.

»Gut!«, murmelte er, verbissen schrubbend. »Weniger Geisterwesen, weniger Arbeit.«

Kapitel 10: Die erste Frau

»Irving?«

Im Durchgang verharrend, schaute Sevy auf den regungslos vor dem Fenster stehenden Kobold. Das durch die ebenerdig liegende, verdreckte Scheibe eindringende Licht hob Teile des Raumes aus der Dunkelheit: festgetretene Erde, nackte Mauern und Spinnenweben an der Decke. Ohne Frage war das selbstgewählte Verlies des Kobolds kein Platz zum Wohlfühlen.

Träge drehte Irving sich um. »Hallo.«

Den Gruß als eine Einladung wertend, trat Sevy ein. »Ich habe das Jakobskraut an den Fenstern, der Haustür und der Außentür des Salons angebracht.«

Irving nickte schweigend.

»Zumindest dürften jetzt keine weiteren Geisterwesen mehr in das Haus eindringen.«

»Weniger«, korrigierte ihn Irving. »Weniger … Hin und wieder werden es trotzdem welche schaffen. Kobolde sind gewieft. Sie finden fast immer einen Weg, wenn sie wirklich irgendwo hineinwollen.«

»Da hast du wahrscheinlich recht«, stimmte Sevy ihm zu. »Ein Grund mehr dafür, dass wir einen endgültigen Ausweg aus dieser Misere finden.«

»Hm«, meinte der Kobold einsilbig.

»Und da du derjenige bist, der, nun, dabei war …«

»Und schuldig ist«, ergänzte Irving.

»Wie dem auch sei: Ich hatte gehofft, dass wir mit ein wenig Nachdenken und Unterstützung einen neuen Ansatz finden. Zuallererst wollte ich dich nach dem genauen Wortlaut deines damaligen Spruches fragen. Ich bin sicher, es gibt jemanden, der uns helfen kann.«

»Wer?«, fragte Irving.

»Wir werden sehen«, wich Sevy der Frage aus.

»Die meisten Geisterwesen sind nicht sonderlich begabt«, sagte Irving, ein sofortiges und zustimmendes Nicken von Sevy erntend. »Bis durch Zufall eines von den Cleveren das Haus betritt, können mehrere Jahrhunderte vergehen.«

»Mein Plan ist nicht, im Haus nach Hilfe zu suchen«, erklärte Sevy. »Vielmehr will ich schauen, ob ich nicht außerhalb der Villa jemanden finden kann.«

Ein fast unmerkliches, seitliches Zucken des Kopfes, an den dann die Hand geführt wurde.

»Oh«, sagte der Kobold leise.

Schmerzhaft wurde Sevy bewusst, dass Irving diese Idee vielleicht noch nie gekommen war.

»Wo willst du suchen?«, fragte der Kobold, nachdem der erste Moment der Scham vorüber war.

»Ich weiß es noch nicht. Hast du einen Vorschlag?«

Irving lief zu seinem provisorischen Bett, setzte sich darauf und dachte nach. Schließlich schüttelte er den Kopf. »Nein.«

Während Sevy sich ihm näherte, warf er durch das Fenster einen Blick auf Annabels VW-Bus. Es war eine ungewohnte

Perspektive: Die dreckigen Räder und ein Teil des Unterbodens waren zu sehen.

Er ging vor Irving in die Knie und hielt ihm Zettel und Stift hin. »Schreibst du mir die Worte auf?«, fragte er, trotz seiner hockenden Position auf den kahlen Schädel herunterblickend.

»Wir sind wirklich dumm, oder?«, fragte Irving traurig. »Ich meine: All die Jahre, und ich bin nie auf die Idee gekommen, Hilfe außerhalb des Hauses zu suchen.«

»Du konntest die Villa nicht verlassen«, versuchte Sevy Trost zu spenden.

»Ich hätte einen der Hausbesitzer fragen können«, kritisierte der Kobold sich selbst.

»Hattest du denn viel Kontakt mit ihnen?«

Irving schüttelte den Kopf, kritzelte ein paar kurze Sätze und reichte den Zettel Sevy.

»Wie hättest du sie dann um Hilfe bitten können?«

»Ich ...« Irving sah auf, schüttelte den Kopf, senkte ihn wieder. »Ich glaube nicht, dass es etwas bringt. Aber wenn du es außerhalb der Villa versuchen möchtest?«

Es war mehr eine Bitte als eine Frage gewesen, und Sevy stimmte gerne zu: »Ja, das mache ich.«

Blieb nur noch die Frage, wie genau er vorgehen sollte ...

»Ich dachte mir fast, dass du die Idee nicht hast fallen lassen«, sagte Jeremiah ernst, als Sevy ihm von dem Gespräch mit Irving berichtete.

Sie standen im Flur. Sevy hatte den Zwerg auf ihn wartend am Treppenkopf getroffen.

»Deswegen habe ich auch noch mal darüber nachgedacht«, fuhr Jeremiah fort. »Und mir ist da jemand eingefallen, der uns vielleicht zur Seite stehen könnte.«

»Her mit dem Namen«, forderte Sevy, vergeblich nach einem Stift suchend. »Mist, das ist schon der zweite Bleistift, der mir abhandengekommen ist.«

»Du kannst dir den Namen auch einfach merken: Duncan. Ein Kobold, der zumindest unter den Zwergen und Leprechauns bekannt ist für sein breites Wissen zu Historie, Schwächen und Fähigkeiten von Geisterwesen. Er wohnt oben an der Küste, am Dünenberg. Zumindest hat er dort vor drei Jahren gelebt.«

»So lange bist du erst in der Villa?«

»Erst?« Jeremiah lachte laut auf. »Es kommt mir viel länger vor!«

»Zeit ist eine hinterlistige Sache. Sie verhält sich immer genau entgegengesetzt zu unseren Wünschen.« Sevy griff nach seiner Jacke. «Wie kann ich diesen Duncan finden?«

»Auch dort oben treiben sich Geisterwesen herum. Am besten fragst du einfach eines von denen. Allerdings solltest du dir eine Primel mitnehmen.«

»Eine Primel? Die Blume?«

Jeremiah nickte. »Sie helfen Menschen, Geisterwesen besser und schneller zu sehen.«

»Gut, kein Problem. Es stehen welche im Garten. Zumindest ...«, er zeigte hinter sich, »Da draußen halt. Ich weiß gar nicht, ob ich einen Garten habe, und wenn ja, wo er aufhört. Auf jeden Fall blühen überall um die Villa herum Primeln.«

»Wiesenprimeln«, spezifizierte Jeremiah. »Um die habe ich mich früher gerne und oft gekümmert.«

»Die Blumen fehlen dir, stimmt's?«, fragte Sevy.

»Gras, Pflanzen, Bäume. Einfach nur eine Blume, etwas Grünes«, antwortete Jeremiah verträumt. Dann wurde sein Blick wieder scharf. »Die Natur ... ja, sie fehlt mir.«

»Wenn es mir gelingen sollte, den Hausfluch aufzuheben, dann kannst du bald wieder raus. Bis dahin ...«, meinte Sevy lächelnd, »... musst du dich wohl mit den paar Gewächsen in der Küche begnügen.«

Er gab Jeremiah zu verstehen, ihm zu folgen. Hinter der Tür zur Küche hatte er eine Palme, eine Akazie und drei Topfpflanzen versteckt, die er dem Zwerg nun stolz zeigte.

Jeremiah fiel im wahrsten Sinne des Wortes die Kinnlade herunter, auch wenn dies hinter dem allumfassenden Bartwuchs nur schwer zu erkennen war. Mit großen Augen starrte er auf die Gewächse, befühlte vorsichtig ihre Blätter und streichelte den faserigen Stamm der Palme.

»Danke«, murmelte er ergriffen. »Vielen Dank.«

»Gerne«, erwiderte Sevy. »Wenn du willst, kannst du einen Teil des Salons verwenden. Vielleicht das südliche Ende? Ich besorge dir auch ein paar Bretter und ein wenig Erde. Dann kannst du dir dort einen kleinen Garten herrichten.«

Glücklich stand Jeremiah zwischen den Pflanzen, ein Ausdruck größter Dankbarkeit im Gesicht.

»Du hast mir gestern und heute wirklich sehr geholfen«, meinte Sevy. »Auch deswegen das kleine Dankeschön.«

»Ich habe dir auch geholfen«, ertönte eine Stimme hinter Sevy. »Weißt du nicht mehr?«

Er drehte sich um. »Tatsächlich, das hast du erstaunlicherweise sogar«, meinte er zu Laval. »Allerdings nicht sehr oft und vermutlich eher zufällig als mit Absicht.«

»Aber ich habe dir geholfen«, reduzierte Laval Sevys Aussage auf das für ihn Wesentliche. »Also, was hast du für mich?« Neidisch schaute der Kobold auf den glücklichen Jeremiah.

Midas – seit mittlerweile knapp einem Tag der beständige Schatten von Laval – untersuchte indes neugierig die Palme.

»Du hast doch was für mich?« Mit großen, fordernden Augen blickte Laval zu Sevy auf.

»Obwohl du es nicht verdient hast«, stellte Sevy klar, griff sich in die Hosentasche und zog einen Bund Schlüssel hervor. Sie passten zu keiner Tür, gehörten zu keinem Auto. Der Besitzer des Schlüsseldienstes hatte ihn überaus misstrauisch angesehen, als er kommentarlos nach sechs unbearbeiteten Schlüsseln gefragt hatte. Schwerlich hätte Sevy ihm erzählen können, dass er sie für einen kleptomanischen Kobold brauchte.

Wie bei einer Preisverleihung legte Sevy den Bund feierlich in die ausgestreckte Hand Lavals. »Hier, deine persönlichen Schlüssel. Die kannst du den ganzen Tag verlegen, so, wie es dir beliebt.«

Laval öffnete den Mund, schloss ihn wieder, sah zärtlich auf sein Geschenk herab. Mit feuchten Augen zählte er die Schlüssel, ließ sie gegeneinander klingen, freute sich über das helle Geräusch und ließ das Metall im Licht aufblitzen.

Es war das erste Mal, dass Sevy den Kobold sprachlos erlebte.

Ein starker Wind peitschte die Wellen an den Strand und gleich mehrmals regneten Sandschauer auf Sevy herab. Obwohl es Hochsommer war, befanden sich so gut wie keine Sonnenanbeter an diesem Abschnitt der Ostseeküste. Angesichts der steifen Brise war dies verständlich.

Rechts von Sevy überragte ein Sandhügel alle anderen. Es handelte sich um den weithin bekannten *Dünenberg*, der genau genommen gar keine richtige Düne war. Unter der nur wenige Meter dicken Sandschicht befand sich nämlich ein Fels, welcher der Erhebung über die Jahre hinweg die Standfestigkeit verliehen hatte, Wetter und Meer zu trotzen.

Hier sollte es sein. Irgendwo hier. Doch wo genau? Sollte er einfach nach Duncan rufen? Bisher war Sevy keinem einzigen Geisterwesen begegnet – trotz der beiden Primeln in seiner Hosentasche. Einzig eine Fee glaubte er zwischen zwei Dünenkämmen erblickt zu haben. Doch als er den betreffenden Ort erreichte, hatte er ihn verlassen vorgefunden.

Während Sevy mühsam Schritt für Schritt durch den weichen Sand watete, suchte er mit den Augen die Dünen ab.

Woran erkannte man die Wohnung eines Koboldes?

Eine junge Frau kam die Dünung heruntergelaufen, im Arm ein Korb. Wild flatterte ihr Haar im Wind. Ihr Gesicht blieb Sevy unter der umhertanzenden Frisur verborgen, bis sie nah an ihm vorbei zur See strebte.

»Hallo«, begrüßte er sie, worauf sie sich die Haare aus der Stirn strich, ihn freundlich anlächelte und ihren Weg fortsetzte.

Es handelte sich um eine außergewöhnlich hübsche Frau. Sie war vermutlich in seinem Alter, sportlich und außerdem ... Sevys Gedanken stockten, er legte den Kopf schräg und die Stirn in Falten. Erstaunt sah er mit an, wie die Frau bis zur Hüfte ins Wasser watete, den Korb umdrehte, und inmitten der Wellen begann, die mitgebrachte Kleidung zu waschen. Zwar hatte Sevy Zeit seines Lebens immer Waschmaschinen für diese Art von Arbeit verwendet, doch auch ohne ein Experte zu sein, meinte er zu wissen, dass Salzwasser – kaltes Salzwasser – nicht unbedingt die beste Reinigungsflüssigkeit sein dürfte.

Noch perplexer war er, als sie sich das eigene Kleid von den Schultern streifte. Es glitt an ihrem Körper hinab und verschwand im Wasser. Eine dünne, etwa drei Zentimeter lange graue Spur zog sich entlang ihres Rückens und bedeckte die Wirbelsäule. Sevy rätselte kurz, worum es sich dabei handeln konnte. Dann identifizierte er den dunklen Streifen als Haarwuchs. Das Fell entsprang an ihrem Hals, verlief bis zu ihrer Hüfte und verschwand am Steißbein in der Ostsee.

Sevy setzte sich hin, leicht enttäuscht.

Es handelte sich wohl nicht um einen Menschen. Den Anblick einer einsamen, jungen Frau in wilden Gewässern hätte er dem eines Geisterweisens vorgezogen – auf der anderen Seite hatte er ja genau nach dem letzteren Ausschau gehalten. Die frostfeste Dame gehörte einer ihm unbekannten Art an, doch das schmälerte den Erfolg seiner Suche kaum.

Nach etwa zehn Minuten stellte die Frau ihre Arbeit ein, zog sich das durchnässte und gereinigte Kleid wieder über und kehrte an den Strand zurück. Erneut passierte sie Sevy lediglich mit einem freundlichen Lächeln, doch dieses Mal hielt er sie zurück.

»Entschuldigung?«

Sie hielt inne, sah ihn abwartend und distanziert an.

»Ich bin auf der Suche nach Duncan. Kennen Sie ihn?«

»Sicher, er ist mein Mann.«

»Ach so?« Sevy konnte seine Überraschung nicht verbergen. Er hatte sich unter Duncan einen weiteren verschrobenen Kobold vorgestellt: nervig, hässlich, aufdringlich. Doch nun stellte sich heraus, dass sich hinter dem unscheinbaren Namen eine Persönlichkeit mit gewissen Qualitäten verbergen musste. Anders konnte Sevy sich diese eher schweigsame Schönheit an der Seite eines Kobolds nicht erklären.

»Das trifft sich gut. Ich würde ihn gerne sprechen, wissen Sie.«

»Er ist im Moment nicht da.«

»Ist er länger weg?«

Sie zuckte die Achseln. »Das weiß ich nicht. Er ist fischen.«

Sevy warf ein Blick über die Schulter zum Meer – in einer eher sinnlosen Geste. Es war wohl kaum so, dass er die gesuchte

Person dort jeden Moment erblicken würde. »Und Sie wissen nicht, wann er wiederkommt? Heute noch?«

»Ich denke schon«, erwiderte sie. »Meistens übernachtet er zu Hause.«

»Wäre es in Ordnung, wenn ich dementsprechend später noch mal wiederkomme?«

Mit einem gewissen Desinteresse zuckte sie die Achseln. »Wo wohnen Sie denn?«

»Dort.« Ihr Arm zeigte auf die rechte Flanke des Dünenbergs.

»Gut«, meinte Sevy, sich der Frau wieder zuwendend, um sich zu verabschieden.

Wie eine Galionsfigur stand sie im Wind, das Kleid um ihren schlanken Körper gespannt, die Haare im Nacken klebend. Ihr schien der Wind nichts auszumachen, trotz der nassen Kleidung. Erst jetzt ließ sie den zeigenden Arm wieder sinken.

»Vielen Dank«, sagte er. »Dann bis heute Abend.«

Sie nickte stumm und schritt davon, ihn auf dem Strandabschnitt zurücklassend.

»Suchst du jetzt die Schlüssel?«

Sevy hatte das Haus noch nicht richtig betreten, da stellte sich ihm Laval bereits in den Weg – unter jeglichem Verzicht auf solche Formalitäten wie dem Austausch von Begrüßungen.

»Auch dir einen schönen Nachmittag«, meinte Sevy.

»Die Schlüssel«, wiederholte Laval.

»Hast du sie während der ganzen Zeit, in der ich weg war, immer wieder verlegt?«

»Nein!«, empörte sich Laval. »Ich bin ja nicht geisteskrank!«

Sevy ließ diese Antwort unkommentiert im Raum stehen.

»Du musst sie ja erst wiederfinden!«, erklärte Laval.

»Hm ...« So war das nicht geplant gewesen: Er hatte sich von dem Geschenk Ruhe erhofft.

Sevy nahm zur Kenntnis, dass Laval allein war. Obwohl der Kobold Midas erst gestern zu seiner zweiten Hälfte erkoren hatte, war es bereits jetzt ungewohnt, ihn ohne Anhang anzutreffen.

»Wo ist Midas?«

»Beschäftigt.«

»Daran zweifle ich nicht. Womit?«

»Schau mal«, meinte Laval belehrend, wie zu einem kleinen Kind. »Du musst ja nicht immer alle Details kennen, oder? Am Ende zählt das Resultat: Offensichtlich denkt Midas nicht mehr an den Wasserkocher, richtig?«

»Den habt ihr ja auch geschrottet. Und deinen ausweichenden Antworten lassen mich nun leider befürchten, dass ihr längst ein neues Verbrechen ausgeheckt habt.«

»Ach was!«, wischte Laval Sevys Einwand beiseite. »Midas ist abgelenkt, das sollte dir reichen. Suchst du jetzt?«

Dem Kobold nicht trauend, warf Sevy einen Blick in die Küche. Sie war verlassen und zu seiner Beruhigung intakt. Dafür fehlten die Pflanzen und die beiden Bäume.

»Habt ihr ...?«, begann er, doch Laval zeigte bereits auf den Salon. »Dort.«

»Wo hat Jeremiah die Erde her?«, wollte Sevy wissen, als er den Salon betrat. Inmitten einer Fläche aus Erde vor dem geöffneten, südlichen Fenster standen die Gewächse sauber eingepflanzt und in gebührendem Abstand zueinander.

»Aus dem Keller«, antwortete Laval. »Suchst du jetzt die Schlüssel?«

»Aus dem Keller?«

»Ja ...« Laval drückte gegen Sevys Bein. »Suchen!«

Der Zwerg war mehr als fleißig gewesen. Über eine Fläche von sechs Quadratmetern war eine Schicht sandiger Erde der Höhe eines Taschenbuchs aufgetragen worden. Für die Bäume würde dies nicht ausreichen, aber vermutlich war Jeremiah gerade im Keller, um weiteren Nährboden zu besorgen.

»Suchen ... Suchen ... Suchen ...«, jammerte Laval, bei jedem Wort gegen Sevys Bein stoßend.

»Nachher, ja?«

Laval verstärkte seine Bemühungen und warf sich nun rhythmisch mit seinem vollen Gewicht gegen Sevys Bein. Als dieser schließlich mit einem Schritt zur Seite auswich, fiel Laval mit einem Poltern zu Boden. Mit großen Augen schaute er auf.

»Was? Oh, bist du gefallen?«, fragte Sevy mit eindeutig gespielter Überraschung.

Während er sich aufrappelte, setzte Laval dem süffisanten Lächeln eine verärgerte Grimasse entgegen.

Den bettelnden Kobold vorausschickend, begab Sevy sich ein weiteres Mal in den Keller. Dieses Mal, um Jeremiah bei seinem Vorhaben zu unterstützen.

Geführt von Laval erreichten sie einen Raum wie alle anderen – muffig, dunkel und leer. Sogar mehr als leer: Ein großes Loch klaffte inmitten des Bodens. Und in diesem Loch mühte Jeremiah sich mit dem Lockern der Erde ab. Sogar bei dieser Knochenarbeit hatte der Zwerg seine bis zum Boden reichende Kutte nicht abgelegt.

Wie Sevy mittlerweile erfahren hatte, trugen Zwerge ausschließlich lange Gewänder, um ihre – nach Aussage von Jeremiah – potthässlichen Füße zu verbergen. Ob dies eine faire Beschreibung der Extremitäten war, konnte Sevy nicht abschließend bewerten, da er auch nach mehrfachem Nachfragen keinen Blick darauf hatte werfen dürfen.

»Sachte, sachte!«, sagte Sevy. »Nicht, dass mir das Haus nachher einstürzt.«

»Schon wieder zurück?« Jeremiahs Kopf reichte gerade so aus der selbst gegrabenen Kuhle heraus. »Das war schnell! Hattest du Erfolg?«

»Nein, Duncan war nicht da. Aber ich habe seine Frau getroffen.«

»Welche?«

»Wie meinst du das?«, wunderte sich Sevy.

»Egal ... Er war schon damals oft unterwegs. Vermutlich ist er wieder mal fischen.«

»Stimmt«, bestätigte Sevy. »Woher ...«

»Fischen. Andauernd fischen.« Jeremiah stieß erneut den Spaten in den Boden. »Er scheint an kaum etwas anderes denken zu können.«

»Brauchst du Hilfe?«, bot Sevy an, einer Schüppe dunkler Erde ausweichend.

»Wenn du Zeit hast?«

»Nein, hat er nicht«, antwortete Laval. »Er muss meine Schlüssel suchen.«

»Die können warten«, entschied Sevy. »Aber du kannst uns gerne helfen, Laval. Das wäre bestimmt was für dich! Dreck und Chaos sind doch dein Metier.«

»Keine Lust.«

»Du hast es noch nicht einmal versucht!«

Kritisch zog Laval die Stirn in Falten und sah sich um. »Dunkelheit, Kriechviecher, Zwerg, Mensch und Arbeit – nichts davon mag ich.«

»Danke, sehr freundlich.«

Laval sah ihn nichtssagend an.

»Dann könntest du mir einen anderen Gefallen tun«, schlug Sevy vor. »Du kannst alle im Haus davon unterrichten, dass ich sie heute Abend gegen acht Uhr im Salon erwarte.«

An dem Mienenspiel des Kobolds konnte Sevy bereits die nächste Absage erkennen, und so fügte er schnell hinzu: »Du bist sozusagen von mir bevollmächtigt, sie alle stören zu dürfen. Die meisten werden noch schlafen, also musst du sie wecken.«

»Gibt es heute Abend neue Regeln?«, befürchtete Laval, die ihm gegebene Aufgabe nun schon ernster nehmend.

»Nicht direkt. Aber es ist wichtig, dass alle kommen.«

Noch zweifelte Laval.

»Sie werden sich bestimmt darüber ärgern, dass du sie aufscheuchst«, fügte Sevy hinzu.

Laval nickte erst langsam, dann immer schneller. Ein zufriedenes Lächeln der Vorfreude zog seine Mundwinkel nach oben. Dann machte er sich auf den Weg.

Kapitel 11: Die zweite Frau

Der Zenit der Tageshitze war überschritten. Ein leichter Meereswind hatte sich bis zur Villa vorgekämpft.

Nach der schweißtreibenden Arbeit im Keller hatte Sevy sich umgezogen und wollte nun an die Küste. Als er die Treppe hinunterkam, erwartete ihn Laval. Die letzte Stunde hatte der Kobold ihn alle fünf Minuten angebettelt, ihn geradezu belagert. Doch Sevy hatte sich standhaft geweigert, nach Lavals Schlüsselbund zu suchen, half er doch Jeremiah mit seinem Garten.

Der Zwerg war gerade wieder im Keller und suchte sich aus einem Stapel alten Holzes geeignete Bretter für eine Eindämmung seines neuen Biotops heraus.

»Nein, ich suche deine Schlüssel nicht«, sagte Sevy zu dem Kobold, der ihn mittlerweile unverhohlen feindselig anblickte. Am Fuß der Treppe angelangt, hielt Sevy inne. Wie zwei Gegner standen sie sich gegenüber, der eine gerade halb so groß wie der andere.

»Willst du mich am Weggehen hindern?«, lachte Sevy.

»Du musst die Schlüssel suchen!«

Sevy ging ein Schritt zur Seite, Laval folgte. Der Kobold schien nicht mehr zum Scherzen aufgelegt. Seine Miene war verbissen.

»Es ist ganz einfach«, meinte er. »Sie sind ganz einfach zu finden.« Er nickte in Richtung der Kommode. »Gaaanz einfach.«

»Geht es dir gut?«, fragte Sevy, sich dumm stellend. »Dein Kopf zuckt so komisch.«

Als er sah, wie der Kobold vor Wut rot anlief, sparte er sich weitere Sticheleien und gab nach. Die Schublade öffnend, griff er sich übertrieben an den Kopf und rief aus: »Nein, ich glaube es nicht! Hier sind ja meine Schlüssel!«

»Ja! Du hast sie gefunden!« Die schlechte Laune wie weggeblasen, kam Laval herbei. »Gefunden, gefunden!« Vor Freude vollführte er einen merkwürdigen Tanz, beziehungsweise was Sevy dafür hielt. Genau genommen sprang der Kobold von einem Bein auf das andere – immer wieder. Dann sah er abwartend auf Sevys Hand. Einem Bluthund gleich fixierten seine Augen die Schlüssel.

Sevy legte die Stirn kraus und meinte schließlich: »Was mache ich denn jetzt mit meinen Schlüsseln? Was wäre denn ein guter Ort, damit ich sie auf jeden Fall wiederfinde? Ach, ich weiß! Ich lege sie hier auf die Kommode.«

Kaum hatte er den Bund abgelegt, stürzte Laval herbei, riss die Schlüssel an sich und sah sich linkisch um. Dann stieß er ein triumphales Lachen aus und suchte das Weite.

Nach wie vor herrschte Einsamkeit am Strand. Bis auf ein junges Pärchen zog der Küstenabschnitt auch am heutigen Abend keine Besucher an. Schade eigentlich, dachte Sevy. Das Rauschen der Wellen wirkte beruhigend.

Zumindest täte es das, wenn er nicht seit zehn Minuten erfolglos nach dem Eingang zu Duncans Wohnung suchen würde.

Sevy drehte sich um die eigene Achse. Ziemlich genau auf diese Stelle hatte Duncans Frau gezeigt: auf die rechte Flanke des Dünenberges. Doch hier gab es nichts außer Gras und Sand.

Sand in rauen Mengen.

Sand in seinen Schuhen und in seinen Socken.

»Mist«, murmelte Sevy und setzte sich ratlos auf ein Büschel des harten, spröden Grases. Der Wind fuhr ihm unbeständig durch die Haare. Mit zusammengekniffenen Augen suchte er weiter nach Anzeichen für eine Behausung.

Dort, eine Frau!

Sie hatte sich nur kurz gezeigt, bevor sie wieder zwischen zwei Hügelkuppen verschwunden war. So schnell, dass er sie kaum richtig hatte wahrnehmen können. Ob es Duncans Frau gewesen war?

Erst, als sie plötzlich hinter der Düne hervortrat, erkannte Sevy, dass es sich um ein dunkelhaariges, schlankes Mädchen handelte, noch keine zwanzig Jahre alt. Sie reagierte auf sein Winken, indem sie stehenblieb und schweigend auf ihn wartete.

»Hi ...«, begrüßte er sie, leicht außer Atem. »Ich suche jemanden. Er heißt Duncan.«

»Ich weiß nicht, ob er da ist«, erwiderte sie.

Erleichtert entnahm er ihrer Antwort, dass sie ihn kannte.

»Soweit ich weiß, wollte er erst spät zurückkommen.«

Ein leichter Akzent fiel ihm auf. Er konnte ihn nicht eindeutig zuordnen, tippte aber auf eine skandinavische Herkunft der Frau.

»Sicher bin ich mir aber nicht«, fügte sie dann hinzu. »Am besten schauen Sie bei uns Zuhause nach. Bei meinem Mann weiß man nie, ob er vielleicht schon da war, gerade geht, oder tatsächlich seiner Familie mal seine ungeteilte Aufmerksamkeit zukommen lässt.«

»Ihr Mann?«, fragte Sevy. »Aber ich dachte ...?« Er führte den Satz nicht zu Ende. Und da sie ihn nicht dazu aufforderte, beließ er es dabei.

»Hier hoch«, zeigte sie an ihm vorbei. »Etwa dreißig Meter geradeaus entlang der Schräge. Dann wenden Sie sich beim Dünengras nach rechts.«

»Beim Dünengras«, lachte Sevy. »Das ist etwas ungenau.«

»Das Büschel mit den genau nach Nordosten zeigenden Halmen. Zwölf Stück, alle in etwa gleich hoch, die beiden rechten etwas grüner, der zweite von links hat einen Knick.«

Erstaunt stellte er fest, dass sie es durchaus ernst meinte.

»Mal annehmend, dass ich den Ort finde: was dann?«

»Sie fragen einfach nach Duncan.«

Als sei damit alles gesagt, drehte das Mädchen sich um und schritt davon, einen verwirrten Sevy zwischen den Dünenkämmen zurücklassend.

»Na dann«, murmelte er.

Mit positiver Grundeinstellung und einer darauf aufbauenden, möglichst großen Zuversicht, machte er sich auf die Suche nach den genannten zwölf Halmen – und gab innerhalb von Sekunden auf.

Für ihn sah jedes Büschel gleich aus.

Er warf einen Blick hinter sich und konnte mit Mühe seine Fußspuren ausmachen. Die von dem Mädchen angegebene Entfernung durfte demnach in etwa hinkommen, und so fragte er leise: »Duncan?«

Keine Antwort.

Niemand war in der Nähe, keiner, der ihn für verrückt erklären könnte. So wiederholte er den Namen, dieses Mal etwas lauter.

»Moment!«, ertönte es gedämpft zu Sevys Rechten.

»Sicher!«, erwiderte er, wenn er auch nicht wusste, zu wem er gerade sprach. Nichts als Düne zeigte sich ihm dort, von wo aus er die Stimme gehört zu haben glaubte.

Er wartete. Und wartete. Gute zwei Minuten vergingen, bis sich schließlich etwas tat, und Sevy überrascht zurückwich.

Mitsamt Gras und Sand schwang ein Teil der Düne neben ihm zur Seite. Dabei verlor sie auf wundersame Art und Weise nicht ein einzelnes Sandkorn der dem Aussehen nach lockeren Bedeckung.

Die Öffnung war nicht groß, stellte Sevy beunruhigt fest. Er würde auf Knien hindurchkriechen müssen. Vorerst blieb ihm dies jedoch erspart. Denn die erschienene Frau bat ihn nicht herein, sondern fragte einsilbig: »Ja?«

Sie bot seinem Blick bloß ihren Kopf und ihren Hals, da die Luke schräg angebracht war und sie anscheinend auf einer Treppe oder Leiter stand. Wie die anderen beiden Frauen, die

Sevy bereits kennengelernt hatte, war auch sie noch jung. Ihre Gesichtszüge waren jedoch runder und fast schon plumper – dafür aber nicht weniger ansehnlich. Sie wies einen gesunden Teint auf, ein paar Sommersprossen zeigten sich um und auf der Nase.

»Ich würde gerne Duncan sprechen«, nannte Sevy den Grund seines Besuchs.

»Der ist fischen«, erwiderte sie. »Bist du der Typ, der ihn schon heute Mittag gesucht hat?«

Die direkte und wenig höfliche Anrede entsprach – im Gegensatz zu den anderen beiden Frauen – eher dem Bild, das Sevy von Geisterwesen hatte. So nahm er seiner neuesten Gesprächspartnerin die Umgangsformen nicht übel und antwortete bejahend. Auf ihre Nachfrage hin erklärte er ihr schließlich sein Anliegen:

»Es geht um die Aufhebung eines Fluches. Ich habe gehofft, dass Duncan mir dabei helfen kann.«

»Was für ein Fluch?«

»Ich wusste nicht, dass es da verschiedene Klassen gibt«, erwiderte Sevy. »Aber ich habe die Worte, die damals gesprochen wurden, aufgeschrieben.«

»Hast du sie dabei?«

»Ja.«

»Gib sie mir.«

Sie sah auf den von Sevy überreichten Zettel, überflog ihn mehrere Male, nickte langsam und ernst.

»Hm … Interessant … Ja, wirklich …«

Dann sah sie wieder auf. »Leider kann ich nicht lesen. Aber Duncan weiß bestimmt was damit anzufangen. Komm einfach in ein paar Stunden noch mal vorbei.«

Ohne eine Antwort Sevys abzuwarten, verschwand sie wieder im Inneren der Düne. Die Luke zog sie hinter sich herab.

Kein Spalt, nicht einmal ein Unterschied in der Vegetation deutete auf die Anwesenheit eines Eingangs hin. Vor Sevy befand sich einfach nur eine Düne. Eine Düne wie jede andere.

Mittlerweile hatte er die Hoffnung auf ein heutiges Wiedersehen mit Annabel bereits aufgegeben, doch als Sevy nach seiner Rückkehr vom Strand aus dem Wagen stieg, bog sie um die Ecke des Hauses. In ihrer kurzen Hose und dem einfachen T-Shirt machte sie einen sommerlich-unbeschwerten Eindruck.

»Ich dachte schon, du wachst gar nicht mehr auf«, begrüßte er sie.

»Ich hatte zwischenzeitlich noch zu tun«, erwiderte sie, ihm ein strahlendes Lächeln schenkend. »Wo warst du?«

»Ich habe versucht, jemanden zu finden, der uns bei dem Aufheben des Fluches hilft.«

»Tatsächlich?«

Zu seiner Überraschung schien sie diese Entwicklung nicht wirklich zu interessieren. Denn sie wechselte sofort das Thema:

»Ich habe übrigens eingekauft. Bleibt nur die Frage, wer kocht.«

Eine weitere Überraschung! Natürlich bot Sevy sofort an, dass er dies übernehmen könne.

Doch ein weiteres Mal führte sie ihn aufs Glatteis.

»Nein, ich weiß!«, meinte sie aufgeregt. »Wir machen einen kleinen Wettstreit!«

»Einen Wettstreit?«

Ein merkwürdiger Vorschlag. Er schien ihm geradezu kindisch.

»Wir rennen ums Haus! Derjenige, der als erster zurück ist, braucht nicht zu kochen.«

»Ich koche gerne«, gab er zu bedenken.

Verärgerung huschte über ihr Gesicht. »Dann kocht der Gewinner.«

In Sevys Augen benahm sie sich merkwürdig. Sie schien aufgekratzt und von einer inneren Unruhe ergriffen. Allerdings wollte er ihr den Gefallen nicht abschlagen, um sie nicht zu verärgern. Vielleicht steckte eine Überraschung dahinter?

Sie stellten sich Seite an Seite für das Rennen auf. Annabel zählte ab – und sie starteten.

Auf den ersten Metern gab Sevy sich nur wenig Mühe. Doch dann musste er feststellen, dass Annabel schnell war – unerwartet schnell. Sein Ehrgeiz trat in den Vordergrund und nun strengte auch er sich an. Sie rannten an der rechten Seite des Hauses entlang, fast hatten sie die Ecke erreicht. Er war außen, sie hielt sich links von ihm – einen Vorteil, den sie nicht unbedingt nötig hatte.

Der hässliche Betonbau hinter der Villa kam in Sicht. Sevy legte sich in die Kurve, um zwischen dem Kubus und dem Haus hindurchzurennen.

Dann überschlugen sich die Ereignisse.

Zuerst erblickte Sevy einen Sekundenbruchteil lang Annabel, wie sie ihn angrinste. Allerdings handelte es nicht länger um das fröhliche Gesicht mit den blauen Augen. Eine schwarze, beschuppte Fratze hatte es abgelöst.

Brigitte.

Der Wechselbalg, der ihn auf dem Hausdach fast in den sicheren Tod gelockt hatte.

Noch bevor Sevy reagieren konnte, oder auch nur begriff, was im Gange war, verspürte er einen heftigen Stoß in die Seite. Den Betonbau auf sich zukommen sehend, schrie Sevy auf, warf die Hände vor den Kopf – und stürzte ins Leere.

Aufprallend und schlitternd kam er zum Halt, die harte trockene Erde fügte ihm mehrere Schlag- und Schürfwunden an Knien, Händen und Ellenbogen zu. Mit Wucht traf sein Kopf auf, Sterne tanzten vor seinen Augen. Erst nach einigen Sekunden sah er sich in der Lage, aufzuschauen.

Das erste, auf das Sevys Auge fiel, war die Rückseite eines davoneilenden kleinen Geisterwesens. Mit einem hohen Sprung zielte es auf ein Fenster der Villa und purzelte hindurch.

Erst dann blickte Sevy auf den Betonbau, in den er sich mitten hinein hatte stürzen sehen. Doch das Bauwerk lag nun links von ihm. Insgesamt schien seine Welt um einige Meter verschoben. Als er die Ecke umrundet hatte, war die Villa ihm definitiv näher gewesen.

Brigitte! Die Erinnerung durchzuckte ihn wie ein Blitz.

Gehetzt sah er auf und suchte den Wechselbalg. Doch das vermaledeite Geisterwesen hatte sich in Luft aufgelöst.

Erst jetzt wurde ihm die Tragweise der Vorgänge klar. Sie hatte ihn hereingelegt und ihm mit ihren Tricks eine leicht verschobene Realität vorgegaukelt. Wenn das Geisterwesen aus der Villa ihn nicht zur Seite gestoßen hätte, dann wäre er direkt ...

Er stockte, als er den tödlichen Plan des Wechselbalges erkannte.

Er wäre direkt in die aus dem Betonbau herausragenden spitzen und rostigen Enden der Armierungseisen gerannt!

Gleich mehrere der Stäbe hätte er sich mit großer Geschwindigkeit in den Körper gestoßen.

Sie hatte tatsächlich erneut versucht, ihn umzubringen!

Unvermittelt begann Sevy zu zittern. Die Schmerzen aufgrund des Sturzes waren plötzlich vergessen. Dafür verspürte er Übelkeit.

Einige Sekunden lang blieb er liegen. Doch dann kam ihm die Befürchtung, Brigitte könnte erneut einen Anschlag auf sein Leben verüben. Mit schmerzenden Gliedern stand er auf – und hielt erneut inne. Ihm war klar geworden, dass er seinen Augen nicht länger trauen konnte.

Möglichst langsam und mit vorgestreckten Armen ging er in Richtung der Haustür.

Im Flur erwarteten ihn Midas, Laval und Yves. Sie schienen die Vorgänge beobachtet zu haben, denn keiner sagte ein Wort, als Sevy sich auf die Kommode setzte.

Seine butterweichen Beine konnten ihn nicht länger tragen.

Kapitel 12: Teamgeist

Yves strahlte über das ganze Gesicht. Dieses Mal hatte er seinen Schutzbefohlenen nicht im Stich gelassen und war zum Held des Tages avanciert. Noch war er nicht aufgefordert worden, seine Sicht der Ereignisse mitzuteilen, doch er war geduldig: Seine Chance würde kommen.

Annabel stand am Herd, kam immer wieder zum Tisch und verfolgte beunruhigt die von Sevy erzählte Geschichte.

»Diesem Nuchelavee scheint es mehr als ernst zu sein«, bestätigte sie schließlich Sevys Ansicht. »Hast du dir überlegt, nachzugeben?«

»Ja und nein«, meinte Sevy.

Mittlerweile war sein Puls zu zweistelligen Werten zurückgekehrt und dröhnte nicht mehr in seinen Ohren. Zu seiner Verwunderung hatte er dies unter anderem der warmen Tasse in seiner Hand zu verdanken. Der so alltägliche Vorgang des Teetrinkens hatte wahre Wunder gewirkt, versetzte dieser ihn doch in eine vertraute, sichere Situation. Natürlich hatte Midas den von Annabel mitgebrachten Wasserkocher anschalten dürfen. Sein Gesicht leuchtete noch immer vor freudiger Aufregung.

»Ja: Ich habe darüber nachgedacht. Und nein: Ich gebe nicht nach.«

Seine Antwort nicht kommentierend, widmete Annabel sich mit zerfurchter Stirn den Kartoffeln. Sie war beunruhigt, das konnte Sevy ihr ansehen.

Zu dem Zeitpunkt, als Sevy sich zitternd auf die Kommode im Flur gesetzt hatte, war Annabel bereits seit einer guten halben Stunde in der Küche mit den Vorbereitungen für das Abendessen beschäftigt gewesen. Eine Überraschung und ein Dankeschön für die gestrige Einladung.

Als Sevy sie nach der Episode mit Brigitte so plötzlich und unerwartet in seinem Haus antraf, war er einen Augenblick lang geneigt gewesen, wütend auf sie loszugehen. Doch dann war ihm klar geworden, dass Brigitte das Haus nicht ohne explizite Einladung betreten konnte und es sich bei der Frau in seiner Küche daher um die wirkliche Annabel handeln musste.

»Und was ist deine Geschichte?«, fragte Annabel Yves. Sie setzte sich an den Tisch; das Essen benötigte für einige Minuten keine Aufsicht. »Woran hast du gemerkt, dass Sevy in Gefahr war?«

Endlich war es soweit! Yves atmete tief ein – und Laval kam ihm zuvor:

»Zufall«, meinte der Kobold abwertend. Er war mürrisch, da er nicht der Mittelpunkt des Geschehens war und weitgehend ignoriert wurde. An den Türholmen gelehnt, betrachtete er die anderen mit düsterem Blick.

»Eigentlich hat er recht«, sagte Yves gönnerhaft, ganz der Bescheidene. »Ich war im Salon ...«, er zeigte auf die Tür, die auf den größtenteils unbenutzten Raum führte, »... und habe gerade rausgeschaut. Zusammen mit Blank und Perod – das sind zwei Zwerge.«

»Interessiert niemanden«, murmelte Laval.

»Shhh!«, stellte Sevy ihn verärgert ruhig.

»Und dann habe ich gehört, wie ein Wechselbalg und Sevy sich unterhielten. Das Fenster war offen, also habe ich rausgeschaut. Da rannten die beiden los. Der Wechselbalg bewegte sich komisch. Ihn umgab ein Schimmern. Genauso, wie es immer ist, wenn sie die Menschen mit ihren Zaubereien zum Narren halten. Ich bin dann zum anderen, zum hinteren Fenster gerannt, und als ich gesehen habe, worauf Sevy zusteuerte, bin ich raus und habe ihm geholfen.«

Sehr unspektakulär erzählt, war der Kobold sich dennoch des Dankes aller gewiss.

»Was ich aber nicht verstehe ...«, überlegte Sevy, »... ist Folgendes: Laval hat mir erzählt, dass ihr nicht aus dem Haus hinauskönnt.«

»Habe ich nicht«, protestierte der Kobold.

»Sicher hast du das!«

»Ich sagte: Wir können nur ganz kurz raus.«

»Nein, du hast gesagt, dass ihr nicht raus könnt.«

»Ich habe aber gemeint, dass wir nur kurz raus können«, sagte Laval stur.

»Warum hast du es dann nicht so gesagt? Kann ich etwa Gedanken lesen?«

»Kannst du überhaupt was?«, hob auch Laval die Stimme.

»Es ist wie die Luft anhalten«, erklärte Yves, die Aufmerksamkeit der beiden Streithähne auf sich ziehend. »Kurz halten wir es aus, aber dauert es zu lang, sterben wir. Wir brauchen die Villa. Wir sind an sie gebunden wie an die Luft.«

»So einfach!«, regte Sevy sich auf. »So einfach zu erklären. Aber der da …«, er zeigte auf Laval, »… bekommt es nicht auf die Reihe.«

Zu einem Kommentar anhebend, zuckte Laval stattdessen zusammen, als hinter ihm ein lautes Aufheulen zu vernehmen war.

Wenige Sekunden später kam Jeremiah hereingestürzt.

»Wer war das?«, fragte der Zwerg wütend. »Wer?« Vorwurfsvoll starrte er Laval an, der daraufhin seelenruhig auf Midas zeigte.

»Das war seine Aufgabe.«

»Seine Aufgabe?«, fragte Sevy, worauf Laval trotz anfänglicher Zurückhaltung begeistert reagierte:

»Ja! Wir durften doch nicht mehr auf Heimlich malen, an den Möbeln herumschaben oder alles Flüssige im Haus trinken … Und da haben wir uns neue Aufgaben gesucht. Angefangen haben wir damit, die Pflanzen und Bäume zu verschönern.«

»Was heißt das genau?«, fragte Sevy argwohnend.

»Sie haben sie umgebracht!«, rief Jeremiah.

»Stimmt gar nicht!«, äußerte Midas sich erstmals zu den Vorwürfen.

»Wir haben alle Blätter abgeschnitten und an jeweils anderen Pflanzen wieder angeklebt«, berichtete Laval stolz. »Übrigens, Sevy?«

Sich die Schläfen massierend sah Sevy den Kobold wütend und genervt an.

»Dein Kleber ist alle. Schreibst du das bitte auf deinen Einkaufszettel?«

Sowohl Jeremiah als auch Sevy fehlten die Worte.

»War ganz schön viel Arbeit.« Aus Lavals Mund hörte sich das so an, als erwarte er Lob.

»Warum?«, brachte Sevy nur hervor.

Eine überflüssige Frage, die Laval mit einem Schulterzucken abtat.

»Alle Pflanzen«, klagte Jeremiah. »Ich weiß nicht, ob sie das überleben!«

»Ihr Zwerge seid doch so toll«, meinte Laval stichelnd. «Jetzt hast du mal eine richtige Herausforderung! Gern geschehen!«

Erschrocken wich der Kobold ein paar Schritte zurück, da es einen Moment lang so aussah, als würde Jeremiah sich auf ihn stürzen.

Annabel schüttelte den Kopf und kehrte zurück an den Herd. Sie hielt sich aus den Streitereien weitgehend heraus und überließ die Maßregelung dem Hausherrn. Dennoch verfolgte sie weiter die Auseinandersetzung, indem sie sich regelmäßig umdrehte.

Obwohl Midas mitverantwortlich war, konzentrierte sich aller Missmut auf Laval, wie der Kobold verärgert und schmollend bemerkte.

»Das liegt daran, dass du dir diese Hirnrissigkeiten ausdenkst«, erklärte Sevy. »Du bist eine wandelnde Plage. Gott hätte dich damals in Ägypten brauchen können: Ramses hätte die Israeliten auf der Stelle gehenlassen.«

Obwohl Laval allem Anschein nach nicht wusste, worauf Sevy anspielte, entnahm er Annabels hellem Lachen völlig richtig, dass er eben beleidigt worden war.

»Ich weiß, wenn ich nicht erwünscht bin ...«, setzte er an, wurde aber sofort von Sevy unterbrochen.

»Wirklich? Weißt du das wirklich? Den Eindruck hatte ich bisher ganz und gar nicht!«

»Midas?«, sagte Laval beherrscht.

Der Aufforderung augenblicklich nachkommend, folgte der Mittäter ihm zur Tür.

»Halt!«, hielt Sevy sie zurück. »Bevor ihr geht, um neue Abscheulichkeiten auszuhecken, treten ab sofort neue Regeln in Kraft.«

Da die Drohung keinen großen Eindruck auf Laval zu machen schien, fügte Sevy hinzu: »Und wenn ihr euch nicht daran haltet, werden die Schlüssel wieder eingezogen.«

Schon zeigte sich die gewünschte Reaktion in Lavals Gesicht: Furcht.

»Die Regeln sind mehr als einfach: Ihr dürft nichts mehr kaputt machen, ohne meine Erlaubnis nichts essen oder trinken und nichts von meinen Sachen anfassen.«

»Das war's schon?«, fragte Laval höhnisch.

»Andere Geisterwesen – und Menschen! – werden respektiert, und ihr gebt euch Mühe, sie nicht zu beleidigen oder in den Wahnsinn zu treiben.«

»Damit hast du alles aufgezählt, was auch nur entfernt Spaß macht«, fasste Laval enttäuscht zusammen. »Gibt es überhaupt etwas, das wir dürfen?«

»Alles andere.«

Der Kobold überlegte – immer ein schlechtes Zeichen. »Dürfen wir zeichnen und schreiben?«

»Auf Papier, ja. Allerdings nicht auf Gegenständen, Büchern oder anderen dafür nicht vorgesehenen Dingen. Dazu gehört auch Heimlich – und jedes andere Lebewesen.«

»Sicher, sicher ...«, murmelte Laval nachdenklich, dann erstrahlte sein Gesicht. »Kein Problem! Allerdings brauchen wir Papier.«

»Gebe ich euch«, bot Sevy an. »Kein Problem.«

»Ausgezeichnet«, murmelte der Kobold, die Hände aneinanderreibend wie ein stereotyper Bösewicht. Ein tückisches Glänzen trat in seine Augen, als er seinen Arm brüderlich um Midas‘ Schultern legte. »Komm, mein Freund. Wir haben viel Arbeit vor uns!«

»Richtig«, stimmte Sevy ihm zu, die Aufmerksamkeit der beiden ein letztes Mal auf sich ziehend. »Ihr müsst in weniger als zwei Stunden alle Geisterwesen im Salon versammelt haben.«

»Ja, ja«, winkte Laval ab.

»Schlüssel«, erinnerte Sevy.

Laval zuckte zusammen.

So sehr Sevy sich auch Mühe gab: Eine entspannte Atmosphäre hatte sich nicht einstellen wollen. Nach der Lebensgefahr, in der er geschwebt hatte, schien er nicht in der Lage, sich fröhlich und unbeschwert zu geben. Annabel machte deutlich, dass sie seine Niedergeschlagenheit nachvollziehen konnte, doch es ärgerte Sevy, dass er in ihrer Gegenwart nicht etwas aufgeweckter sein konnte. Erst zum Ende der durchaus gelungenen Mahlzeit hin schaffte er es, die Gedanken an Nuchelavee und Brigitte beiseite zu drängen.

Doch dann hatte Annabel ihn auf das Bild angesprochen:

»Hast du schon weiter daran arbeiten können?«, fragte sie.

»Ich wollte es heute für dich fertig stellen«, meinte er. »Aber dann habe ich gemerkt, dass Fluster fehlt.«

»Was ist denn mit ihr?«, fragte Annabel. Fast zeitgleich kam die Erkenntnis. »Oh«, sagte sie leise.

Beide schwiegen. Das durch die geschlossene Tür dringende und allmählich anschwellende Geräusch der sich versammelnden Geisterwesen bot eine willkommene Ablenkung, der Sevy sich gerne hingab. Nur nicht über die vielen Toten nachdenken. Nicht die eigene Lebensgefahr in Erinnerung bringen. Außerdem musste er verdrängen, dass er es sich vermutlich durch seine momentan nicht besonders gute Laune mit Annabel verscherzte. Es würde ihn nicht wundern, wenn sie morgen schon …

Überrascht sah er auf ihre Hand, welche die seinige umschlossen hatte.

»Das wird schon«, sagte sie beruhigend.

Einen Moment lang verlor er sich in ihren Augen und fast hätte er ihr geglaubt – wenn nicht ein Klopfen an der Küchentür den intimen Moment gestört hätte.

»Sevy?« Jeremiah sah herein. »Entschuldigung, aber könntest du den anderen sagen, dass sie nicht alle in meinem Garten herumtrampeln sollen?«

»Es ist eh Zeit,«, erwiderte Sevy und stand auf.

Annabel hatte seine Hand bereits losgelassen, als Jeremiah eingetreten war. Sie folgte ihm hinaus in den Flur und hinein in den Salon.

Wie am Abend zuvor erschien es Sevy kaum möglich, dass alle diese Geisterwesen in der Villa hausten. Offensichtlich bekam er den Großteil von ihnen ohne konkreten Anlass einfach nicht zu Gesicht. Feen flatterten durch die Luft. Pseudo-intellektuelle Gespräche der Leprechauns drangen zu ihm vor, nur hin und wieder überstimmt durch Koboldstreitereien. Und eine größere Gruppe von Zwergen versuchte, Jeremiahs Heiligtum vor tobenden Pixies zu bewahren. Denn Letztere meinten, inmitten der Ansammlung mit einem Apfel Fußballspielen zu müssen.

»Tor!«, brüllte gerade eine, als das Obst an der Brust eines Zwerges zerplatzte und dieser ihr mit einem wütenden Aufschrei nachsetzte. Eine andere Pixie zauberte indes einen neuen Apfel aus der Tasche.

»Alle raus aus dem Garten!«, befahl Sevy. Bisher war er weitgehend unbeobachtet geblieben, doch mit dem Erheben seiner Stimme zog er alle Blicke auf sich. Heute gehorchten die Geisterwesen ihm ohne Widerworte.

»Könnte mir bitte jeder kurz zuhören?«

Mehr oder weniger vollständige Ruhe kehrte ein, bloß unterbrochen durch das Rascheln von Kleidung und das ungeduldige Gezappel von Kobolden und Pixies.

»Wie ich euch gestern Abend erzählt habe …«, sagte er zu der schweigenden Menge, die ihm jedoch nicht notwendigerweise zuhörte, »… werden wir bedroht. Jeden Tag werden drei Geisterwesen umgebracht. Bis ich ausziehe. Auch heute sind bereits zwei von euch verschwunden. Wahrscheinlich werden sie nicht mehr zurückkehren.«

Tod und Verderben: Die Aufmerksamkeit aller war ihm sicher.

»Trotz der Vorsicht, die ihr habt walten lassen …«

Gemurmel erhob sich, vor allem unter den Kobolden. Sevy formulierte den Satz einfacher: »Obwohl ihr in den letzten vierundzwanzig Stunden aufgepasst habt, konnte es nicht verhindert werden, dass zwei weitere Geisterwesen gestorben sind. Da jeder von euch sich frei im Haus bewegt, ist es schwierig, auf alle einen wachsamen Blick zu haben.«

Er pausierte. Einige Geisterwesen sah er intensiv an. Er versuchte Kontakt aufzubauen und ihnen klar zu machen, dass er sich um jeden Einzelnen sorgte.

»Damit es heute Abend trotz der Drohung kein Opfer geben wird, müssen wir jeden von euch bewachen. Jedes einzelne Geisterwesen muss unter Beobachtung stehen. Und wie können wir das tun? Was ist die einfachste Maßnahme, um weitere Tote zu verhindern?«

»Du ziehst aus!«

Sevy wandte sich dem vorwitzigen Leprechaun zu. Er mochte diese spezielle Art von Geisterwesen von Tag zu Tag weniger.

»Okay, ich passe meine Frage an: Was ist die zweiteinfachste Lösung, weitere Tote zu verhindern?«

»Tatsächlich, Eugene!«, meinte ein anderer Leprechaun zu demjenigen, der Sevy zum Gehen aufgefordert hatte. »Das ist eine ausnehmend gute Idee, die dir dort so spontan in den Geist gesprungen ist!«

»Danke, mein Werter. Die Lösung liegt wie immer in der Einfachheit. Der Weg des geringsten Widerstandes, die gerade Verbindung zwischen zwei Orten, der Zenit der absoluten ...«

»Feigheit«, vervollständigte Sevy den Satz. »Man rennt nicht davon, wenn man erpresst wird. Darf ich jetzt weiter machen?«

»Wenn du uns beantwortest, warum du nicht einfach ausziehst. Sollten die Morde dann nicht aufhören?«

»Gemäß Aussage von Nuchelavee sollte das so sein«, gab Sevy zu. »Aber ihr müsst euch fragen, warum er mich weghaben will. Was hat er davon? Und geht es euch danach besser als jetzt?«

»Vermutlich«, antwortete der erste Leprechaun.

»Höchstwahrscheinlich«, meinte der zweite.

Verärgert schüttelte Sevy den Kopf. »Ihr seht das falsch. Ihr wisst doch, dass ein Staat Erpressern nicht nachgeben darf?«

Die meisten Leprechauns nickten. Zwei oder drei von ihnen war jedoch anzusehen, dass sie nichts lieber wollten, als sich begierig in eine Diskussion zu stürzen.

Sevy kam ihnen zuvor: »Ihr müsst dieses Haus wie einen Staat auffassen. Mit mir als der Regierung. Ich mache die Regeln, ich bin das Gesetz.« Er zuckte die Schultern. »Und ich lasse mich nicht erpressen. Ende der Diskussion.«

Anerkennendes Gemurmel.

Von den Geisterwesen unbemerkt, war es jedoch gerade Sevy, der an seiner eben propagierten Meinung Zweifel hegte. Er wusste, dass die kleinen Wichte mit ihren Einwänden recht haben könnten. Vielleicht würde tatsächlich alles besser, wenn er auszog?

Er wischte den Gedanken beiseite – hier und jetzt war Zögern fehl am Platz – und fuhr fort mit seiner Ansprache:

»Ich möchte euch um einen großen Gefallen bitten.«

Vorerst gab es keine Widerworte.

»In dieser Nacht solltet ihr alle hierbleiben. Hier in diesen beiden Räumen. Unterhaltet euch, spielt, aber geht nicht hinaus. Alle Fenster und Türen bleiben geschlossen. Hunderte Augenpaare sehen mehr als eines. Wir werden Nuchelavee und seine Bande bezwingen. Er wird es nicht schaffen, einen weiteren unserer Gruppe zum Opfer zu machen.«

Am Ende leicht ins Pathetische abgerutscht, sah Sevy sich ein wenig verunsichert im Raum um. Aber anscheinend hatte er den richtigen Tonfall gefunden: Die Rede erntete tosenden Beifall. Als Demonstration ihrer Solidarität ließen sich einige

Kobolde augenblicklich zu Boden sinken, sich einen Platz für die Nacht sichernd. Jemand schloss mit Schwung die Küchentür.

»Auf jeden Fall hast du sie auf deiner Seite«, meinte Annabel, ihn sanft in den Arm kneifend.

»Scheint so«, erwiderte er, eine Spur überrascht über die positive Aufnahme seines Vorschlags. »Ich kann nur hoffen, dass wirklich alle hier sind.«

»Fast«, meinte Jeremiah, der die Ansprache in direkter Nähe der beiden Menschen verfolgt hatte.

»Wer ...?«, begann Sevy, kam dann aber selbst auf die Antwort. »Irving.«

»Unter anderem. Insgesamt fehlen drei: Irving, Heimlich, und Krösus.«

»Warum fehlt Heimlich?«, fragte Sevy. »Und wer ist Krösus?«

»Heimlich ist notorisch schlechtgelaunt und hört auf keinen. Vermutlich putzt er irgendwo im Haus herum. Und Krösus ...« Jeremiah grinste. »Krösus ist ein weiteres Original.«

Zumindest zwei der drei Geisterwesen, die der Versammlung ferngeblieben waren, schienen sich im Keller aufzuhalten. Deshalb betraten Sevy und Jeremiah das feuchte Untergeschoss.

»Hier ist recht viel Platz, eine Menge Einsamkeit«, sagte Jeremiah. »Perfekt für Wesen, die Ruhe suchen.«

Sie durchquerten einige Räume.

»Genau genommen ist der Keller sogar deutlich größer als der Grundriss des Hauses«, erklärte der Zwerg. »Die etwas niedrigeren Räume liegen außerhalb der Mauern.«

»Bestraft Krösus sich auch für irgendetwas?«, fragte Sevy.

Jeremiah lachte auf. »Nein. Aber er fühlt sich hier sicherer. Er verlässt seinen Raum nie.«

»Vor wem hat er Angst?«

»Eigentlich vor jedem.« Mit diesem Satz betrat Jeremiah einen kleinen, quadratischen Raum.

Nicht ein einziges Fenster hob die Kammer aus der Dunkelheit. Doch kaum traten sie über die Schwelle, erwachte eine Lampe zum Leben, dessen Strahl sich direkt auf Sevy und Jeremiah richtete und sie blendete.

»Wer seid ihr – oh, hallo, Jeremiah! – und was wollt ihr?« Eine argwöhnische, raue Stimme.

»Sevy, das hier ist Krösus«, stellte Jeremiah den hinter der grellen Taschenlampe unsichtbaren Kobold vor. »Und Krösus, das hier ist Sevy, der neue Hausbesitzer.«

»Was will er?« Die Lampe wanderte, richtete sich jetzt ausschließlich auf Sevy. »Was willst du?«

»Vor allem nicht blind werden.«

Schützend hielt Sevy die Hand vor die Augen. Kurz verharrte der Strahl noch auf ihm, dann wurde die Lampe ausgeschaltet.

Allmählich gewöhnten sich Sevys Augen an die Dunkelheit, und er glaubte, im hinteren Teil des Raumes eine etwa sechzig Zentimeter hohe Trennwand ausmachen zu können.

»Ich wollte dich eigentlich bitten, zu den anderen nach oben zu kommen, da ...«

»Ha!«, fiel Krösus ihm ins Wort und schaltete die Lampe wieder an. »Du willst mich wohl überlisten!«

»Mach die Lampe aus«, sagte Jeremiah. »Er tut dir nichts.«

»Das Problem ist«, meinte er dann zu Sevy, »dass Krösus hier unten seinen Schatz hütet.«

Der Lichtstrahl tastete weiter über die Gesichter.

»Geisterwesen können sehr besitzergreifend sein und bilden hin und wieder einen fast schon krankhaften Beschützerinstinkt aus. Vor allem im Hinblick auf ihre Sammlungen. Früher hat Krösus massenhaft Uhren zusammengetragen.«

»Uhren ...«, murmelte Krösus schwelgend. Die Taschenlampe erlosch. »Uhren ...«

»Er ist deswegen vor etwa zehn Jahren hier eingebrochen, um dem damaligen Besitzer seine Armbanduhr streitig zu machen.« Jeremiah zuckte die Schultern. »Das hat er auch geschafft, doch konnte er dann leider nicht mehr zu seinem außerhalb der Villa gehorteten Schatz zurück.«

Sevy starrte in das Halbdunkel. »Das sieht aber nicht nach Uhren aus.« Auf einem Brett hinter dem Kobold – von dem nur der Kopf zu sehen war – waren säuberlich und parallel zueinander angeordnet eine Vielzahl von Bleistiften zu sehen. »Warum hortet er Bleistifte?«

»Bleistifte ...« wiederholte Krösus leise und mit Bewunderung in der Stimme.

»Die Ergiebigkeit der Villa im Hinblick auf Armbanduhren ist eher mau«, sagte Jeremiah. »Da musste er auf etwas öfter Vorkommendes ausweichen.«

»Aha«, meinte Sevy, auch wenn er die Logik nicht wirklich nachvollziehen konnte.

»Das hat damals mit Ludovico Ernst angefangen. Der Musiker hat seine Kompositionen immer mit Bleistift geschrieben, um sie danach einfacher ändern zu können.« Jeremiah lachte. »Krösus hat ihn in den Wahnsinn getrieben, da er ihm immer die Bleistifte stibitzt hat. Viel besser erging es seinem Nachfolger, dem Autor Machius Schrift, auch nicht, wie du dir vorstellen kannst. Er hatte die Gewohnheit, seine Ideen mit Kugelschreibern oder halt Bleistiften festzuhalten. Deswegen lag überall Schreibgerät herum. Bis Krösus sich über die Bleistifte her machte.«

»Bleistifte, meine Bleistifte«, murmelte Krösus glücklich, bevor er Sevy erneut mit einem argwöhnischen Blick bedachte.

»Keine Angst«, meinte Sevy, die Hände erhebend. »Ich will deine Bleistifte nicht. Da wäre ich schon eher an dem Originalschatz aus Armbanduhren interessiert.«

»Tja, sein eigentlicher Schatz liegt jetzt irgendwo da draußen«, sagte Jeremiah. »Unbewacht, für jeden zugänglich, wenn er denn weiß, wo er suchen muss.«

Krösus begann laut zu summen, Jeremiahs Worte übertönend.

Der Zwerg lachte. »Er mag es nicht, wenn man ihn an seinen hilflosen, ihn vermissenden Schatz da draußen erinnert.«

»Weg! Geht!«, unterbrach Krösus kurz sein Summen. Er konnte den Schmerz, der sich aus dem Gedanken an seine herrenlosen Reichtümer ergab, offensichtlich nicht ertragen.

»Ich vermute, dass wir ihn nicht bewegen können, mit nach oben zu kommen?«, fragte Sevy.

»Schwierig. Aber keine Sorge: Er wird zum Berserker, wenn sich jemand seiner Sammlung nähert. Derjenige, der ihn überwältigen kann, muss noch geboren werden.«

Nach einem kurzen Besuch bei Irving wollte Jeremiah Heimlich suchen. Allerdings ohne Sevy. Denn es wurde spät, und er wollte Duncan einen weiteren Besuch abstatten. Heimlich würde schon auf sich achtgeben. Und wenn nicht ... nun, Sevy musste zugeben, dass ihn das Los des übellaunigen Heinzelmännchen nicht wirklich interessierte. Dennoch bat er Jeremiah, das putzwütige Geisterwesen möglichst zu den anderen ins Erdgeschoss zu bringen.

Kapitel 13: Hoffnung

Sevy trat hinaus in den kühlen Abend und sah sich um. Die einsetzende Dämmerung tauchte die Felder bereits in goldenes Licht. Wenn er sich beeilte, schaffte er es noch vor Einbruch der Dunkelheit zu seinem Ziel.

Annabel hatte sich bereit erklärt, während seiner Abwesenheit ein Auge auf die Geisterwesen im Erdgeschoss und hin und wieder auch auf Irving und Krösus zu haben. Daher machte Sevy sich einigermaßen beruhigt auf den Weg.

Sein Ziel war zum dritten Mal an diesem Tag die Küste.

»Duncan?«

Zu Sevys eigener Verblüffung hatte er die Stelle ohne Probleme wiedergefunden. Hoch auf dem Dünenberg stehend, schaute er auf Sand und Gras, darauf wartend, dass ihm geantwortet wurde.

Die Luke öffnete sich, ein Frauengesicht schob sich heraus. Mittlerweile wunderte Sevy sich nicht mehr darüber, dass es sich erneut um eine ihm unbekannte weibliche Person handelte.

»Hallo«, begrüßte die Frau ihn. Sie war älter als die anderen drei, aber auch sie verfügte über eine besondere Attraktivität.

»Guten Abend. Ich möchte zu Duncan.«

»Oh, ich weiß gar nicht, ob der schon da ist«, meinte sie und schaute dann schräg nach unten. »Am besten, Sie kommen kurz rein.«

Sevy trat näher und sah ihr hinterher. Fahler Schein drang von unten herauf, und wie von ihm vermutet, führte eine Leiter in das Innere der Düne. Gespannt folgte er ihr etwa drei Meter in die Tiefe. Dann, als er ebenen Boden erreichte, drehte er sich um.

Die Behausung verschlug ihm die Sprache. Von dem kleinen Podest aus bot sich ihm ein grandioser Anblick. Ein Rundgang führte in etwa drei Meter Höhe um die gesamte Höhle; eine Art Balustrade, von der man das rege Treiben in der Mitte des riesigen Komplexes beobachten konnte.

Sevy sah nach oben, hinauf zu der geschlossenen Luke. Er befand sich im Inneren der Düne, dessen Kuppe von außen betrachtet höchstens fünfzehn Meter im Durchmesser maß. Die sich vor ihm ausdehnende Höhle glich jedoch eher einer kleinen Stadt: Mindestens sechzig Meter durfte sie sowohl in der Breite als auch in der Tiefe messen. Die Decke lag gute zehn Meter über ihm.

»Das geht nicht«, murmelte Sevy. »Das ist physikalisch unmöglich.«

Die Frau ging rechts den Rundgang entlang und forderte ihn auf, ihr zu folgen.

Große Leuchter hingen von der Decke herab und beleuchteten den Komplex mit dem den Kerzen eigenen warmen, orange-gelben Licht. Alles schien aus Holz oder Stein konstruiert. Robust und simpel. Sevy kamen die das Leben im Mittelalter darstellenden Zeichnungen aus einem Kinderbilderbuch in den Sinn. Ein wesentlicher Unterschied zu diesen Zeichnungen blieb jedoch: die Reinlichkeit der Höhle. Alles war sauber und schien frisch geputzt.

Der Rundgang verfügte über ein Geländer, an dem hier und da eine Frau lehnte, um das Treiben in dem weitläufigen Zentrum zu beobachten. Dort befand sich über die gesamte linke Länge der Halle ein Holztisch. Um die zweihundert Personen – so schätzte Sevy – dürften spielend Platz daran finden. Sonst war die Höhle mit Sitzecken, zwei Küchen und einem kleinem Schwimmbad ausgestattet. Höchst interessiert nahm Sevy zur Kenntnis, dass in dem Wasserbecken mehrere Frauen planschten – nackt.

Erst jetzt, als er den Blick zum ersten Mal von dem Zentrum der Wohnanlage abwandte, fielen ihm die vielen Türen auf, die von dem Holzrundgang aus in die massive Felswand hineinführten. Ein Stück weiter vorn trat gerade eine Frau heraus und stieg die nächstgelegene Treppe zu dem Gemeinschaftsbereich hinunter.

Schlagartig wurde Sevy bewusst, dass sich hier ausschließlich Frauen aufhielten. Frauen – und normalerweise Duncan. War der Kobold mit jeder Einzelnen verheiratet? Sevy schüttelte den Kopf. Das konnte nicht sein.

»Kyrie!«

Von dem lauten Ruf seiner Gastgeberin aus seinen Gedanken gerissen, sah nun auch er auf das Getümmel schräg unter ihnen.

Eine Rothaarige fühlte sich angesprochen und winkte ihnen zu. Bei den vielen anwesenden Frauen war Sevy sich zuerst nicht sicher, erkannte dann aber in dem Rotschopf diejenige, die ihm heute Mittag das erste Mal geöffnet hatte.

Über die nächstgelegene Treppe stieß Kyrie zu ihnen. Er frage sich unwillkürlich, ob auch sie diesen merkwürdigen Streifen aus Fell am Rücken besaß. Bei den drei nackten Damen im Schwimmbad meinte er das dunkle Band zu erkennen. Aufgrund der langen Haare und Kleidung konnte er aber bei keinem der weiblichen Geschöpfe in seiner direkten Umgebung diesen Körperabschnitt betrachten. Sie trugen ausnahmslos lange Kleider, oben enganliegend und ohne Verzierungen, unten bis zu den Füßen reichend und weit auslaufend. Sie erinnerten Sevy an die Trachten des Mittelalters und fügten sich damit nahtlos in die allgemeine Aufmachung und Atmosphäre des unterirdischen Dorfes. Hier schien gänzlich auf moderne Hilfsmittel verzichten zu werden.

»Hallo«, grüßte Kyrie. »Duncan war zwar kurz da, musste aber noch mal weg.«

Eine herbe Enttäuschung. »Fischen?«, fragte Sevy mit leichtem Sarkasmus in seiner Stimme.

»Genau.«

Er zuckte die Schultern. »Was auch sonst?«

»Aber er hat sich deinen Zettel angesehen«, fuhr Kyrie fort. »Und er meint, dass er dir helfen kann.«

»Wirklich?« Die Frustration war wie weggeblasen. »Das ist ja großartig!«

»Allerdings braucht er noch einige Sachen, die du besorgen sollst.«

»Sicher«, meinte Sevy, in seiner Hose nach Bleistift und Zettel suchend. Den Zettel fand er, den Bleistift nicht. Er stieß genervt die Luft aus. Immerhin wusste er jetzt, wohin sie immer verschwanden.

»Ich versuche es mir zu merken«, sagte er.

»Duncan braucht einen großen Tisch, zwei Steaks – saftig, aber durchgebraten –, etwa ein halbes Kilo Kartoffeln und eine Flasche Dom Pérignon.«

»Es geht mich zwar nichts an, aber …«, wunderte sich Sevy.

»Er stärkt sich gerne vor der Arbeit«, erklärte Kyrie. »Das Essen sollte bei dir bereitstehen.«

»Bei mir? Aber er weiß, dass er – wenn er einmal in die Villa hineingegangen ist – nicht mehr heraus kann?«

Sie lachte. »Keine Sorge, Duncan findet einen Weg. Kümmere du dich nur um das Essen und den Dom Pérignon.«

»Oh … Nun, wenn das alles ist … Kein Problem.«

»Ja, das wäre alles«, erwiderte Kyrie.

Eine billige Arbeitskraft, dachte Sevy, hütete sich jedoch davor, dies auszusprechen.

Kyrie zuckte die Schultern. »Mal abgesehen von der Bezahlung, natürlich.«

»Richtig …« Sevy rüstete sich für das, was kommen würde.

»Er hätte gerne einen Billard-Tisch …«

Erleichtert atmete Sevy auf. »Das wird sich einrichten lassen.«

»Ich war noch nicht fertig!«, beschwerte sie sich. »Außerdem einen Kicker, zwei Flaschenöffner und ein Vorhängeschloss.«

Sevy hielt sich zurück und fragte nicht nach den Hintergründen.

»Bedingungen akzeptiert?«, fragte Kyrie.

»Ja. Morgen bringe ich alles vorbei.«

»Dann wird Duncan dir auch morgen helfen.«

Sevy verkniff sich jeden Protest. Heute Nacht würden sie hoffentlich auch ohne Duncans Hilfe in der Lage sein, Nuchelavee ein weiteres Opfer vorzuenthalten.

»Dann ist ja alles klar.« Kyrie sah ihn sachlich an. »Du weißt, wo die Tür ist?«

Der Wink mit dem Zaunpfahl ließ wenig Interpretationsraum. Keine Minute später fegte Sevy der Meereswind um die Ohren, während er ungläubig auf die von außen gesehen kleine Dünenkuppe schaute. Eine Dünenkuppe, in dessen Innerem sich ein mittelalterlich anmutendes Dorf verbarg.

Trotz der nächtlichen Dunkelheit sah Sevy ihn bereits, als er auf sein Grundstück einbog. An den Türpfosten gelehnt, erwartete ihn der Wechselbalg in seiner beliebtesten äußeren Erscheinungsform.

»Hallo Sevy!«, grüßte Brigitte, sich geschmeidig mit der Schulter von dem Türrahmen abstoßend. Entschuldigend spreizte sie die Arme, die Handflächen nach oben. »Du nimmst mir das von vorhin nicht übel, oder?«

»Um ehrlich zu sein: doch.«

Äußerlich gefasst schlug Sevy in Wahrheit das Herz bis zum Hals. Hatte sie ihn schon wieder verhext? Sah er erneut nicht die Realität, sondern ein Trugwerk?

Annabel hatte ihm erzählt, dass er auf einen Punkt ein paar Meter neben den Wechselbalg schauen sollte. Das Ziel war, den Blick nicht direkt auf das Geisterwesen zu richten. Nahm er dann eine Art Flackern oder Schimmern um den Wechselbalg war, so wurde er beeinflusst.

Er folgte dem Rat – und kam zu dem Schluss, dass seine Sicht von Brigitte nicht beeinträchtigt wurde. Aus Vorsicht hob er dennoch leicht die Arme, um früh genug auf eventuelle Hindernisse aufmerksam zu werden.

»Keine Sorge«, meinte Brigitte, als sie seine Befürchtung erkannte. »Ich will dir nichts Böses.«

»Komisch, heute Nachmittag habe ich da einen ganz anderen Eindruck bekommen.«

»Ein Versuch war es wert«, meinte Brigitte, als ob sie dies von jedem Vorwurf freisprach.

»Warum?«, fragte Sevy wütend. »Warum wollt ihr mich aus dem Haus haben?«

Sie zuckte die Schultern. »Warum kratzt du dich am Kinn, wenn es juckt? Es ist halt so. Ihr Menschen stört uns einfach. Sieh es als ein Bedürfnis, das wir haben.«

»Das glaube ich dir nicht.«

Mit einem falschen Grinsen kam sie einen Schritt näher. Als sie den Mund öffnete, konnte er die kleinen, scharfen Zähne aufblitzen sehen.

»Das ist uns vollkommen egal«, zischte sie. »Das Einzige, was uns interessiert, ist, dass du verschwindest!«

Er hielt ihrem Blick stand, ihrem dunklen, unheimlichen Blick. Dann schüttelte er herablassend den Kopf und trat an ihr vorbei.

»Wir alle haben unsere Wünsche, nicht wahr?«, sagte er, die Tür öffnend. »Und wir alle müssen uns daran gewöhnen, dass sie nicht restlos in Erfüllung gehen werden.« Er drehte sich ein letztes Mal zu ihr um. »Ist doch mal eine gute Lektion für euch.«

Beherrscht, fast sanft, schloss Sevy die Tür hinter sich.

Mit einem Lächeln im Gesicht sah Sevy um sich. Erstaunt musste er feststellen, dass er sich freute, wieder hier zu sein. Das bunte Durcheinander, die vielen kleinen Auseinandersetzungen um Triviales, die verquere Denkweise – all das zusammen bedeutete für ihn mittlerweile Unschuld und lenkte ihn zumindest zeitweise von seinen Problemen ab. Im Grunde handelte es sich bei seinen Mitbewohnern um eine Gruppe von harmlosen Lebewesen. Nervig, aber liebenswert. Nun gut: bis auf die Leprechauns.

Doch wo waren sie?

»Und?«, fragte Annabel, ihn an der Tür abfangend. »Wie war es bei Duncan?«

»Er kann uns helfen.«

»Aber?«

»Nichts aber. Er kommt morgen, sobald ich ihn bezahlt habe.«

Sie lachte. »Mir ist wirklich nicht klar, was diese Kobolde mit Wertsachen wollen. Sie brauchen nichts, kaufen sich nichts, und doch sind sie ganz versessen darauf.«

»Was wollen Menschen schon mit mehreren Millionen oder Milliarden?«, gab Sevy zu bedenken. »Die können sie auch nicht ausgeben.«

»Willst du etwa behaupten, wir sind wie Kobolde?«

»Gott behüte!«

Sie blickte über die Schulter. »Wo wir schon beim schnöden Mammon und Kobolden sind: Deine beiden Lieblingsexemplare haben ein neues Hobby gefunden, das sich mit den finanziellen Aspekten des Lebens beschäftigt.«

Ein lautes Johlen drang an seine Ohren.

»Ich bin mir nicht sicher, ob ich mir das jetzt antun möchte«, erwiderte Sevy, obwohl er wusste, dass er genau dies tun musste. Keine ruhige Minute würde er verbringen, bis er herausgefunden hatte, was Laval und Midas dieses Mal angestellt hatten.

»Wo sind sie?«

Schweigend zeigte Annabel in Richtung Salon und folgte ihm dann, als er sich auf den Weg dorthin machte.

»Neueste Informationen erreichen uns gerade!« Gewichtig nickte Laval und sah auf Midas, der wie Laval selbst auf einem Stuhl stand. Beide Kobolde hielten einen Schreibblock in der Hand. An der Wand hinter ihnen waren Zettel angebracht.

Sevy blieb stehen und sah über die vielen Geisterwesen hinweg zu den eifrig gestikulierenden Kobolden. Sie hatten

Jockey-Mützen auf und jeweils eines seiner Hemden über ihre Gewänder gezogen. Die Säume reichten bis zu ihren Füßen. Laval schrieb eifrig Zahlen auf und gab sie an Midas weiter, der sie auf die Blätter an der Wand kopierte.

»Kommt und nennt euren Einsatz!«, forderte Laval die Umstehenden auf. »Werdet reich, lebt in Saus und Braus! Platziert eine Wette! Bei der Art des Einsatzes sind wir flexibel. Setzt eine Uhr und ihr bekommt zehn!« Er räusperte sich und fügte leiser hinzu: »Wenn ihr gewinnt.«

»Oh!«, rief er dann. »Ich sehe, die Zeit wird knapp. Nur noch wenige Minuten bleiben euch für diese einmalige Chance!«

Zwei Pixies hielten jeweils eine silberne Gabel und ein dazugehöriges Messer hoch und brüllten einen Namen.

»Alles klar!« Laval winkte Midas zu, der die Beute einsammelte und die Gegenstände – sie gehörten Sevy, wie dieser verärgert feststellte – in einer kurzen Notiz festhielt.

»Sonst jemand?« Laval spähte in die Menge. »Keine falsche Bescheidenheit, Leute!«

Sevy musste dem Kobold lassen, dass er die versammelten Geisterwesen gut im Griff hatte. Sogar die überheblichen Leprechauns hatten sich vom Wettfieber anstecken lassen.

»Schauen wir mal, wie die Chancen stehen«, schlug Laval vor. Augenblicklich ebbte das Murmeln ab und wurde ersetzt durch gespanntes Schweigen. Mit ernster Miene blätterte Laval seine Notizen durch, beriet sich kurz mit Midas und zählte mit gerunzelter Stirn an seinen Fingern ab.

Alles Show, vermutete Sevy.

Dann sah der Kobold auf und hob die Hände. »Nach neuesten Hochrechnungen liegt Clara vorne!« Getöse brach aus. »Jawohl, Clara! Die Chancen stehen gut, dass Clara das nächste Opfer sein wird! Wer setzt auf ihren Tod? Wer? Sie, mein Herr Zwerg? Gerne!«

Ein lauter Aufschrei brachte Laval aus dem Konzept – bis er die Quelle ausfindig gemacht hatte. »Da ist sie, die Unglückliche! Die Todgeweihte, die Märtyrerin! Seht, wie sie ihr Los mit Fassung trägt!«

Einem Heulkrampf erlegen, liefen der Fee die Tränen über die Wangen. Aufgebracht stolperte sie in den Flur hinaus und verkroch sich in der Ecke zwischen Küche und Treppe.

»Zwei zu eins!«, übertönte Laval das Geschrei. »Setzt einen Gegenstand auf Claras Tod, und ihr bekommt zwei, wenn sie wirklich drauf geht!«

Mehrere Hände schossen in die Höhe.

»Gibt sie den Löffel ab? Segnet sie das Zeitliche? Wässert sie die Blumen? Gibt es bald eine Wiedergeburt als Mensch?«, rief Laval in die tosende Menge. »Wird sie ein ähnlich hässliches Exemplar wie der da?«

Sevy steckte die Beleidigung regungslos weg.

»Wettet darauf!«, forderte Laval alle auf. »Wettet auf ihren grausamen Tod!«

Sevy wandte sich ab. Zwar hieß er Lavals neuesten Coup nicht gut, doch immerhin sorgte der Kobold für Unterhaltung und hielt die Bedrohung in jedermanns Gedächtnis. Er beschäftigte die anderen, die so nicht auf eigene Faust umherwandern konnten.

»Mach dir keine Sorgen«, sagte Sevy zu der Fee, die zitternd in der Ecke hockte. »Er hat überhaupt keine Ahnung. Bleib einfach hier im Erdgeschoss, und du wirst überleben, wie alle anderen auch.«

»Komm«, forderte die hinzutretende Annabel die Fee auf. »Ich passe auf dich auf.«

Immer noch von Schluchzern geschüttelt, aber mit zuversichtlicherer Miene, stand die Fee auf und flog auf Annabels Schulter. Sie klammerte sich an ihren Hals, wie eine Ertrinkende an eine lebensrettende Boje.

»Kurz vor halb elf«, meinte Annabel zu Sevy. »Gestern war um diese Zeit der Mord bereits geschehen.«

Er nickte.

»Dein Plan scheint zu funktionieren!«

»Noch ist die Nacht nicht vorbei«, gab er zu bedenken. »Warten wir's ab.«

Sie drückte seine Hand, schenkte ihm ein Lächeln. »Wird schon werden. In dieser Nacht stirbt niemand.«

»Hoffen wir es.« Seine Kiefermuskulatur trat hervor, als er die Zähne zusammenpresste. »Aber ich werde auch dann nicht aufgeben, wenn wieder jemand umkommt.«

Sie schwieg. In ihrem Blick konnte er weder Zustimmung noch Ablehnung lesen.

»Wir werden sehen, ob wir Erfolg haben werden«, sagte Sevy skeptisch. »Aber ich traue dem Frieden nicht.«

Er sollte recht behalten. Keine zwanzig Minuten später teilte Jeremiah ihm zerknirscht mit, dass ein Leprechaun fehlte.

Nuchelavee hatte erneut Wort gehalten.

Kapitel 14: Teilrückzug

Noch ganze fünf Minuten blieben ihm, bis die Uhr acht schlug.

Sevy trat aus dem Haus, hinein in die frische Morgenluft; ihm blieb keine andere Wahl. Es war nicht zu verantworten, dass weitere Geisterwesen seinetwegen starben.

Als Jeremiah ihm am Vorabend von dem Tod eines weiteren Geisterwesen berichtet hatte (zu Lavals Erleichterung war es nicht Clara gewesen), war alle Hoffnung von ihm gewichen. Die Versammlung hatte er aufgelöst – das Opfer für den Abend war gefunden, es hatte keinen Sinn mehr gemacht, die Geisterwesen weiterhin im Erdgeschoss einzupferchen. Anschließend hatte er den Großteil der Nacht wach verbracht, an die Decke starrend und seine Optionen gedanklich durchgehend.

Leise schloss Sevy die Haustür. Seine beiden Koffer und das Bild brachte er nicht etwa in sein Auto. Stattdessen trug er sie um das Haus herum zu dem VW-Bus. Kurz hielt er inne. Nichts rührte sich. Keine Bewegung war sichtbar, kein Geräusch vernehmbar.

Annabel schien noch zu schlafen.

Sevy stellte seine Habseligkeiten ab, setzte sich hin – und wartete.

»Mein Gott!«, rief Annabel aus und legte sich eine Hand auf die Brust. »Hast du mich erschreckt!«

Nur in einem T-Shirt und mit kurzen Pyjamahosen bekleidet war sie aus dem Bus getreten und hatte den unbeweglich dasitzenden Sevy erst spät entdeckt.

»Entschuldigung«, murmelte er.

Als sie das Gepäck sah, setzte sie sich in den Eingang der Schiebetür. Das Innere des Busses war dunkel, die Vorhänge waren noch nicht geöffnet. »Du bist ausgezogen?«

»Mehr oder weniger. Alles habe ich nicht mitgenommen.«

»Was hast du vor?«

Er hob die Schultern.

»Willst du in deine alte Wohnung zurück?«

»Eigentlich ...« Er sah auf. »Ich habe mir überlegt ... Ich meine, wenn es dich nicht stört. Vielleicht kann ich heute Nacht bei dir bleiben?«

Sie sah ihn befremdet an.

»Nur, um das Haus im Blick zu haben«, fügte er schnell hinzu. »Ich will einfach wissen, ob alles wieder in normalen Bahnen läuft, jetzt, wo ich nicht mehr hier wohne.«

Dass Annabel nicht sofort antwortete, verunsicherte ihn zusätzlich.

»Sonst müsste ich den ganzen Tag hier draußen herumsitzen.« Sevy zeigte auf seinen alten Chevrolet. »Oder in dem Monster dort.«

»Nein ...« Annabel schüttelte den Kopf. »Nein, natürlich kannst du einen Tag bei mir wohnen. Das ist kein Problem.«

»Ich werde dir auch nicht auf die Nerven gehen«, meinte er. »Ich habe noch einiges zu erledigen und werde kaum drinnen sein.«

»Lass mich nur noch kurz aufräumen«, bat sie und ging in ihren Bus, von wo aus die nächsten paar Minuten hektische Betriebsamkeit zu vernehmen war.

»Psst!«

Sevy sah auf das geöffnete Fenster des Salons. »Hallo, Laval. Wie geht's dem Neureichen nach dem für dich glücklichen Ausgang der Wettveranstaltung?«

»Geht so.«

»Warum? Was ist los?«

»Reich ... Das ist doch etwas Relatives.« Lavals Augen blitzten auf. »Ich will mehr!«

»Dabei kann ich dir wohl nicht helfen.«

Laval nickte bedeutsam. »Doch, das kannst du.«

»Will ich wissen, worum es geht?«

Laval überlegte. »Na ja, es geht um dich. Die neue Wette ist nämlich, ob du mit Annabel zusammenkommst.«

Kurz blieb Sevy die Luft weg. »Würdest du uns bitte aus dem Spiel lassen!«

»Ich dachte ja auch, dass es nichts bringt«, verteidigte Laval sich. »Ich meine: Wie viel Erfolg traut man dir wohl bei Frauen zu?«

»Ich ...«

»Genau: gar keinen«, unterbrach Laval. »Das war ganz genau meine Meinung.«

»Ich …«

»Aber…«, fuhr Laval fort, Sevy erneut nicht zu Wort kommen lassend, »… viele der Geisterwesen hier scheinen zu glauben, dass du es trotz fehlender Vorteile schaffen wirst.«

»Das beruhigt mich ungemein«, murmelte Sevy.

»Komisch, oder? Ich meine: Sicher, sie ist taub. Aber das reicht doch eigentlich kaum aus, um über deine Fehler – deine vielen Fehler! – hinweg zu sehen. Wäre sie noch blind und dazu dumm wie ‘ne Scheibe Weißbrot, dann vielleicht … Aber so?«

Er schüttelte den Kopf, als Ausdruck seines Unverständnisses.

»Wie dem auch sei: Würdest du dich bitte zurückhalten? Sonst machst du mich arm. Sei einfach nur du selbst. Das müsste reichen, um sie zu vertreiben. Hast du mich gehört? Sevy?«

Demonstrativ hatte Sevy dem Kobold den Rücken zugewandt und kam nun nur zu gerne Annabels Aufforderung zum Betreten des Busses nach.

»Und hier kannst du dir einen Tee machen«, beendete Annabel ihren kurzen Rundgang durch den Bus.

»Danke, aber wie gesagt: Ich werde kaum hier sein.«

Sevy setzte sich auf das Bett, welches erhöht gebaut worden war. Darunter befand sich ein etwa dreißig Zentimeter hoher Stauraum.

»Ist das hier alles, was du besitzt?«, fragte er, auf den Inhalt des Busses deutend.

»Alles, was ich bei mir habe«, korrigierte sie.

Er bückte sich. »Vor allem viel Benzin sehe ich.« Gleich zehn oder zwölf Kanister lagen Seite an Seite unter dem Bett.

»Notration für meinen Bus.« Dann kam sie auf ihre frühere Bemerkung zurück: »Und du meinst wirklich, das wird Nuchelavee reichen?«

»Warum nicht? Ich sollte ausziehen«, erwiderte Sevy irritiert. Seine ungestüme Antwort sofort bereuend, fügte er leiser hinzu: »Und das habe ich jetzt getan. Er hat nicht verlangt, dass ich fortfahre.«

»Hoffen wir, dass ihm das genügt.«

Sevy stand auf. »Und wenn nicht, habe ich noch ein Ass im Ärmel.«

»Duncan?«

»Duncan.«

Gegen halb elf erreichte Sevy den Dünenberg. Obwohl er den Kicker und den Billardtisch als Bausätze beim nächsten Einrichtungshaus gekauft hatte, passten sie nicht in sein Auto, und so fuhr er in einem geliehenen Kleinbus vor.

Trotz des für Juli recht kühlen Tages – Wolken bedeckten den Himmel – schwitzte er gehörig, als er den auf zehn Pakete verteilten Billardtisch bis an den verborgenen Zugang zu Duncans Höhle hinauf geschleppt hatte. Mit einem dumpfen Dröhnen fiel das letzte der rechteckigen Pakete in den Sand.

»Duncan!«

Unten am Strand schaute ein einsamer Wanderer zu ihm hoch, lief dann aber weiter.

Die Luke ging auf und Kyrie sah ihn an. »Hast du alles dabei?«

»Wie besprochen.«

»Ist es das?« Sie nickte in Richtung der Pakete.

»Der Billardtisch.«

»Gut. Hol du den Rest, wir bringen die Sachen inzwischen rein.«

Als Sevy mit der zweiten Last – dem Kicker – die Luke erreichte, waren die zehn Pakete bereits verschwunden. Er sparte sich die Mühe, darüber nachzudenken, wie Kyrie den zerlegten Billardtisch durch die kleine Luke bekommen hatte. Stattdessen kehrte er ein letztes Mal zum Auto zurück, um das massive Vorhängeschloss und die Flaschenöffner zu holen.

Bei Sevys Rückkehr auf den Dünenberg war auch der Kicker verschwunden, die Luke war jedoch noch offen. So stieg er unaufgefordert hinein, davon ausgehend, dass Duncan ihn erwarten würde.

Er irrte sich.

»Duncan ist fischen«, meinte Kyrie zu Sevys Rücken, noch bevor er die Leiter ganz hinabgeklettert war. »Er hat aber versprochen, vor halb zwölf wieder hier zu sein.« Sie zuckte die Schultern. »Bald also.«

Ihm vorausgehend, führte sie ihn hinunter in das Herzstück der Höhle, wo zu seiner Überraschung Kicker und Billardtisch bereits aufgebaut waren und bespielt wurden.

»Möchtest du etwas trinken?«

Er verneinte und nahm auf einem ihm von Kyrie zugewiesenen Stuhl in einer der vielen Sitzgruppen Platz. Zwei Frauen unterbrachen ihr Gespräch und sahen ihn interessiert an.

»Ach so«, meinte Kyrie, bereits davongehend. »Wo sind das Vorhängeschloss und die Flaschenöffner?«

Sevy reichte ihr die Tüte.

Zielstrebig ging sie damit auf eine massive Tür zu – eine der wenigen, die im unteren Bereich der Höhle in den Fels eingelassen waren.

»Wir werden diese Tür bald sichern«, gab sie sich erstaunlich mitteilungsfreudig. »Daher das Schloss. Allerdings werden wir vorher noch einiges herausholen müssen.« Sie stöhnte, kaum hatte sie einen Blick in den hinter der Tür liegenden Raum geworfen. Was sich darin befand, konnte Sevy auf die Entfernung nicht erkennen.

»So ein Chaos«, klagte sie. »Und überall Spinnen!« Sie schauderte. »Ich hasse Spinnen.«

Sevy stand auf – er hatte das Gefühl, sie erwarte dies von ihm – und trat herbei.

Der Raum schien einen großen Stapel an Decken zu beinhalten. Nein, korrigierte Sevy seine erste Einschätzung, als seine Augen sich an die Dunkelheit gewöhnten. Es waren Felle. Seehundfelle.

Das verstand Duncan also unter Fischen!

Säuberlich aufgestapelt lagen die dunklen Häute an den Wänden. Ein muffiger Geruch drang aus der geräumigen Höhle zu ihnen heraus.

»Hier sollen Spinnen leben?«, zweifelte Sevy. »Gibt es da drinnen überhaupt Insekten, die sie essen könnten?«

»Natürlich!« Verärgerung lag in ihrer Stimme. »Es ist grauenvoll – aber da muss ich wohl durch.«

Sie tat einen ersten Schritt in den Raum hinein – und verharrte erneut. Ihre Stimme klang süß, als sie fragte: »Hast du Angst vor Spinnen?«

»Nicht unbedingt«, erwiderte Sevy. »Zumindest nicht vor den üblichen Haus- und Hofspinnen. Anders sieht das mit schwarzen Witwen und so aus.«

Kyrie drehte sich um, schenkte ihm ein Lächeln, das ein kleines Mädchen nicht unschuldiger zustande gebracht hätte. »Würdest du … Ich meine … Vielleicht könntest du uns ja helfen? Bis Duncan wieder da ist?«

»Sicher.« Er trat neben sie. »Was soll denn genau passieren?«

»Die Felle müssen alle einzeln herausgebracht werden. Am besten nimmst du immer eins, und reichst es an mich oder an eine der anderen weiter.«

»Okay.« Sevy bückte sich.

»Moment!«, sagte Kyrie eine Spur zu laut. Dann lächelte sie nervös. »Kleinen Moment noch.«

Sie verließ den Raum und rief einen kurzen Befehl in einer ihm unbekannten Sprache. Die Gespräche flauten ab, das Trappeln von Füßen war zu vernehmen. Dann trat Kyrie wieder in den Raum.

»Gut, es kann losgehen Ich habe die Mädchen herbeigeholt, damit sie dir helfen.«

»Und du?«

Sie lächelte. »Ich komme später wieder. Anfangen tust du dort drüben ...«, sie zeigte nach rechts, auf den niedrigsten Stapel, »... und arbeitest dich langsam nach links vor. Immer von oben nach unten.«

»Dein Wunsch ist mir Befehl.«

Sevy griff nach dem ersten, unerwartet schweren Fell. Überreichen tat er es einer hübschen Frau, die es mit großer Dankbarkeit entgegennahm. Kaum hatte sie das Fell in den Händen, rannte sie aus dem Raum. Ähnlich ging es ihm bei der zweiten Frau. Und der darauffolgenden.

Die nächsten zwanzig Minuten verbrachte Sevy damit, den Frauen jeweils ein Fell zu überreichen. Zwar glaubte er, niemals das gleiche Gesicht zweimal zu erblicken, doch bei den vielen Schönheiten, die er zu sehen bekam, konnte er nicht sicher sein. Auf jeden Fall schien er seinen Job gut zu machen: Jede Einzelne bedachte ihn mit einem himmlischen Lächeln.

Mittlerweile war von den etwa zehn ursprünglich vorhandenen Stapeln nur noch ein einziger geblieben. Von dem vielen Bücken schmerzte Sevy das Kreuz, doch er war fast fertig und wollte so kurz vor dem Ende nicht aufgeben.

Der Grund dafür, dass er dennoch innehielt, war ein lauter, wütender Schrei.

Das Lächeln der jungen Frau, die Sevy zu diesem Zeitpunkt gegenüberstand, schmolz dahin. »Schade«, murmelte sie enttäuscht, machte auf dem Absatz kehrt und verließ den Raum.

Verwundert ließ Sevy das Fell sinken.

»Wer?«, rief die wütende Stimme. »Wer?«

Ein Kobold stampfte in den Lagerraum hinein. Er trug keine Oberbekleidung, weswegen Sevy ein unnötiger Blick auf den behaarten und runzligen Oberkörper geboten wurde. Immerhin hatte der Kobold eine weite, abgegriffene Hose an. Sonst glich er seinen Artgenossen in der Villa: ein breites, leicht kindliches Gesicht, starker Haarwuchs (außer dort, wo er bei Menschen üblich war) und knochig.

»Wie kannst du ...«, begann der Kobold, fand aber vor Aufregung nicht die richtigen Worte. »Wie ... Warum?« Er schien mit den Nerven völlig am Ende.

»Ich helfe nur«, meinte Sevy, der nicht begriff, worum es ging. Hilfesuchend schaute er auf Kyrie, die schützend vor etwa zwanzig Frauen stand. Sie schwieg. Eine unheimliche Stille lag in diesem Moment über der Höhle.

»Helfen?«, spie der Kobold. Er lachte ein höhnisches Lachen, griff dann ungestüm nach Sevys Arm und zog ihn zu der Treppe, auf den Rundgang hinauf und von dort hinaus auf die Düne. Doch das Ziel war noch nicht erreicht: Mit Sevy im Schlepptau stolperte Duncan die Dünung hinunter und zwang seine Geisel bis kurz vor die Brandung.

»Da!«, sagte der Kobold, außer Atem. Dann ließ er sich auf sein Gesäß fallen und schaute deprimiert in die Wellen.

Köpfe schauten hier und da hervor.

»Seehunde«, erkannte Sevy. »Aber nicht nur.«

Auch einige der Frauen schwammen im Meer, inmitten der Wellen und winkten ihm zu. Er widerstand der Versuchung, die Begrüßung zu erwidern.

»Ich verstehe nicht«, meinte Sevy. »Was ist denn los?«

»Selkies«, meinte Duncan nur, zeigte dann den Strand entlang, wo sich in etwa hundert Meter Entfernung eine der Frauen in die Brandung legte. Wasser umspülte ihren Körper, als sie das von Sevy bekommene Fell über sich zog, die Beine anwinkelte und die zierliche Figur in die Haut zwängte. Vor Sevys verblüfften Augen schloss sich das Fell am Rücken wie durch Zauberhand. Flink robbte das Tier ins Wasser und tauchte unter.

Selkies.

Mystische Wesen, sowohl Tier als auch Mensch. So viel wusste Sevy noch aus seiner Jugend. Den Geschichten nach gingen sie hin und wieder Fischern ins Netz. Wenn diese den Tieren das Fell abstreiften, kam eine wunderschöne Frau zum Vorschein. Und diese Frau hatte keine Wahl: Sie musste von nun an bei dem Mann bleiben, der ihr Fell besaß. Bis …

Sevy fasste sich an den Kopf, als ihm sein Fehler klar wurde.

»Du hast ihnen ihre Felle zurückgegeben«, klagte Duncan weinerlich.

Und damit hatte Sevy den Selkies die Freiheit geschenkt. Nur, wenn ein Mann ihr das Fell wiedergab, konnte die Selkie zurück in ihre Heimat. In das Meer.

Kyrie hatte ihn hereingelegt.

»Ich … es tut mir leid«, entschuldigte sich Sevy.

Doch der Kobold ignorierte ihn, sah leidend auf das Meer hinaus, wo hin und wieder ein Seehundkopf auftauchte.

Eine Hand berührte Sevy an der Schulter. Rötliches Haar wehte im Wind.

Kyrie.

Sie bedeutete ihm, ihr zu folgen.

»Sorry«, meinte sie, als sie in einigem Abstand zu Duncan anhielten. Die Worte kamen emotionslos über ihre Lippen, sie wirkten nicht aufrichtig. »Die Chance musste einfach wahrgenommen werden.«

»Fair ist anders«, meinte Sevy erzürnt.

»Ach?«, brauste sie auf. »Aber das er uns gegen unseren Willen gefangen hält, das ist in Ordnung?«

Sevy antwortete nicht. Sie hatte natürlich recht.

»Er kommt darüber hinweg. Ein paar von uns sind noch da. Und es ist am Ende sowieso die sportliche Herausforderung, die ihm am meisten Spaß macht.«

»Super«, erwiderte Sevy aufgebracht. »Großartig! Aber er wird mir nun kaum helfen, den Fluch aufzuheben! Damit bist du dafür verantwortlich, wenn weitere Geisterwesen umkommen.«

Diese Anschuldigung schien ihr kein Kopfzerbrechen zu bereiten. »Ach was, der fängt sich schon. Bis heute Abend ist alles wieder in Ordnung.«

»Jede extra Stunde kann einen weiteren Toten bedeuten.«

Sie zuckte die Schultern. »Er hätte sowieso nicht sofort mitkommen können.«

»Aber ich habe doch bezahlt«, protestierte Sevy.

»Schon ... Aber man erzählt sich, dass die bösen Geisterwesen von seiner Aufgabe gehört haben. Und sie werden ihn erwarten.«

»Woher sollen sie denn davon wissen?«

Kyrie zuckte die Schultern. »Ich habe ihnen auf jeden Fall nicht davon erzählt ... Wie dem auch sei: Er muss sich erst mal eine sichere Passage heraussuchen. Und ich glaube kaum, dass vor heute Abend oder morgen früh die von ihm auf den Weg geschickten Bestechungen ihre Ziele erreicht haben. Erst, wenn alles sicher ist, wird er sich auf den Weg machen.«

»Wirklich?«, fragte Sevy, neue Hoffnung schöpfend. »Meinst du, er hält sich an sein Wort?«

Sie setzte ein beleidigtes Gesicht auf. »Wann habe ich dich denn jemals angelogen?«

»Vor einer halben Stunde«, erinnerte er sie.

»Nein.« Sie hob tadelnd den Zeigefinger und lächelte. »Da habe ich dir nur etwas verschwiegen.«

»Ach? Du hast tatsächlich Angst vor Spinnen? Und die Felle mussten wirklich herausgeholt werden?«

Sie verzog den Mund. »Nun gut: Ich habe dir kleine Unwahrheiten erzählt.«

»Kleine Unwahrheiten, die eine große Wirkung hatten.«

Kyrie ließ auch diese Kritik an sich abprallen. Trotz der Umstände verabschiedete Sevy sich einigermaßen höflich von der Selkie und machte sich dann auf den Weg, den Transporter abzugeben.

»Hallo Laval«, grüßte Sevy. Der Kobold hatte das Fenster des Wohnzimmers geöffnet, nachdem Sevy mit lautem Klopfen auf sich aufmerksam gemacht hatte. »Gibt es etwas Neues?«

»Sag du's mir«, antwortete der Kobold. »Hast du Annabel schon endgültig verschreckt?«

»Warum machst du nicht einfach mit deinen Todeswetten weiter?«, fragte Sevy verärgert. »Das hat sich doch gestern bezahlt gemacht.«

»Gestern, ja. Aber heute …« In einer hilflosen Geste hob Laval die Hände. »Wenn keine mehr sterben, dann will auch niemand wetten.«

»Seit heute Morgen wird niemand Neues vermisst?«

»Jeremiah meinte, dass alle da sind«, klagte der Kobold.

»Das ist doch mal eine gute Nachricht! Sonst wirklich keine Neuigkeiten?«

Laval schüttelte den Kopf. Er hatte ein Stück Brot in der Hand, von dem er regelmäßig ein Stückchen abbrach und dann fallen ließ.

»Allen geht's gut?«

Ein Nicken, während weitere Krümel zu Boden fielen. Sevy folgte einem Bröckchen Brot mit den Augen, bis es hinter dem Fensterbrett aus seiner Sicht verschwand.

»Darf man fragen, was du dort tust?«

»Füttern.«

»Wen füttern?« Sevy stellte sich auf die Zehen und sah über das Fensterbrett hinweg in das Zimmer hinein.

»Hast du sie noch alle?«, rief er dann. »Hörst du bitte sofort auf die Ratten zu füttern!«

Gleich mehrere der kleinen Nager befanden sich zu Füßen des Koboldes, der auf Sevys Zornesausbruch hin verwundert aufsah.

»Aber dann kommen sie nicht mehr!«, erwiderte der Kobold.

»Richtig!«, erwiderte Sevy, um Fassung ringend. »Genau das ist der Sinn der Sache.«

»Warum?«

»Weil sie nicht ins Haus gehören.«

»Warum?«, beharrte Laval.

»Ratten sind zu nichts zu gebrauchen. Sie sind schädlich.«

»Sind sie nicht«, behauptete Laval. »Sie sind nützlich.«

»Ach ja?« Sevy kreuzte die Arme vor der Brust. »In welcher Hinsicht?«

»Als ...«, Laval überlegte, »Als ... Als ...«

Sevy verdrehte die Augen. »Sie sind zu nichts zu gebrauchen und du sorgst dafür, dass sie aus dem Haus verschwinden!«

»Nein, wirklich. Sie sind nützlich, weil ... Nun, ganz einfach, uhm ...«

Doch Sevy hatte bereits den Bus betreten.

»Wie war es?«, fragte Annabel, die auf der hintersten Ecke des Bettes sitzend in einem Buch blätterte.

»Eine Katastrophe.« Müde setzte er sich ihr gegenüber. »Ich habe Duncans Harem freigelassen.«

»Duncans was?« Ihre Neugierde war geweckt, das Buch hatte plötzlich nicht mehr oberste Priorität. »Erzähle mir alles!«

Doch so weit kam es nicht, da ein lauter Knall ihn aufschreckte. Sevy stürzte aus dem Bus, gefolgt von einer alarmierten Annabel.

»Hi!«, meinte Laval. Er lehnte aus dem Fenster und nickte beiden freundlich, aber argwöhnisch zu.

Ungehalten untersuchte Annabel die Katsche im Lack. Ein von Laval geworfener Stein war für die Delle verantwortlich.

»Was soll denn das?«, fuhr Sevy ihn an.

»Was habt ihr gerade im Bus gemacht?«, stellte der Kobold eine Gegenfrage.

»Laval, deine bescheuerte Wette erlaubt es dir nicht, uns zu kontrollieren. Schon gar nicht so!«

Verletzt wich der Kobold zurück. »So etwas unterstellst du mir?«

»Ohne mit der Wimper zu zucken.«

»Dabei wollte ich dir nur den Zettel geben, der hier vorhin aufgetaucht ist.«

»Zettel?«

»Ja, vor zwei Stunden oder so.« Laval entfaltete das Stück Papier. »Hier steht, dass du weiter weg gehen sollst, weil sonst … Hey!«

Nachdem er dem Kobold das Papier entrissen hatte, überflog Sevy die wenigen Zeilen.

Der erste Schritt ist getan, von einem Opfer wurde heute bisher abgesehen.
Ab jetzt ist nicht nur das Haus, sondern auch der Umkreis von fünf Kilometern für dich und andere Menschen tabu.
Ansonsten stirbt gegen Abend der/die Nächste.

»Vor zwei Stunden?«, reagierte Sevy seine ohnmächtige Wut an dem Kobold ab. »Du hast den Zettel vor zwei Stunden bekommen?«

Ein unschuldiges Nicken.

»Habe ich dich nicht vor fünf Minuten gefragt, ob es Neuigkeiten gibt?«

»Kann sein.«

»Warum hast du mir dann nichts davon gesagt?«

»Da hatte ich zu tun!« Laval schüttelte ungläubig den Kopf. »Das hast du doch gesehen! Ich musste meine neuen Haustiere versorgen.«

Annabel legte Sevy eine beruhigende Hand auf die Schulter. »Lass es«, flüsterte sie ihm zu. »Er kann doch auch nichts dafür.«

Er wandte sich vom Fenster ab, seine Verärgerung herunterschluckend. »Dann ziehe ich mich erst mal zurück. Hast du einen Blick auf das Haus?«

»Die Ansage von Nuchelavee bezieht sich nicht nur auf dich«, meinte sie. »Daher sollten wir *beide* nicht länger hier bleiben.«

Sie hatte natürlich recht.

»Duncan kommt nicht vor heute Abend«, überlegte er laut. »Bis dahin sollten wir wohl wirklich einen Bogen um die Villa machen.«

»Das ist vermutlich das Sinnvollste«, stimmte sie zu.

Schweigend lud Sevy die beiden Koffer in sein Auto um. Bloß das Bild blieb, wo es war: in Annabels VW-Bus. Sie nahm es schweigend aber mit einem dankbaren Nicken zur Kenntnis.

Sie tauschten die Telefonnummern aus.

Dann fuhr Sevy davon.

Kapitel 15: Verrat

Nachdem Sevy zuerst an den Strand gefahren war, hatte sein Weg ihn anschließend unverrichteter Dinge in seine alte Wohnung geführt. Doch nach nur wenigen Stunden hatte er wieder das Weite gesucht.

Der alte Chevrolet steuerte nun erneut den Strand an. Das Ziel war auch dieses Mal Duncan.

Der mittlerweile vertraute Weg über die Dünen führte Sevy zur altbekannten Antwort auf seine immer gleiche Frage nach der Anwesenheit des Kobolds: Duncan war fischen.

Dieses Mal entschloss er sich, zu warten.

Die nächsten beiden Stunden verbrachte Sevy mit einem ausgedehnten Spaziergang, der ihn jedoch nie weit von dem Dünenberg wegführte. So meinte er nach einiger Zeit jedes einzelne Sandkorn des Küstenabschnittes in- und auswendig zu kennen. Duncan blieb indes verschollen. Vermutlich hatte der Kobold alle Hände voll zu tun, um zumindest einige seiner Frauen wieder einzufangen.

Frustriert setzte sich Sevy unweit des Dünenbergs auf einen kleinen Hügel. Von hier aus hatte er einen bezaubernden Blick auf die Ostsee: sanfte Wellen, im Wind trudelnde Möwen und eine angenehme Sommerbriese.

Nichts davon konnte Sevy momentan aufmuntern.

»Was tun?«, murmelte er, den Kopf aufgestützt. Wie konnte er den Geisterwesen helfen? Momentan strebte alles in ihm danach, einfach nur abzuwarten, bis Duncan sich der Sache annahm. Doch konnte er sicher sein, dass Duncan ihm nach dem Malheur des heutigen Morgens noch helfen würde? Und sogar dann ... Was, wenn Duncan nicht in der Lage wäre, den Fluch aufzuheben?

Sevy drängte diese pessimistischen Gedanken beiseite, lehnte sich zurück und stützte sich mit den Ellenbogen auf – nur um wieder hochzuschnellen. Etwas pikste ihn in den Rücken. Ein Ast, vermutete er und rutschte zur Seite. Mit der Hand griff er in den Sand und umfasste den Gegenstand, der jedoch im Boden verankert schien. Als er sich schließlich löste, zog Sevy gleich ein ganzes Wesen mit aus dem Sand.

Es sah etwas verwirrt aus. Aufgrund des Überraschungsmoments schaute es Sevy abwartend und unschlüssig an.

Ganz ähnlich ging es Sevy bei dem ungewohnten Anblick der Gestalt. Der Kopf des Geisterwesens war flach und wies eine leichte Ähnlichkeit mit einem Vogel auf. Nach hinten gerichtete Fellbüschel wuchsen aus dem Gesicht, unter zwei besonders langen und orangefarbenen Fortsätzen versteckten sich die Ohren. Beine und Arme waren unnatürlich dünn, kaum dicker als dürre Äste. Ein geschuppter Schwanz schloss sich an den gerade mal zwanzig Zentimeter langen Körper an. Damit handelte es sich mit den Feen um das kleinste Geisterwesen, das Sevy bisher kennengelernt hatte – und um eines der hässlichsten.

Vorsichtig setzte Sevy das Wesen ab, das sich inzwischen gefangen zu haben schien und den Daumen in den Mund steckte. Eine merkwürdige Geste. Hatte Sevy es vielleicht mit einem Kleinkind, einem Geisterwesen-Baby zu tun? Doch die kleine Gestalt saugte nicht an dem knochigen Daumen, sondern pustete darauf. Nach nur wenigen Sekunden musste Sevy bereits ein paar Schritte zurückweichen, denn das Wesen gewann rasend schnell an Umfang. Der Kopf blieb in Originalgröße, doch der Unterkörper, die Beine und die Arme, schwollen an wie Ballons. Schon hatte das Wesen Sevys Körpergröße erreicht – und es pustete immer noch.

Geistesgegenwärtig riss Sevy dem Wesen den Daumen aus dem Mund. Es folgte ein Luftstoß, der beide durch die Luft wirbelte. Oben und unten wurden austauschbar. Unkoordiniert klammerte Sevy sich an dem rasend schnell Luft verlierenden Wesen fest. In einem wirren Knäuel landeten sie schließlich im Sand. Unglücklicherweise war Sevy auf das Wesen gestürzt, von dem er nun schnell herunterrollte.

»Aua«, tat die Gestalt ihren Schmerz kund.

»Tut mir leid«, meinte Sevy.

»Schon okay«, meinte das Geisterwesen und versuchte sich aufzusetzen. »Wärst du mir nicht zuvorgekommen, hätte ich *dich* platt gemacht.« Es kicherte über seinen eigenen Scherz. »Ach ja«, sinnierte es. »So ist das Leben … Ich bin übrigens Sprinda. Freut mich.«

Sevy griff mit Daumen und Zeigefinger nach der Hand, die zum übergroßen Teil aus spitz zulaufenden Fingern bestand.

»Ist das dein Name, oder bist du einer?«

»Mein Name. Ich bin ein Spriggan.«

»Aha«, meinte Sevy, der den Begriff zum ersten Mal hörte.

»Wir können uns aufpusten«, meinte Sprinda.

»Das habe ich schon bemerkt.«

»Ach ja, richtig ...«

Offensichtlich handelte es sich bei den Spriggan um eine weitere Klasse von Geisterwesen, die nicht gerade den Zenit der Evolution im Hinblick auf Intelligenz bildeten.

Sprinda klopfte sich den Sand vom Körper. Er (oder sie?) trug keine Kleidung. Die Vermutung lag nahe, dass sonst nach jeder Ballon-Aktion eine neue Ausstattung benötigt würde.

Frisch vom Sand befreit sah Sprinda interessiert zu Sevy auf.

»Tut mir wirklich leid, dass ich mich auf dich gesetzt habe«, entschuldigte sich dieser nun für den eigentlichen Ursprung der Verwerfungen.

»Kommt vor«, erwiderte Sprinda. »Ist halt nicht der beste Ort für einen Rath.«

»Einen Rath?«

»Meine Wohnung – oder in diesem Fall eher eine Übergangsgrotte.«

»Richtig, Geisterweisen leben ja eigentlich in Höhlen oder unter Hügeln.« Sevy lachte auf. »Irgendwie scheinen das deine Artgenossen in meinem Haus nicht begriffen zu haben.«

»Ein Haus ist doch auch ein wenig wie eine Höhle«, überlegte Sprinda. »Ich würde auch lieber dort wohnen.«

»Und warum tust du es nicht?«

»Dürfen wir nicht.«

»Wer kann dir das denn verbieten?«

»Nuchelavee.«

»Ach ja, natürlich«, stimmte Sevy zu, seine Überraschung so gut es ging verbergend.

Was hatte der Spriggan mit dem Dämonenpferd zu tun?

Er räusperte sich: »Du wohnst hier also nicht dauerhaft?«

Sprinda verneinte.

»Warum bist du dann hier?«

»Hochgeheim!«

»Natürlich. Tut mir leid.«

»Schon okay«, meinte Sprinda mit gewichtiger Miene. »Es ist halt nur: Ich muss den Kobold bewachen, der hier wohnt. Moment!« Misstrauisch sah er Sevy an. »Du bist nicht etwa Duncan, oder?«

»Sehe ich aus wie ein Kobold?«

Tatsächlich überlegte Sprinda einen Augenblick lang angestrengt, kam dann aber zum richtigen Schluss.

»Und warum bewachst du ihn?«, fragte Sevy, bevor er schnell hinzufügte: »Ich kann diese Kobolde überhaupt nicht leiden und hätte nun wirklich keine Lust, länger als unbedingt notwendig in deren Nähe zu sein.«

»Es macht mir auch keinen Spaß. Aber es muss halt sein, jemand muss sich opfern.«

»Weswegen?«

»Hochgeheim«, wiederholte der Spriggan. »Kann ich dir nicht erzählen. Niemals.«

Sevy nickte verständnisvoll.

Doch das schien dem Spriggan auch nicht zu passen. Nach einer kleinen Pause flüsterte er:

»Ich muss gut aufpassen und darf den Eingang von Duncans Höhle keine Minute aus den Augen lassen.« Die kleinen, roten Augen fixierten Sevy und flitzten dabei immer wieder zum Dünenberg. »Siehst du?«, fragte er, auf seine Augen zeigend. »Immer auf der Hut. Und sobald er hervorkommt, melde ich das den anderen an der Villa.«

Das mitteilsame Wesen erwies sich als das Gegenstück zu Laval: Wartete Sevy lang genug, gab der Spriggan auch die letzte relevante Information freiwillig und ohne Aufforderung preis.

»Villa?«, gab Sevy sich ahnungslos. »Es gibt hier eine Villa?«

»Sicher«, bestätigte Sprinda. »Hinter dir. Dort wo der Rauch ist.«

Sevy fuhr herum und schaute in Richtung seines Hauses. In der Ferne stieg eine dünne, schwarze Rauchfahne gen Himmel.

»Sie brennen sie ab«, erklärte Sprinda stolz. »Ganz viele gute Geisterwesen – puff!« Er lachte fröhlich. »Wird Zeit. Nervig, diese guten Geisterwesen.«

Ohne ein Wort des Abschieds stürzte Sevy davon.

Unbewusst ging Sevy vom Gas, als er sich der Villa näherte. Die Felder um das Gebäude herum waren schwarz vor Geisterwesen.

Vor bösen Geisterwesen.

Spriggan, Wechselbalge, Trolle (erschreckend große Trolle), Wesen halb Wolf halb Mensch, Fledermäuse mit den Körpern buckliger Männer. Es handelte sich um ein wahres Gruselkabinett.

Die Dämonen bemerkten das Auto erst, als es sich bis auf wenige Hundert Meter dem Haus genähert hatte. Unschlüssig drehten sie sich um, sahen dann über die Schulter zu ihrem Anführer.

Ihren Blicken folgend, entdeckte Sevy rechts von dem Haus den aus dem Hintergrund agierenden Nuchelavee. Das Pferd sah ihn an, gab dann einen lauten, unmenschlichen Schrei von sich.

Der Befehl ging an alle. Jedes einzelne Geisterwesen kehrte dem Haus den Rücken. Die Reihen schlossen sich, mit ihren verschrobenen Körpern versperrten sie dem Auto den Weg.

»Euer Pech«, murmelte Sevy und gab Gas.

Fluchtartig suchten einige vor dem heranrasenden Auto das Weite, doch viele waren zu langsam, oder vertrauten vielleicht sogar darauf, dass er anhalten würde.

Sevy dachte gar nicht daran!

In schneller Abfolge gab es mehrere dumpfe Aufschläge; jedes Mal, wenn ein weiterer Dämon unter seine Räder geriet. Als die Übrigen begriffen, dass es ihm ernst war, gaben sie ihren Widerstand auf, sodass Sevy ohne weitere Zusammenstöße das Haus erreichte.

Ungestüm riss er die Autotür auf und stürmte auf das Haus zu. Er war davon ausgegangen, dass die Geisterwesen sich auf ihn stürzen würden, sobald er die schützende Metallkarosserie verließ. Doch sie regten sich nicht. Stattdessen hielten sie abwartend ihren Abstand zu ihm bei. Wesen mit langen Armen, die bis auf den Boden reichten, vornüber gebeugte ziegenartige Gestalten, Spinnen in der Größe einer Hauskatze – alle beobachteten ihn argwöhnisch.

»Bitte«, dröhnte die Stimme von Nuchelavee. »Wenn du unbedingt möchtest.« Allem Anschein nach hatte Sevy die momentane Waffenruhe dem Pferd zu verdanken.

Sevy warf einen schnellen Blick hinauf zum Giebel. Das Dach brannte lichterloh, dicke Rauchwolken drangen durch mehrere Öffnungen hinaus in die Dämmerung. Offensichtlich räumte Nuchelavee Sevy keine Chance mehr ein, das Haus zu retten. Das Pferd forderte ihn quasi auf, seinem Tod entgegen zu gehen.

Frustriert musste Sevy eingestehen, dass Nuchelavee recht haben könnte: Vielleicht war die Villa verloren. Und doch: Aufgeben war keine Option. Ein zweites Mal würde er sich Nuchelavees Willen nicht beugen!

Wenige Meter vom Eingang entfernt stand zu seiner Überraschung der VW-Bus. Die Tür war offen und das Innere dem Anschein nach verlassen. Ob Annabel im Haus war? Noch ein Grund, nicht länger zu zögern!

Fest entschlossen strebte Sevy zur Haustür – als ihm die Benzinkanister auffielen. Gleich mehrere der Metallbehälter lagen auf der festgetretenen Erde. Jeder einzelne war leer.

Das Haus war angezündet worden!

Konnte es sein, dass Annabel ...

Nein! Sevy schüttelte den Kopf, wollte weitergehen, drehte sich dann doch noch ein letztes Mal um. Einer Eingebung folgend, rannte er zu der Fahrertür des Busses und entfernte die Schlüssel aus dem Zündschloss.

Dann betrat er das brennende Haus.

Eine riesige Gruppe Geisterwesen hatte sich im Erdgeschoss versammelt. Einige unterhielten sich, als ob kein Wölkchen den Himmel trübte. Andere warfen besorgte Blicke die Treppe hinauf. Der Geruch verbrannten Holzes war stark, wurde jedoch von den übel machenden Dämpfen des Benzins überlagert.

»Hey«, grüßte Laval, sein Gespräch mit Midas unterbrechend.

»Wo ist Annabel?«, hielt Sevy sich nicht mit Begrüßungsfloskeln auf.

»Annabel, Annabel, immer nur Annabel«, erwiderte Laval verärgert. »Danke der Nachfrage, mir geht's gut. Noch ...«

Sevys drängender Blick brachte den Kobold zur Vernunft.

»Keine Ahnung. Sie rennt hier irgendwo herum.«

Hastig überprüfte Sevy Wohnzimmer, Küche und Salon. Als er die Treppe hinaufstürzen wollte, hielt Laval ihn zurück: »Keine gute Idee. Da oben brennt es.«

»Sag bloß!«

»Ja, wirklich. Ich meine ja nur ... Könnte heiß sein.«

In der Tat war es im ersten Stockwerk bedeutend wärmer als im Erdgeschoss. Sevy brach der Schweiß aus. Der Rauch brannte in seinen Augen und Lungen.

»Annabel!«, rief Sevy, auch wenn er wusste, dass sie ihn nicht hören konnte. Suchend zog er von Zimmer zu Zimmer. Alle Räume schienen merkwürdig unberührt. Er konnte sich des Eindruckes nicht erwehren, das gesamte Stockwerk sähe seiner drohenden Zerstörung gleichmütig entgegen.

Der letzte Raum. Doch auch dieser war verlassen. Auf den Dachboden traute Sevy sich nicht hinauf. Flackernder Schein drang von dort nach unten, das Getöse des Feuers war beängstigend laut.

»Annabel! Anna…«

Ein Schwall stinkender Feuchtigkeit nässte seinen Kopf, tränkte sein T-Shirt und Teile seiner Hose.

Erschrocken fuhr er herum.

»Sorry, Sevy.« Mit einer kleinen Fackel in der einen, und einem halbleeren Benzinkanister in der anderen Hand, stand Annabel ihm gegenüber.

»Was soll das?«, fragte er, wich dann zurück, als die Hand mit der Fackel vorzuckte.

»Ich will dir nichts tun, tue es aber, wenn ich muss. Also bleib auf Abstand«, drohte die Frau. Die Haare klebten ihr am Gesicht, die Haut glänzte feucht.

»Warum?«, stammelte Sevy. »Warum tust du das?«

Ein trauriges Lächeln huschte über ihr Gesicht. »Aus welchen Gründen handeln Menschen schon seit Jahrtausenden?«

Ein Moment verging, bis er verstand. »Macht und Reichtum? Für Geld?« Unglauben lag in seiner Stimme.

»Für viel Geld«, korrigierte sie. »Oder besser gesagt: für einen Schatz.«

Er hoffte auf eine Erklärung, doch sie zeigte auf die Treppe. »Runter! Meine Arbeit hier ist getan.«

Vor ihr her gehend, kehrte Sevy in das Erdgeschoss zurück. Die dort anwesenden Geisterwesen unterhielten sich aufgeregt. Den beiden Menschen maßen sie keiner großen Bedeutung bei.

»Zur Haustür«, lenkte ihn Annabel.

Sevy hielt inne, drehte sich um. »Nein.«

»Ich gebe dem Haus höchstens noch eine Viertelstunde. Bis dann hat das Feuer sich vom Dach aus durchgefressen.«

»Wer hat dich dazu angestiftet?«, ignorierte er ihre Warnung.

Sie sah ihn an – und ihr Blick schien kurz weich zu werden, bevor er zur Haustür und schließlich zur Treppe wanderte.

»Kurzversion?«, fragte sie.

»Wäre schön.«

Einen Moment lang erschien sie ihm unendlich müde. Dann nickte sie langsam und löschte ihre Fackel.

Sie kannte ihn anscheinend besser, als er gedacht hatte. Denn er versuchte nicht etwa, sie anzugreifen, sondern wartete äußerlich ruhig auf ihre Erklärung. Innerlich jedoch, herrschte in Sevy das reinste Chaos. Er bekam seine Gedanken nicht in den Griff. Krampfhaft versuchte er nachzudenken und einen rettenden Gedanken herbeizuzwingen. Doch wo sollte er ansetzen? Ihm blieb nur die Hoffnung, dass sie ihm und den Geisterwesen einen Ausweg bieten würde.

»Wie du weißt, kann ich nicht hören«, begann sie. »Folge ist – wie gesagt –, dass die bösen Geisterwesen keinen direkten Einfluss auf mich nehmen können. Bei einer dieser für sie unbefriedigenden Zusammenstöße kamen wir ins Gespräch.«

Sie sah ihm in die Augen. »Das war alles, bevor ich dich hier kennenlernte.«

Er quittierte die Bemerkung regungslos.

»Nuchelavee ist diese Villa seit Ewigkeiten ein Dorn im Auge«, fuhr sie fort. »Nicht etwa, weil sich hier so viele gute Geisterwesen aufhalten, sondern weil die bösen Geisterwesen den im Haus lebenden Menschen nicht wirklich nah kommen können. Bloß durch Beschwörungen und Gesänge versuchen sie Einfluss zu nehmen – wie damals, als dieser Wechselbalg dich auf das Dach gelockt hatte.« Sie zuckte die Achseln. »Das reicht Nuchelavee aber nicht, daher soll die Villa weg. Er duldet keine Zufluchtsorte für Menschen. Aber ein böses Geisterwesen kann nicht absichtlich Menschenbesitz zerstören.«

Das war Sevy neu, aber er begriff den Zusammenhang. »Also heuerte er dich an, für die richtige Bezahlung?«

Sie nickte.

Über ihnen ertönte ein lautes Krachen, erschrocken zuckten beide zusammen.

»Wir sollten hier wirklich schnellstens raus«, meinte sie. »Komm schon.«

»Nein. Das geht nicht und das weißt du.«

»Du kannst ihnen nicht mehr helfen!«

Er fasste sie beim Arm, und ein ungutes Leuchten flammte in ihren Augen auf.

»Warum hast du das Haus nicht schon vorher abgebrannt?«

Sevy erwartete, dass sie sich losreißen würde. Stattdessen entspannte sich ihr Arm.

»Als ich vorgestern hier ankam, dachten wir, das Haus wäre nach wie vor von Menschen unbewohnt. Als sich diese Annahme als falsch herausstellte, hat er sich geweigert. Er wollte nicht, dass ein Mensch stirbt. Wir beide wollten das nicht.«

Ein erneutes Dröhnen über ihnen. Staub rieselte herunter.

Annabel riss sich los. »Raus jetzt!«

Er rührte sich nicht. »Was schert Nuchelavee ein Menschenleben?«

»Nuchelavee?« Verwundert drehte sie sich ein letztes Mal zu ihm um. »Ihm geht es bloß um die Villa; ein Menschenleben ist ihm herzlich egal. Und die Geisterwesen spielen für ihn eh keine Rolle. Auch du solltest dir übrigens keine Sorgen um sie machen. Sie werden wiedergeboren.« Sie seufzte. »Ich hoffe, du kannst mir das alles irgendwann nachsehen.«

»Aber du meintest doch gerade, dass er ...«, begann Sevy.

Doch Annabel gestand ihm keine weitere Frage zu und rannte bereits zur Tür. Sie verließ das Haus.

Ratlos folgte Sevy ihr ein paar Schritte, verharrte dann mitten im Flur. Sie würde nicht weit kommen: Die Schlüssel zu ihrem Bus hatte er in seiner Hosentasche. Außerdem hatte er

Wichtigeres zu tun, als ihr zu folgen: Er musste einen Weg finden, die Geisterwesen zu retten.

Doch dann gingen ihm ihre letzten Worte erneut durch den Kopf. Sie hatte gemeint, dass *er* das Abbrennen des Hauses nicht zulassen wollte. Und dabei hatte sie nicht Nuchelavee gemeint.

Steckte noch jemand in der Verschwörung mit drin?

Eine Befürchtung beschlich ihn. Vielleicht hatte er Annabel doch zu einfach ziehen lassen? Vielleicht war eine Antwort auf die Frage nach weiteren Komplizen überlebenswichtig?

Überstürzt rannte Sevy zur Haustür und sah hinaus. Der VW-Bus war noch da. Ein Grund zum Aufatmen war dies allerdings nicht.

Denn sein eigenes Auto fehlte.

In der Eile hatte er sich nicht die Mühe gemacht, den Schlüssel abzuziehen – ein dummer Fehler, den sie selbstverständlich ausgenutzt hatte.

Verärgert schloss Sevy die Haustür, einer Gruppe von johlenden Spriggan den Blick auf die todgeweihten Geisterwesen in der Villa verwehrend.

Die meisten der Villenbewohner hatten ihre Gespräche eingestellt, sie wurden sich langsam des Ernstes der Lage bewusst. Der Salon war mittlerweile gut zur Hälfte gefüllt und angeführt von Jeremiah kam in diesem Moment eine größere Gruppe von Geisterwesen die Treppe herunter. Der Zwerg kommandierte seine Schutzbefohlenen zu den anderen und rannte dann mit einem kurzen Nicken an Sevy vorbei, erneut das Obergeschoss aufsuchend.

»Sevy?« Laval stand neben ihm, sah zu ihm auf. »Die anderen …«, er zeigte hinter sich, »… wollen wissen, was du tun willst.«

»Ich weiß es leider nicht.«

»Keine Idee?«

»Nein.«

»Kein Plan?«

Sevy schüttelte den Kopf. »Tut mir leid.«

Laval nickte nachdenklich. »Nun …«, meinte er nüchtern. »Da können wir nur noch eines tun.«

Schweigend sah Sevy den Kobold an, der langsam und mit großer Würde sagte: »Ehrenhaft dahingehen.«

Mit einem erstaunlich erwachsenen Ausdruck sah Laval ihn an. Dann verzog er den Mund. »Leider liegt das nicht in meiner Art.« Damit warf er sich der Länge nach auf den Boden, schlug heulend auf die Dielen ein. »Ich will nicht sterben! Nein!«

»Reg dich ab!«, meldete sich für einen Moment der Sevy zurück, der von Laval den Großteil der Zeit einfach nur genervt war. »Noch leben wir.«

Laval weigerte sich aufzustehen, stellte jedoch sein Gejammer ein.

»Wir brauchen irgendetwas, um das Feuer zu löschen«, überlegte Sevy.

»Mein Gott, welch Intelligenz!«, spottete Laval.

»Feuerlöscher? Haben wir Feuerlöscher?«

»Nein.« Die Antwort kam von Jeremiah, der gerade – eine weitere Gruppe von Geisterwesen im Schlepptau – die Treppe herunterkam.

»Einen Wasserschlauch?«

»Auch nicht.«

Der Rauch wurde fortlaufend dicker. Einige der Pixies begannen zu husten und die Feen hatten das Fliegen eingestellt.

Mutlos, doch gefasst, trat Jeremiah an Sevys Seite. »Ich denke, das war's.«

»Nein«, widersprach Sevy. »Nein ...«

Das Wort stand einsam im Raum. Gerne hätte er Trost gespendet, doch er wusste nicht wie.

»Du solltest gehen«, meinte der Zwerg sanft. »Du bist durch den Fluch nicht gebunden.«

»Leider als einziger hier.«

»Dafür kannst du nichts. Du hast alles versucht.«

Doch Sevy hörte nicht mehr zu, ein Gedanke war ihm gekommen.

»Der Fluch ...«, murmelte er. »Einmal drin, können Geisterwesen nicht mehr raus.«

»Danke für die unnötige Wiederholung«, maulte Laval.

»Hey!«, rief Sevy, die allgemeine Aufmerksamkeit auf sich ziehend. »Du! Und du!« Hektisch zeigte er auf zwei Zwerge, dann auf weitere achtzehn der ihm am intelligentesten und stärksten erscheinenden Geisterwesen. Hauptsächlich Zwerge, doch auch ein paar Kobolde waren darunter. Sie um sich versammelnd, erklärte er ihnen in wenigen Worten seinen Plan. Trotz des Risikos, dass jeder Einzelne von ihnen bei der Durchführung des Vorhabens sein Leben lassen könnte, gab es keine Widerworte.

»Denkt daran«, sagte Sevy, die Klinke der Haustür in der Hand. »Ihr habt nur wenige Sekunden, nur so lange man in etwa die Luft anhalten kann, wenn ich es richtig verstanden habe.«

Alle nickten.

»Fertig?«

»Wir brennen förmlich darauf«, antwortete ein besonders angriffslustiger Zwerg.

»Noch nicht, aber vielleicht bald«, kommentierte Laval wenig hilfreich. Er war nicht ausgewählt worden und sah wie die anderen Geisterwesen tatenlos zu.

»Dann los!«, befahl Sevy und riss die Haustür auf.

Kapitel 16: Rückkehr

Den ersten Spriggan schnappte sich Sevy selbst.

Ohne zu zögern war er auf die Gruppe von um den VW-Bus gruppierten Geisterwesen zugestürzt, hatte einen Spriggan am Kragen gepackt und war bereits auf dem Weg zurück zum Haus, den ihm in Sekunden-Abständen entgegenkommenden Zwergen und Kobolden ausweichend. Noch hatte sich kein Widerstand formiert, und auch der entführte Spriggan wehrte sich nicht, von dem plötzlichen Angriff überrascht.

»Ich lade dich in mein Haus ein«, sagte Sevy, den übertölpelten Spriggan durch die offene Haustür hineinwerfend.

Noch bevor er sich richtig umdrehen konnte, hielt ihm ein Zwerg bereits den nächsten Quälgeist hin. Wie der erste schien auch dieser Spriggan völlig überfordert. Mit einem »Eingeladen!« wuchtete Sevy ihn in die Villa.

Der Zwerg huschte ebenso zurück in die Sicherheit des Hauses.

Die nächsten sechs Spriggan beförderte Sevy auf ähnliche Weise in die Villa, dann erst stellten die ersten bösen Geisterwesen sich ihnen in den Weg. Zwei Spriggan schaffte Sevy noch – trotz ihrer bereits deutlich vergrößerten Körper – dann pfiff er seine Helfer zurück. Der Großteil der Zwerge und Kobolde war längst in das Haus zurückgekehrt, zwei Zwerge wollten gerade aus der Haustür herausstürzen, hielten nun aber inne.

Es war höchste Zeit: Ein riesiger Troll kam herbeigestürmt, Wechselbalge und Wolfswesen streckten bereits die Klauen nach den letzten in das Haus flüchtenden Geisterwesen aus.

Keine zwanzig Sekunden dürften vergangen sein, seit Sevy den Angriff gestartet hatte. Eine wahrhaftige Blitzaktion.

Er warf die Tür hinter sich ins Schloss.

»Alle da?« Schweiß stand ihm auf der Stirn. Nicht die Temperatur war dafür verantwortlich und auch nicht die Anstrengung. Die Aufregung war es, die ihm die Hitze durch den Körper sandte.

Eine kurze Zählung ergab, dass von der Einsatztruppe niemand fehlte. Von diesem erfreulichen Ergebnis ermutigt, wandte Sevy sich den Spriggan zu – zehn an der Zahl – die alle längst angeschwollen waren und schnell weiter wuchsen. Einige reichten bereits bis unter die Decke, der kleinste war immerhin schon über zwei Meter groß.

Unbeeindruckt trat Sevy vor sie. »Das wird euch wenig bringen. Ihr wollt uns umbringen? Bitte!«

Eine kleine Pause für die optimale Wirkung.

»Wir sind alle zum Tod verdammt! Ihr mit uns.«

Die Erkenntnis kam langsam, doch nach wenigen Sekunden hörte auch der letzte Spriggan auf zu wachsen.

»Wie ich das sehe …«, meinte Sevy, bestärkt durch die verängstigen Mienen der Plagegeister, »… habt ihr nur eine Möglichkeit, hier lebend wieder heraus zu kommen.«

»Durch die Tür?«, riet einer der Spriggan. Durch das Entfernen des Daumens aus dem Mund verlor er oder sie einen Schwall Luft.

»Leider nein«, nahm Sevy ihm die Hoffnung. »Böse Geisterwesen können dieses Haus zwar betreten, wenn ich sie einlade. Hinaus können sie aber genauso wenig, wie die anderen hier.«

Schweigen.

»Aber vielleicht gibt es doch einen Weg«, fuhr Sevy fort. »Ihr könnt überleben …«, in Gedanken fügte er ein *vielleicht* hinzu, »…, wenn ihr das tut, was ich euch sage.«

Begieriges Nicken.

»Gut. Sammelt mehr Luft an. So viel ihr könnt … Aber jetzt noch nicht!«, rief er, als einige der Spriggan bereitwillig anschwollen.

»Ihr tut es dort, direkt vor der Treppe. Ihr müsst aber noch durch Türen passen! Dann rennt ihr alle – jeder Einzelne! – in das erste Geschoss und verteilt euch über die gesamte Etage. Ihr geht überall dort hin, wo bereits Feuer ausgebrochen sind.«

Das gesamte Haus hing an seinen Lippen. Am meisten Interesse zeigten dabei die Geisterwesen, die ihn bei der Entführung der Spriggan unterstützt hatten und die von seinen weiteren Plänen bisher nicht unterrichtet waren.

»Auf mein Kommando blast ihr dann alle gleichzeitig die Luft aus euch heraus«, fuhr Sevy fort. »So schnell und mit so viel Kraft wie möglich. Am besten haltet ihr euch fest, oder legt euch auf den Boden, damit ihr den Rückschlag abfangen könnt. Die meisten Feuer dürften an der Decke wüten, also solltet ihr nach oben pusten. Brennt es weiter, wiederholt ihr den Vorgang.«

Er sah die Spriggan intensiv an. »Nur so könnt ihr überleben. Habt ihr das begriffen?«

Die Gesichter der Geisterwesen ließen keinen Zweifel daran.

»Dann gebt euer Bestes!«

Etwas ungelenk liefen die Spriggan zur Treppe und stellten sich in einer Reihe auf. Ganz vorne bezog Sevy Stellung.

»Und einatmen!«

Schnell gewannen sie an Umfang; Sevy musste sie bremsen und sie an die Türen erinnern.

»Los!«

Sevy rannte hinauf. Direkt neben der Tür am Treppenkopf bezog er Stellung, die Spriggan erwartend. Es war unerträglich heiß. Schützend hob er die Hände vor sein Gesicht und kniff die Augen zu schmalen Spalten zusammen. Er konnte nicht atmen, wies jedoch geduldig jedem einzelnen der Spriggan einen Platz zu. Erst, als alle ihre Position eingenommen hatten – die meisten liegend und mit dem Gesicht nach oben –, gab Sevy das Kommando:

»In sechs Sekunden!«

Er warf einen letzten Blick auf das Inferno, bevor er versuchte sich über die Treppe in Sicherheit zu bringen.

Ein Windstoß von ungeheurer Wucht traf ihn in den Rücken, riss ihn von den Füßen und warf ihn nach vorne. Ein paar Stufen stürzte er hinab, dann fand er Halt am Geländer.

Gleichzeitig war ein ohrenbetäubendes Krachen zu vernehmen, als Holz zerbarst, Bretter an ihm vorbei die Treppe herunterflogen, die Haustür aus den Angeln sprang und mindestens zwei Fenster im Erdgeschoss zerbarsten. Das Haus schien sich unter dem Druck aufzublähen, an Volumen zu gewinnen.

Dann wurde es kurz still – bis ein erneuter Höllenlärm über sie hereinbrach. Etwas weiter weg dieses Mal, doch von gleichsam zerstörerischer Kraft. Auch die zweite Welle der Verwüstung verlor nach einigen Sekunden an Stärke. Kurz noch ließ sich das Geräusch von fallendem und zerberstendem Holz vernehmen, dann kehrte Ruhe ein.

Sevy richtete sich auf, hinkte mit schmerzendem Knie die Stufen hinauf. Die Tür zum ersten Stock war zerstört. Die Angeln waren aus dem Pfosten gebrochen, die Tür selbst lag in Einzelteilen auf der anderen Seite des Flurs. Es spielte keine Rolle: Das erste Stockwerk, der Dachboden und das Dach selbst existierten nicht mehr.

Vorsichtig wagte Sevy sich auf das Schlachtfeld. Balken lagen herum, rauchende Stücke Holz versperrten ihm den Weg. Nur eine einzelne Ecke ragte noch zwei Meter in die Höhe. Sonst war von dem einstigen ersten Geschoss nur ein Gerippe übrig. An einigen Stellen loderten kleine Flammen.

»Nicht das, was ich geplant hatte«, murmelte Sevy, »Aber auch sehr effektiv.«

Ein erster Spriggan stolperte an ihm vorbei. Auf seine Ursprungsgröße zurückgeschrumpft, schien das Wesen benommen und angeschlagen. Einen ähnlichen Eindruck hinterließen die anderen neun mit Ruß beschmierten Geisterwesen, die Stück für Stück die Treppe aufsuchten. Überlebt hatten anscheinend alle, wenn auch mit mehr oder weniger großen Verletzungen. Hier und da entdeckte Sevy Wunden, die gefährlich aussahen. Doch die Spriggan beschwerten sich nicht, und so ließ Sevy sie ungestört ziehen. Sie versammelten sich im Erdgeschoss, wo er sich ihnen anschloss.

Dunkelheit herrschte im Haus. Die Stromsicherungen hatten die unsachgemäße Entfernung des Daches nicht schadensfrei überstanden. Ähnliches galt für die Wasserleitungen: Ein dünnes Rinnsal floss die Treppe herunter. Sevy drehte kurzerhand den Haupthahn zu und setzte sich anschließend auf die unterste Treppenstufe. Er fühlte sich schwach und abgekämpft.

»Ist das Dach aus?«, fragte Laval.

»Das Dach ist weg«, korrigierte Sevy.

»Auch in Ordnung … Hauptsache, ich sterbe nicht.« Forschend sah er Sevy an. »Sterbe ich?«

»Vorerst nicht.«

Das schien dem Kobold zu reichen. »Gut.«

»Geht es allen einigermaßen?«, fragte Sevy in die Runde. »Jeremiah?«

»Es geht allen den Umständen entsprechend gut«, erwiderte der Zwerg. Bisher von Sevy unbemerkt, befand er sich in seiner direkten Nähe.

Die vielen Gesichter um Sevy herum waren nur schemenhaft erkennbar. Lediglich durch die zersplitterte Haustür und durch die Öffnung am Treppenkopf drang ein fahler Schein – eine Mischung aus Mondschein und dem letzten Aufbäumen der Dämmerung – in den Flur.

»Ich besorge Licht«, schlug Jeremiah vor, als könne er Sevys Gedanken lesen.

In dem unbeständigen Schein der herbeigeschafften Kerze schien sich das Ausmaß der Zerstörungen noch zu verstärken. Doch Sevys Augen ruhten nicht lange auf dem, was vor kurzem eine stolze Villa gewesen war. Ihm persönlich war das Haus in diesem Moment gleichgültig.

Ganz im Gegenteil zu Heimlich. Das Heinzelmännchen hatte sich in einer Ecke niedergelassen und schrubbte den rußigen Boden der Ruine. Sevy konnte nicht die Energie aufbringen, ihn von der Sinnlosigkeit dieses Unterfangens zu überzeugen.

Außerdem beschäftigte ihn ein anderes Problem. Zwar war er angesichts des gelöschten Feuers erleichtert, doch beruhigt war er nicht. Drohte nach wie vor Gefahr? Gab es einen zweiten Täter im Haus?

»Was meinst du?«, wandte er sich an Jeremiah. «Ich habe das Gefühl, dass Annabel nicht allein für den Brand verantwortlich ist.«

»Ein Verräter?«, fragte Laval aufgeregt.

»Möglicherweise.«

»Heimlich«, zögerte der Kobold keine Sekunde. »Definitiv Heimlich.«

Jeremiah unterließ es, zu widersprechen.

»Ausschließen kann ich das sicher nicht«, gestand Sevy. »Aber wir sollten auf die Fakten schauen, bevor wir jemanden beschuldigen.«

Er überlegte einen Moment. »Wissen wir denn wirklich von keinem der Opfer, was sie kurz vor ihrem Verschwinden getan haben? Wenn wir wissen, wo sie waren – oder bei wem – könnte uns das weiterhelfen.«

»Nun ja«, überlegte Jeremiah. »Manka habe ich zum letzten Mal bei der Party gesehen. Und Pliero – die Pixie, die Nuchelavee vor dem Fenster umgebracht hat – irgendwann an dem Abend, als sie im Flur herumlief.«

»Richtig«, erinnerte sich Laval. »Sie war für den Besuch bei Irving verantwortlich. Wahrscheinlich war sie gerade auf den Weg in den Keller.«

»Hm ... Und der Zwerg, das dritte Opfer?«

»Branf war früh morgens noch da«, erinnerte sich Jeremiah.

»Und Fluster?«

»Das war mittags«, meinte Laval. »Ich habe sie nicht mehr gesehen, nachdem sie im Keller war.«

»Im Keller?«, hakte Sevy nach.

»Um Irving zu besuchen.«

Sevys Gesicht fiel in sich zusammen. »Gehen wir noch mal zu Branf zurück. Er war nicht zufällig dafür verantwortlich, Irving an diesem Morgen zu besuchen?«

»Doch«, erwiderte Laval. »Wieso?«

»Was ist mit dem Leprechaun von gestern Abend?«, fragte Sevy aufgeregt.

»Gestern Abend ...« Laval überlegte. »Den habe ich zuletzt gesehen, kurz bevor er ...«

» ... zu Irving in den Keller ist«, vervollständigte Sevy den Satz.

»Du solltest dein Geld mit Gedanken lesen verdienen«, meinte Laval imponiert.

»Und du bist so dumm wie fünf Meter Kiesweg«, sagte Sevy.

Dann folgte er Jeremiah, der sich bereits auf den Weg in den Keller gemacht hatte.

»Habt ihr die Zerstörung des Hauses aufgehalten?«

Wie immer sah Irving müde und abgekämpft aus. Er hockte auf den beiden Brettern, die sein Bett darstellten, und schien Sevy erwartet zu haben.

»Das Feuer ist aus.«

»Gut«, erwiderte Irving. »Gut ...«

»Meinst du das wirklich?«, wollte Sevy wissen. »Immerhin bist du mit dafür verantwortlich, dass es gebrannt hat.«

»Als ich die Entscheidung zur Zerstörung der Villa traf, wusste ich noch nicht, dass du hier einziehen und Hilfe von außen holen würdest.«

»Also gibst du zu, dass du mit Annabel unter einer Decke steckst?«

Traurig nickte Irving.

Die offensichtliche Niedergeschlagenheit ließ die Wut auf den Kobold abklingen. Die tiefe Trauer, die in Irvings Gesicht eingraviert war, brachte Sevy aus dem Konzept.

Er setzte sich Irving gegenüber, während Jeremiah zwei Kerzen im Raum aufstellte. Unruhig zuckten die Schatten der Anwesenden über die Wände.

»Erzähle uns bitte, was passiert ist«, verlangte Sevy.

»Wo soll ich beginnen?«

»Am Anfang.«

Schmerz trat in Irvings Gesicht, doch dann straffte er den Rücken. »Den Anfang kennt ihr. Durch meine Schuld wurden unzählige Geisterwesen in der Villa eingesperrt.« Er schüttelte den Kopf. »Jahrelang habe ich damit verbracht, nach einer Lösung zu suchen. Tagein, tagaus, seit achtzig Jahren. Ich wollte unbedingt den Fluch aufheben. Aber mir ist nichts eingefallen.«

»Dafür kannst du nichts« meinte Jeremiah, der den Selbstvorwurf nicht hatte überhören können.

»Sicher kann ich was dafür«, brauste der Kobold auf, bevor sein Gesicht die Anspannung wieder verlor. »Ich war verzweifelt. Mit jedem gestorbenen Geisterwesen ging es mir schlechter.«

Irving schwieg, sah auf seine dreckigen, verkrusteten Füße.

»Und dann?«

»Dann hörte ich Stimmen.«

»Vermutlich wird jemand geredet haben«, murmelte Laval, dem bereits langweilig wurde.

»Sie kamen von dem Kellerfenster«, fuhr Irving unbeirrt fort. »Es waren Geisterwesen. Böse Geisterwesen. Und ich fing mit ihnen ein Gespräch an.«

»Wann war das?«, hakte Sevy nach.

»Kurz nach dem Auszug von Aldamor Frick.«

»Und was wollten sie?«

»Sie sollten bloß das Haus auskundschaften, im Auftrag von Nuchelavee. Sie schleichen schon seit Jahren regelmäßig um die Villa.«

»Sie wollten sie zerstören«, sagte Sevy.

»Nein«, widersprach Irving. »Damals noch nicht. Erstaunlicherweise hatten sie daran noch gar nicht gedacht. Ich habe ihnen den Vorschlag gemacht.«

»Du?«, fragte Sevy überrascht. »Warum solltest du vorschlagen, dass das Haus zerstört wird?«

Die Miene des Kobolds war eisern, als er sagte: »Um die Sache zu beenden. Um ein für alle Mal den Bann, der auf der Villa liegt, aufzuheben.«

»Und all die Toten?«

Ein hilfloses Schulterzucken. »Ich sah keinen anderen Ausweg.«

»Du machst dich damit zum vielfachen Mörder!«

»Hätte ich es nicht getan, gäbe es das Haus noch Jahrzehnte«, hielt Irving dagegen. »Immer wieder wird ein neues Geisterwesen das Haus betreten, zum Beispiel der Schutzgeist eines menschlichen Besuchers. Eine weitere zum Tode verurteilte Kreatur. Ist es dann nicht besser, die jetzt hier wohnenden Geisterwesen, die eh sterben müssen, schon jetzt zu erlösen, und durch ihr Opfer weitere Neuzugänge zu verhindern?«

Sevy wusste nicht, was er darauf sagen sollte. Von Irvings Warte aus machten seine Überlegungen durchaus Sinn.

»Nuchelavee hat dann Annabel angeheuert, damit sie das Haus zerstört. Geisterwesen können das nicht selbst, Menschengegenstände dieser Relevanz sind für sie unantastbar. Als Annabel dann in Nuchelavees Auftrag hierherkam, um ihren Job zu erfüllen, hat sie gesehen, dass das Haus wieder bewohnt ist.« Irving sah auf und damit Sevy direkt in die Augen. »Sie wollte nicht, dass ein Mensch dabei zu Schaden kommt.«

»Sehr verantwortungsbewusst«, murmelte Sevy.

»Also hat sie sich mit Nuchelavee besprochen«, fuhr Irving fort. »Und der hat den Vorschlag gemacht, den neuen Bewohner zu verjagen. Dazu brauchte er allerdings eine Hilfestellung von jemandem aus dem Haus. Um an die hier lebenden Geisterwesen heranzukommen. Sie baten mich daher, sie bei der Erpressung zu unterstützen.«

»Du solltest Geisterwesen für sie töten«, brachte Jeremiah es auf den Punkt.

Irving zuckte zusammen, als wäre er geschlagen worden. »Um Sevy zu vertreiben«, verteidigte er sich. »Sie meinten, dass wir ihn so dazu zwingen könnten, das Haus zu verlassen. Aber jeder Verrat an meinen Brüdern und Schwestern war eine Strafe an sich. Und ich werde jede Sekunde daran erinnert.«

Auf den fragenden Blick von Sevy hin erhob sich Irving und schob die beiden Bretter, auf denen er gesessen hatte, zur Seite. Ein Loch klaffte dort, einen guten Meter tief.«

»Außerhalb des Hauses überleben wir nicht lange«, erklärte Irving. »Und der Bereich unter dem Keller ist kein Teil der Villa. Sobald ein Geisterwesen in dem Loch drin ist, bleiben ihm nur noch wenige Sekunden.«

»Also hast du jeden Tag die drei Geisterwesen, die dich besuchen kamen, dort hineingestoßen«, schloss Sevy.

Irving nickte beschämt.

»Aber ich habe dir doch gesagt, dass Duncan uns helfen kann!«

»Davon hast du mir erst gestern erzählt«, klagte Irving. »Hätte ich das früher gewusst, hätte ich die anderen nie geopfert. Oder zumindest abgewartet. Seitdem habe ich bei der Tötung der Geisterwesen nicht mehr geholfen.«

»Und was ist mit dem Leprechaun von gestern Abend?«, wunderte sich Sevy.

»Leprechauns sind ziemlich leichtgläubig«, meinte Jeremiah. »Die einfachsten Opfer, wenn man ihnen ein wenig schmeichelt. Vermutlich haben die bösen Geisterwesen den Unglücklichen auf herkömmliche Art in die Falle gelockt.«

»Mit Gesängen?«, vermutete Sevy.

Irving betonte: »*Ich* war es jedenfalls nicht. Und bei den anderen hätte ich auch nicht geholfen, wenn ich schon damals von deiner Idee gewusst hätte.«

»Das hilft ihnen nun auch nicht mehr«, meinte Jeremiah bitter.

»Es tut mir leid ...«

Sevy überlegte laut: »Wenn es Nuchelavee nur darum geht, dass Menschen nicht länger in der Villa Schutz vor bösen Geisterwesen suchen können, dann müsste er doch auch zufrieden damit sein, wenn der Fluch aufgehoben wird, oder?«

Dieser Gedanke schien Irving neu zu sein; er legte die Stirn in Falten.

»Irgendwann in den nächsten Stunden wird Duncan kommen«, fügte Sevy hinzu.

»Das wird auch höchste Zeit«, meinte Laval, der gelangweilt durch den Keller streunte. »Ich meine: In dieser Bruchbude will ich nicht länger wohnen.« Er sah Sevy an. »Wie groß ist deine alte Wohnung?«

Ein ungläubiges Lachen entfuhr Sevy. »Du glaubst doch wohl nicht im Ernst, dass ich dich bei mir einziehen lasse?«

»Bei dem, was wir zusammen durchgemacht haben? Bei dem, was du mir zu verdanken hast?«

»Wenn wir es so betrachten ...«, überlegte Sevy, »... schuldest eher du mir was.«

»Sag' mal«, unterbrach Jeremiah die beiden. »Hast du ein neues Auto, Sevy?«

»Ein neues ... Nein.«

»Wem gehört dann dieses dort?« Jeremiah zeigte auf die Schemen eines Kleinwagens, der neben dem Haus parkte und durch das schmale Kellerfenster direkt unter der Decke zu sehen war.

Es war in diesem Augenblick, dass Sevy die Rauchschwaden bemerkte. Außerdem war das Knistern von Flammen zu vernehmen.

»Mist!«, fluchte Sevy und stürzte aus dem Keller und hinauf in das Erdgeschoss. Ohne anständige Beleuchtung wäre dies ein Problem gewesen, doch ein orange-roter Schein fiel auf die Treppenstufen und ließ Schlimmes erahnen.

Feuer. Überall züngelten Flammen und Rauch erschwerte Sevy die Atmung. Automatisch schaute er sich nach den Geisterwesen um. Sie drängten sich in wenigen Gruppen zusammen und sahen ihn verwirrt an.

Doch nicht nur ihn.

Ihr Blick galt auch jemand anderem.

Mitten im Flur stand ein kleiner Mann, um die fünfzig Jahre alt und bekleidet mit einem Nachthemd, unter dem sich sein fülliger Bauch abzeichnete. In der rechten Hand trug er einen Flammenwerfer, mit der linken winkte er Sevy freundlich zu.

»Hallo, mein Name ist Aldamor Frick.«

Kapitel 17: Zerstörung

»Ach, Sie sind der neue Besitzer?«

Aldamor jagte einen weiteren Feuerstoß in Richtung Küche. Einige Geisterwesen stoben schreiend davon.

Wütend riss Sevy dem Mann den Flammenwerfer aus den Händen und warf ihn durch die zersplitterte Tür ins Freie.

Verwundert sah Aldamor seinem Zerstörungsgerät hinterher. Seine weißen Haare klebten vor Schweiß am Schädel. Unter dem Nachthemd schauten Badelatschen hervor.

»Warum zünden Sie mein Haus an?«, fauchte Sevy.

Der Brandstifter brauchte einen Moment, bis er die Überraschung überwunden hatte. In seiner feucht glänzenden Glatze spiegelte sich das Feuer, als er meinte: »Wegen der Quälgeister natürlich.«

»Sie zerstören mein Haus wegen der Geisterwesen?« Der Unglaube und die Abscheu waren Sevy deutlich anzuhören.

»Sie haben mir das Leben zur Hölle gemacht«, verteidigte sich Aldamor. »Anscheinend wissen Sie noch gar nicht, was die alles mit einem anstellen können!«

»Doch, das weiß ich – und es rechtfertigt auf keinen Fall das hier. Sie helfen mir jetzt, das Feuer zu löschen. Was Sie vorhatten ist Mord!«

»Nein«, meinte Aldamor resolut. »Das hier wäre Mord.« Plötzlich hielt er eine Waffe in der Hand. Die Mündung zeigte auf Sevy. »Ich werde nicht zulassen, dass Sie das Feuer löschen. Alle Geisterwesen hier müssen sterben. Sterben!«

Mit dieser Wendung hatte Sevy nicht gerechnet; unwillkürlich wich er einen Schritt zurück. Der Schweiß lief ihm in Strömen den Rücken herunter – teils wegen Hitze, teils aufgrund aufkeimender Angst.

Ein Funke Wahnsinn zeigte sich in Aldamors Augen und erinnerte Sevy damit an die Tatsache, dass der Mann zu dieser Tageszeit eigentlich in einer geschlossenen Anstalt innerhalb eines gepolsterten Zimmers liegen sollte. Vermutlich war er ausgebrochen.

»Diese Viecher haben mich gequält!«, stieß Aldamor wütend hervor. »Tagelang, nächtelang! Und jetzt habe ich endlich meine zweite Chance bekommen, sie auszulöschen. Dieses Mal werde ich sie nutzen!«

Leider schienen sich zumindest Aldamors letzte Worte zu bewahrheiten. Ein prüfender Blick nach oben zeigte Sevy, dass sie einen baldigen Deckeneinsturz zu befürchten hatten. Das Haus war längst nicht mehr zu retten. Und die Geisterwesen? Die einzige Chance, die Sevy momentan sah, war alle in den Keller zu bringen und anschließend die Spriggan das Feuer auspusten zu lassen.

Unvermittelt brach ein Balken. Im Wohnzimmer gab es einen lauten Aufschrei und mehrere Geisterwesen drängten in den Flur hinein.

»Raus hier!«, befahl Aldamor, Sevy vor sich hertreibend. »Wenn ich nicht muss, tue ich Ihnen nichts. Aber geben Sie mir keinen Grund!«

Jemand zog an Sevys Hose und hielt ihn damit zurück. Es war Laval.

»Nicht gehen«, meinte der Kobold panisch. »Ich ... Will ... Kein ... Mensch ... Werden!«

»So schlimm ist das nun auch wieder nicht«, versuchte Sevy ihn zu beruhigen.

Lavals Miene wurde ernst. »Das ist nicht die Zeit zum Scherzen!«

Ein schmerzliches Lächeln trat auf Sevys Lippen. »Ich muss gehen ... Ich kann ihn nicht aufhalten.«

Laval verengte die Augen, drehte sich um und rannte davon.

Die plötzliche Entschlossenheit des Koboldes erschreckte Sevy und der Vorwurf in Lavals Augen kam einer Ohrfeige gleich.

Erfolglos suchte Sevy nach Worten, nach einer Möglichkeit, seinen Aufenthalt in der Villa zu verlängern. Er hatte das Gefühl, dass – verließe er das Haus – alles vorbei wäre.

»Los jetzt«, drängte Aldamor.

So umständlich wie möglich hob Sevy das erste Bein über die Trümmer, die einst die Haustür gewesen waren. Langsam und mit gespielt angestrengter Miene kletterte er über die zerstörten Bretter hinweg.

»Halt!«

Wer den Befehl auch geäußert hatte, Sevy reagierte sofort: Augenblicklich zog er sein Bein zurück, dann drehte er sich – wie Aldamor – zu Laval um.

Mit feierlicher Miene stellte der Kobold eine Holzkiste ab. Nicht nur Aldamor, sondern auch Sevy sah gespannt auf den unscheinbaren Kasten. Beide zuckten zusammen, als Laval den Deckel öffnete und zurücksprang, als befinde sich der Teufel selbst darin. Ein schauerliches Lachen arbeitete sich die Kehle des Koboldes herauf: »Rennt, meine Tierchen, rennt!«

Drei kleine Nager schauten hervor, schnuppernd und desorientiert.

»Ich präsentiere: meine Wachratten!«, proklamierte Laval theatralisch, bevor er mit dem Finger auf Aldamor zeigte. »Attacke!«

Nur zaghaft entstiegen die drei Ratten der Kiste, von dem um sie herum wütenden Feuer verunsichert. Zuerst liefen sie auf Laval zu – er wich erschrocken zurück –, dann entdeckten sie den Weg ins Freie und flüchteten auf gerader Strecke zur Haustür. Zwischen ihnen und dem Ausgang befanden sich Aldamor und Sevy; beide versuchten, den Tieren auszuweichen. Aldamor schoss sogar auf eine der Ratten, verfehlte sie jedoch. Dann legte er auf Laval an.

»Wenigstens dich nehme ich mir persönlich vor«, murmelte er.

»Nein!« Instinktiv sprang Sevy vor und prallte hart gegen seinen Widersacher. Ein Schuss löste sich, doch Sevy sah noch, dass er das Ziel verfehlte und in die Decke einschlug. Den Bruchteil einer Sekunde später schlug er hart auf, einen Moment lang jegliches Gefühl für Zeit und Raum verlierend. Einen Moment zu lang …

Als Sevy aufblickte, hatte Aldamor sich bereits aufgerappelt und rannte zu der ihm entglittenen Waffe. Wütend schaute Sevy auf die Geisterwesen, die nur wenige Meter von der herrenlosen Pistole entfernt die Vorgänge beobachteten – tatenlos.

Mit verbissenem Gesicht drehte Aldamor sich zu dem immer noch auf dem Boden liegenden Sevy um. Der Eindringling schien mit sich zu hadern, zuckte dann zusammen, als ein weiterer Balken herunterkrachte, gefolgt von einem Teil der Decke. »Keine Spielchen mehr«, warnte er, die Pistole einen Zentimeter sinken lassend. »Raus, jetzt sofort! Ich habe das Haus nicht angezündet, um selbst dabei umzukommen!«

Dieses Mal gehorchte Sevy.

Bis eine Stimme sie erneut beide innehalten ließ.

»Du hast das Haus angezündet?« Krösus' ruhiger und sachlicher Tonfall schien völlig fehl am Platz. Und auch das Gesicht des Kobolds war merkwürdig gefasst.

Mit unverhohlener Abneigung blickte Aldamor auf die knochige Gestalt, die neben ihm stand. Krösus hatte die Hände und Taschen voller Bleistifte.

»Das habe ich«, bestätigte der Brandstifter. »Und es hat mir riesigen Spaß gemacht!«

Keinerlei Gefühlsregung zeigte sich in Krösus' Gesicht, als er unheilvoll verkündete: »Bleistifte brennen, weißt du?«

»Sag' bloß?« Schon wollte Aldamor sich umdrehen und endgültig das Haus verlassen, als Krösus sich ihm in den Weg stellte. Ohne zu zögern hob Aldamor die Waffe.

»Bleistifte brennen«, wiederholte der Kobold vorwurfsvoll. Dann schob er zielsicher einen seiner kleinen Schätze tief in die Öffnung der Waffe.

Aldamor – vollkommen überrascht – sah verwirrt auf seine Pistole.

Dann drückte der ehemalige Hausbesitzer ab.

Es war weniger ein Knallen als eine Explosion. Sowohl der Mann als auch der Kobold wurden weggeschleudert, als die Waffe zerbarst.

Sevy sprang vor. Doch der Kampf war bereits entschieden.

Krösus schien es vergleichsweise gut zu gehen (er sammelte hastig die fallengelassenen Bleistifte ein), während Aldamor sich mit schmerzverzerrtem Gesicht die verletzte Hand hielt. Er stellte keine Bedrohung mehr dar.

Im ersten Moment verspürte Sevy Erleichterung angesichts der Änderung der Machtverhältnisse. Doch die Anspannung kehrte fast augenblicklich zurück. Denn im rechten Licht betrachtet standen die Überlebenschancen der Geisterwesen nicht bedeutend besser als noch vor einer halben Minute. Nach wie vor schien es keinen praktikablen Ausweg aus der brenzligen Situation zu geben.

Immer wieder stürzten Teile der Decke herab. Bis die ersten Opfer zu beklagen waren, würde nicht mehr viel Zeit vergehen. Sevy musste handeln. Sofort.

»Alle zuhören! Bis auf die Spriggan gehen alle in den ...«

Weiter kam er nicht, da er mit Schrecken ein großes Loch im Fußboden des Wohnzimmers entdeckte. Rauch und Flammen traten hervor.

Es traf ihn wie ein physischer Schlag: Das Feuer hatte sich auf den Keller ausgeweitet!

Nun schien es endgültig keine Rettung mehr zu geben. Wohin konnten sie noch fliehen?

Eine halbe Ewigkeit – so schien es Sevy – stand er bewegungslos im Flur, der Blick gebrochen, jeder Muskel kraftlos. Nur äußerst mühsam überwand er schließlich seine Lethargie.

Zumindest Aldamor konnte er retten ...

Widerstrebend ließ der beleibte Mann sich auf die Beine helfen und hinausführen. In einigen Metern Entfernung zum Haus setzte er sich auf den Rasen. Dabei wurden sie hämisch von den bösen Geisterwesen beobachtet.

Doch Aldamor war glücklich. Trotz seiner Verletzung war ihm die Freude über seinen Sieg anzusehen.

»Ihr Haus ist tot«, lächelte er. »Und damit auch die Geisterwesen selbst.«

»Ihr Haus«, wiederholte Sevy apathisch. Es war tatsächlich ihr Haus. Er konnte sich ein neues suchen, doch die Geisterwesen konnten sich kein ...

Sein Blick fiel auf den VW-Bus – und der Gedanke kam so plötzlich, dass er fast einen Satz gemacht hätte.

Sevy rannte zurück in die Gefahrenzone.

»Alle hier versammeln!«, rief er den Geisterwesen hektisch zu. »Jeremiah! Hole sofort Irving aus dem Keller! Keine Widerworte akzeptieren!«

Sevy hoffte inständig, dass nicht gerade jetzt ein Teil der Decke herunterkam.

Mit Ausnahme von Jeremiah strömten alle in den Flur. Ein wildes Getümmel. Das Chaos wurde noch verstärkt durch die Panik und den Funken an Hoffnung, den er durch seine Rückkehr entfacht hatte.

Während die letzten Geisterwesen herbeikamen, rannte Sevy zum VW-Bus, startete den Motor und fuhr vor das Haus. Mit quietschenden Bremsen hielt er an, sprang heraus und öffnete die Schiebetür.

Jeremiah erschien in der Haustür, neben ihm Irving. Der Kobold schien noch kleiner und kümmerlicher als sonst. Verunsichert, ängstlich – und traurig.

»Irving, hör mir zu!«, verlange Sevy. »Das hier ist Annabels Auto. Sie hat ein Bett darin, Kleidung, alles. Sie hat es als ihr Zuhause bezeichnet. Es ist ihr Haus!«

Der Kobold begriff nicht.

»Der Fluch gilt nur, wenn ihr länger als ein paar Sekunden außerhalb eines Hauses seid, auf dem der Fluch herrscht, richtig?«, fragte Sevy. »Wenn es ein weiteres Haus nebenan gäbe, mit demselben Fluch, wäre das auch in Ordnung? Ihr könntet doch dahin wechseln, richtig?«

Ein erstes Glimmen zeigte sich in Irvings Augen, dann leuchteten sie wahrhaft auf. Sein ganzes Gesicht schien eine

Verwandlung durchzumachen, als sich zum ersten Mal seit Langem Zuversicht darin zeigte. Einmal noch atmete der Kobold tief ein, dann rannte er aus der Villa heraus und in den Bus hinein.

»Goal erande rath!«, rief er, spannte den Körper – und wartete.

Wie Sevy.

Wie die anderen Geisterwesen, die unsicher zuschauten.

Zehn Sekunden vergingen. Dann zwanzig. Und dreißig.

Mit Getöse brach in der Küche erneut ein Stück Decke ein. Die darauf folgende Hitzewelle brachte die Entscheidung.

»Das muss reichen«, murmelte Sevy und winkte den anderen Geisterwesen zu. »Los! Rein in den Bus!«

Die ersten gehorchten nur zögerlich, dann beschleunigte sich der Strom. Dicht gedrängt betraten sie den Bus, beobachtet von den bösen Geisterwesen, die nach wie vor die Felder um die Villa bevölkerten. Sie griffen nicht ein. Vermutlich warteten sie auf einen Befehl von Nuchelavee. Doch das Pferd sah der Prozession aus sicherer Entfernung tatenlos zu. Erwartete er ein Misslingen der Operation? Hatte Sevy ein wichtiges Detail übersehen? Oder interessierte das Pferd tatsächlich ausschließlich die Zerstörung der Villa, und die guten Geisterwesen waren für ihn Nebensache?

Er schaute erneut auf den Bus – und eine kalte Hand umklammerte sein Herz. Passten überhaupt alle Geisterwesen in das Gefährt? Mit Schrecken erinnerte Sevy sich an die

Versammlungen in Salon, Flur und Küche: Die Geisterwesen hatten nur gerade so Platz darin gefunden.

Beunruhigt warf Sevy einen Blick in das Gefährt hinein – und atmete auf. Der Innenraum war deutlich größer, als es von draußen den Anschein hatte. Offensichtlich hatte Irving das Problem längst erkannt und es gelöst. Bereits bei Duncans Dünenberg hatte Sevy über die Diskrepanz zwischen äußeren Abmessungen und innerem Volumen gestaunt. Irving hatte mit der Anpassung des Busses ein ähnliches Kunststück vollbracht.

»Alle da?«, fragte Sevy Jeremiah, als das letzte Geisterwesen den Bus betreten hatte.

»Ich denke schon.«

Zur Sicherheit warf Sevy einen letzten Blick in die Villa, rief in das Inferno nach Zurückgebliebenen. Er bekam keine Antwort.

Sie hatten es tatsächlich geschafft!

Müdigkeit holte Sevy unvermittelt ein, als er sich auf den Fahrersitz niederließ und seine rechte Hand den Zündschlüssel einführte. Ein Zittern ging durch das Gefährt, der Motor heulte auf. Zumindest in dieser Hinsicht gab es keine unerwarteten Probleme.

Etwa zwanzig Meter von der Villa entfernt hielt Sevy bereits wieder an. Inmitten der feiernden Meute von bösen Geisterwesen sahen er und die anderen ehemaligen Bewohner zu, wie nach und nach die letzten Reste des einst stolzen Gebäudes in sich zusammenfielen.

Kapitel 18: Neubeginn

Sonnenaufgang.

Gab es einen Strandabschnitt der Ostsee, der jemals einen chaotischeren Morgen erlebt hatte? Sevy bezweifelte es. Und wenn doch, so war es fast schon schade, dass er nicht dabei gewesen war.

Passiert war Folgendes:

Nachdem Sevy den Bus von der rauchenden Ruine abgewendet hatte, waren sie an den Strand gefahren. Dort hatten sie bis zum Morgen ausgeharrt, auf Duncan wartend.

Wie sich herausstellte, war der von Irving zum zweiten Mal ausgesprochene Fluch nicht schwierig aufzuheben – solange man wusste wie (was Duncan tat), und derjenige, der ihn einst verhängt hatte, dabei behilflich war (was Irving liebend gern tat). Damit wurde der Bus nicht zum neuen Fokus von Nuchelavees Zorn. Das böse Geisterwesen hatte sich seit der Zerstörung der Villa auch nicht mehr gezeigt.

Sevy musste immer noch lachen, als er an das Schauspiel zurückdachte, das sich vor einer knappen Stunde vor seinen Augen entfaltet hatte. Kaum hatten Duncan und Irving den Bus von dem Fluch befreit, war eine wahre Flut von Geisterwesen über den noch nachtkalten Strand ausgeschwärmt. Kobolde wälzten sich im Sand, Leprechauns führten (dem äußeren Anschein nach) intelligente Gespräche von einem idyllischen Platz in den Dünen aus, Pixies tollten an den Hängen, Feen schwirrten durch die Luft, Zwerge betasteten das Dünengras und sogar einige der eigentlich verfeindeten Spriggan tollten mit herum. Die Stimmung glich der eines lang erwarteten Ausflugs in einen Freizeitpark: Niemand konnte genug bekommen, jeder wiederholte unermüdlich dieselben Handlungen.

Nebst Sevy hatten Jeremiah, Irving und Duncan das Schauspiel fasziniert betrachtet. Nebeneinander saßen sie nun im Sand, sich über den glücklichen Abschluss ihres Abenteuers freuend.

Noch schienen Sevy die Geschehnisse surreal, noch konnte er nicht fassen, dass sich alles zum Guten gewendet hatte.

Nun: fast alles. Es fiel ihm nicht leicht, zu akzeptieren, dass Annabel ihn an der Nase herumgeführt hatte.

»Ich muss los«, unterbrach Duncan Sevys Gedankengang. Der Kobold stand auf und streckte sich, dass die Knochen krachten.

»Fischen?«, fragte Sevy. »Dann viel Glück.«

»Ach, ich kann mich nicht beklagen.« Ein anzügliches Grinsen umspielte Duncans Lippen. »Es sind mir sogar ein paar ins Netz gegangen, die ich schon mal hatte. Konnten anscheinend nicht genug vom alten Duncan bekommen.« Selbstüberzeugt strich er sich über die Brust.

Sevy verkniff sich eine Bemerkung, schüttelte stattdessen dem Kobold die Hand und bedankte sich erneut für die Hilfe.

»Kein Problem. Hätten wir schon längst mal machen müssen.«

»Allerdings«, stimmte Sevy ihm zu.

Schweigend sah er zu, wie der Kobold an den Rand der Brandung lief, sich an einem unscheinbaren Ort bückte und eine Luke im Sand öffnete. Er zog ein kleines Boot hervor, das er mit kräftigen Ruderstößen auf die ruhige See hinausbeförderte.

»Was wirst du nun tun?«, fragte Jeremiah Sevy, als Duncan und sein Boot nur noch ein schwarzer Punkt am Horizont waren.

»Nach Hause gehen. In meine alte Wohnung. Ich vermute, es kommt viel Arbeit auf mich zu. Unter anderem der Papierkrieg mit der Versicherung. Auch wenn der Fall eindeutig ist, dürfte es ein wenig dauern, bis die Entschädigung ankommt.«

»Besitz kann ein Bürde sein«, philosophierte Jeremiah.

»Nicht nur Besitz«, erwiderte Sevy, auf Laval anspielend, der mit Midas und Yves im Schlepptau auf sie zukam.

Demonstrativ stellte Laval sich vor Sevy. »Was ist eigentlich mit Midas?«

Sevy sah auf Lavals Busenfreund, der schweigend auf seine Füße starrte. »Was soll mit ihm sein? Er steht dort.«

»Er ist geknickt, weißt du? Deine Schuld.«

»Ist das so?«, seufzte Sevy.

»Du hast ihm bisher nicht gesagt, ob er mit uns beiden in deine Wohnung ziehen darf.«

»Wer behauptet, dass du ...«

»Aber es gibt da ein Problem«, fuhr Laval fort, Sevy ins Wort fallend. »Darf er nicht mit, dann musst du auch auf mich verzichten.«

»Na wunderbar«, erwiderte Sevy breit grinsend, »Dann ist ja alles geklärt.«

Laval überlegte einen Moment lang und beugte sich dann verschwörerisch vor. »Na gut ... Du hast wahrscheinlich recht, besser es bleibt bei uns beiden. Aber bringe es ihm schonend bei, okay?«

Überraschenderweise stellte Sevy fest, dass er dem Kobold nicht augenblicklich eine Absage erteilte. Eigentlich ... Eigentlich gefiel ihm die Idee, einige der Geisterwesen mit in seine alte Wohnung zu nehmen.

»Wisst ihr was ...«, meinte er mit nonchalantem Schulterzucken. »Warum nicht? Ihr könnt alle drei mitkommen.«

Mit selbstherrlicher Miene drehte Laval sich zu Midas um. »Alles für dich klar gemacht, mein Freund. Er wollte nicht, aber ich bin drangeblieben und habe ihn soweit bekommen.«

Fröhlich aufjubelnd stürzte Midas auf Laval zu, ihn mit sich zu Boden reißend.

»Bist du dir auch sicher?«, fragte Irving Sevy, die beiden herumtollenden Kobolde kritisch betrachtend.

»Nein«, lachte Sevy. »Allerdings habe ich ja noch dich, um ein Auge auf sie zu haben.«

Überrascht sah Irving ihn an, dann strahlten seine Augen. »Das stimmt«, meinte er nur.

»Was ist mit dir, Jeremiah?«, wollte Sevy wissen. »Beehrst du mich auch?«

»Hin und wieder – aber nicht dauerhaft. Zwerge gehören in die Natur. Solltest du dir einen großen Garten anschaffen, so kann ich mir das zukünftig noch mal überlegen.«

»Da lässt sich drüber reden«, meinte Sevy ernst. »Doch um das zu realisieren brauche ich Geld. Und um Geld zu verdienen, muss ich Bilder verkaufen, wobei mir wiederum die Musen helfen könnten. Vielleicht sollte ich versuchen sie zu überreden, mit zu mir zu ziehen.« Er sah sich um, wandte sich dann an Laval. »Kannst du bitte die Musen für mich suchen? Beziehungsweise alle, die bei mir einziehen wollen? Ich will gleich fahren.«

Während Laval sich auf den Weg machte, stand Sevy auf.

Jeremiah folgte seinem Beispiel. »Dann verabschieden wir uns vorerst.«

»Wie kann ich dich finden?«, wollte Sevy wissen.

»Ich besuche dich, keine Sorge«, meinte der Zwerg.

»Dann sehen wir uns hoffentlich bald wieder. Und noch mal vielen Dank für deine Hilfe.«

»Ich muss dir danken«, erwiderte Jeremiah. »Ohne dich ... Nun, darüber will ich gar nicht erst nachdenken.« Er sah den Strand entlang. »Das hier hätte ich nie wiedergesehen. Unglaublich, wieder frei zu sein.«

Ein letzter dankbarer Händedruck, dann drehte der Zwerg sich um und ging in Richtung Dünen davon.

Auch Irving stand auf, als Laval mit den anderen herbeikam. Heimlich war dabei, ebenso die Musen. Insgesamt handelte es sich um einundzwanzig Geisterwesen.

Und Aldamor.

Während der letzten paar Stunden hatte sich der einst berühmte Maler abseits gehalten, schien jedoch seine

Enttäuschung über den verhinderten Racheakt recht gut überwunden zu haben. Sevy hatte sogar beobachtet, wie der einstmalige Todfeind der Geisterwesen sich mit zwei Zwergen unterhalten hatte.

Mit einer neutralen Miene, in der nichts darauf schließen ließ, dass er Sevy noch vor wenigen Stunden mit einer Pistole bedroht hatte, fragte Aldamor: »Könntest du noch einen kleinen Umweg machen?«

»Die Klinik?«

Aldamor nickte.

»Sicher.«

Sevy warf einen letzten Blick auf die vielen über den Strand verteilten Geisterwesen, die ihre Freiheit nach so langer Zeit wieder genossen. Dann drehte er sich um und führte mit Irving die Prozession zum Parkplatz an – zu Annabels Bus.

Er seufzte innerlich auf.

Es war das sprichwörtliche Wechselbad der Gefühle. Auf der einen Seite deprimierte Sevy der Verlust des Hauses. Auf der anderen Seite hatte er die Geisterwesen gerettet, und er war ohne Frage dankbar dafür, dass er dies geschafft hatte.

Abgesehen von dem finanziellen Verlust schmerzte ihn vor allem die persönliche Demütigung, die er durch Annabel hatte erfahren müssen. Die Zuneigung war vorgespielt gewesen, sie hatte ihn an der Nase herumgeführt.

»Weißt du, was ich immer noch nicht richtig verstehe?«, fragte er.

Der neben ihm gehende Irving schüttelte den Kopf und sah ihn abwartend an.

»Nachdem Annabel bei mir war, wusste sie doch, dass ich allein in der Villa wohnte.« Er wartete die Zustimmung von Irving ab und fuhr dann fort: »Sie hätte doch einfach in der Gegend bleiben können, bis ich einkaufen gefahren wäre. Oder am Strand Duncan besuchen. Sie hätte vollkommen ungestört die Villa abfackeln können.«

»Richtig«, stimmte Irving zu. »Aber sie wollte erreichen, dass du ausziehst. Sie wollte, dass du alle deine Sachen mitnimmst, und wenn möglich sogar das Haus verkaufst. Um das zu erreichen, war sie willens ein paar Tage mit der Feuerlegung zu warten.«

Der Kobold sah Sevy eindringlich an. »Sie wollte dir die Probleme ersparen, die jetzt auf dich zukommen. Polizei, Versicherungen und was sonst noch alles. Ihre Hoffnung war, dass du zu dem Zeitpunkt, an dem sie das Haus zerstören würde, nichts mehr damit zu tun hättest. Leider hat Nuchelavee sie zu schnellerem Handeln gedrängt. Persönlich hätte sie lieber gewartet.«

Schweigend stieg Sevy an der Dünenflanke hoch, die warme Sonne im Rücken.

Irving räusperte sich: »Wenn es dir etwas bedeutet: Ich glaube, dass sie dich wirklich gern hatte.«

Ein schwaches Lächeln auf den Lippen, setzte Sevy seinen Weg fort. Unbemerkt von Irving nickte er leicht: Es bedeutete ihm sogar eine Menge.

Vielen Dank!

Für Deine Zeit und Dein Vertrauen in den Roman »Die unglaublichen Erlebnisse des Sevy Lemmots« (DuEdSL)!

Das Buch war einst als Entspannungsübung gedacht, nachdem ich mich mit »Flimmernde Schatten« und »Vierjährling« an eher komplexen Geschichten probiert hatte und mit »Achtbeinige Seelen« ein kaum weniger anspruchsvoller Roman auf mich wartete.

DuEdSL war als ein deutlich schmaleres Buch konzipiert. Witziger, kurzweiliger, zum entspannten nebenher Lesen. Und ich weiß noch genau, wie mein Vater nach der Probelektüre meinte, mit diesem Roman hätte ich anfangen sollen. Nicht, weil DuEdSL mein bestes Buch sei, sondern weil der Roman von den bisherigen der am einfachsten verdaubare war.

Tatsächlich muss ich zugeben, dass mir die relative Leichtigkeit von DuEdSL noch heute sehr zusagt. Darüber hinaus ist es mein bisher einziges Buch, das derart intensiv auf Fantasy-Figuren wie Elfen, Zwerge, Kobolde & Co. zurückgreift. Damit bleibt es auch in dieser Hinsicht bisher eine Ausnahme.

Doch alle paar Jahre brauche ich dann doch wieder ein wenig mehr Leichtigkeit, und so wird mein achtes Buch zu einer ähnlich lockeren Tonart zurückkehren. Aller Voraussicht nach wird es 2024 erscheinen. Damit bleibt noch genügend Zeit, um aus den Erfolgen und Misserfolgen der Vergangenheit zu lernen. Daher interessiere ich mich wie immer sehr für die Meinung der Leser. Ich wäre sehr dankbar, wenn Du mir Deine Meinung per E-Mail, auf der Homepage oder als Bewertung bzw. Rezension mitteilen würdest. Ich nehme mir jeden Hinweis zu Herzen.

Auf zur nächsten Gedankenwelt!

Zum Autor

Name: Yves Gorat Stommel
Wohnort: Bisher alle paar Jahre ein anderer
Kalendarisches Alter: Ändert sich fortlaufend, Bezugspunkt 1977
Gefühltes Alter: Je nach Arbeitstag und Laune meiner Kinder (und Ehefrau)
Beruf: Ingenieur, Vater, Ehemann (nicht notwendigerweise in dieser Reihenfolge)
Kreativität: Basierend auf der Frage »Was wäre, wenn ...«
Gelesene Geschichten: Grundsätzlich alle Genres, gerne auch Jugendbücher
Geschriebene Geschichten: Fantasy, Mystery, Science-Fiction, Reiseberichte
Sport: Hin und wieder
Stärken: Ja
Schwächen: Die Schwächen ignorieren
Lebensmotto: »Connecting the dots«

Bibliografie Yves Gorat Stommel – Vorwort

Ein paar „warnende“ Worte:

Die Frage „Was wäre, wenn …“ liegt jeder meiner Romane zugrunde. Da diese Frage aber maximal breit anwendbar ist, lassen sich meine Geschichten nicht in ein einziges Genre einsortieren. Funtasy, Fantasy, Science Fiction und Selbstfindungsroman – einen roten Genre-Faden sucht man vergeblich. Und dann wären da auch noch die Reiseberichte und Kurzgeschichten …

Aus Sicht von sowohl Buchverlagen als auch Marketing-Experten ist dies eine denkbar schlechte Ausgangslage, denn eine eindeutige Genre-Zuordnung des Autors erlaubt es, der Erwartungshaltung von Leser/-innen nachzukommen.

Dennoch habe ich mich entschieden, weiter die Themen aufzugreifen, zu denen ich selbst gerne Geschichten lesen würde. Daher an dieser Stelle der Hinweis, dass, sollte die eben gelesene Geschichte zugesagt haben, eine andere ebenso von mir stammende den individuellen Geschmack nicht treffen könnte.

Und andersherum.

Als hilfreich zur Meinungsbildung sollen hier die Buchbeschreibungen und vor allem die Kurzrezensionen sowohl auf meiner Homepage als auch auf Amazon oder Lovelybooks genannt werden.

Bibliografie Yves Gorat Stommel

Romane

Flimmernde Schatten

Vierjährling

Die unglaublichen Erlebnisse des Sevy Lemmots

Achtbeinige Seelen

Zeittüren

Phasenland

Reiseberichte

Die „Memo an mich"-Reihe deckt mittlerweile folgende Reiseziele ab:

Bahrain und Zentral-Saudi-Arabien / Mittlerer Westen und Rocky Mountains / Gran Canaria / Mittleres Rheintal / Mallorca / Nordkorea / Schwarzmeerküste Bulgarien und Rumänien / Zypern

Kurzgeschichten und Märchen

Viele …

Newsletter

Interessiert an neuen Geschichten und Blog-Beiträgen zum Schreiben und Veröffentlichen? Dann abonniere den **Newsletter** (zwei bis drei Ausgaben pro Jahr) und erhalte ein **kostenloses eBook (Roman).**

https://www.yvesgoratstommel.com/newsletter/

Leseprobe »Flimmernde Schatten«

Prolog

Starr und unbeweglich schauten seine müden Augen auf den flackernden Bildschirm. Nicht eine einzige Bewegung verriet, dass er noch am Leben war. Das chaotische Licht des Fernsehapparates tauchte das von Leid gezeichnete, eingefallene Gesicht abwechselnd in Licht und Schatten. Die Arme hingen kraftlos herab und die dünnen Beine waren in eine Decke gewickelt. Graues Haar klebte in Strähnen an seinem Schädel.

Doch plötzlich kehrte Leben in die glasigen Augen zurück. Etwas in den über den Bildschirm flimmernden Nachrichten erregte seine Aufmerksamkeit. Konzentriert starrte er auf die Mattscheibe, akribisch jedes Detail in seinem Gehirn speichernd, für spätere Verwendung ablegend. Dabei beschränkte sich die Anspannung auf seine Gesichtszüge; der Rest seines verkrüppelten Körpers blieb unbeweglich.

Kaum ging dieser eine Beitrag der Regionalnachrichten vom fünften August zu Ende, schloss er unverzüglich die Augen und konzentrierte sich.

Mit aller Macht drang er in sein Unterbewusstsein vor.

Er begann seine Suche nach den beiden Jungen.

Kapitel 1: Damaris

Übellaunig saß Damaris auf ihrem Schreibtischstuhl und starrte demonstrativ ihre nackten Füße an. Ihr gegenüber standen ihre Eltern, die kaum bessere Laune hatten.

Amy Lincol brach das entstandene Schweigen: »Schätzchen, wir tun das nur zu deinem Besten.«

Wütend blickte Damaris auf. Wie sie diesen Spruch hasste! Ihre Mutter hielt ihrem Blick, ohne mit der Wimper zu zucken, stand. Und auch ihr Vater wich keinen Millimeter zurück. Obwohl die Lage nun wirklich nicht dramatisch war. Tina und Damaris waren bloß dabei gewesen, als Jungs aus ihrer Schule ein paar Sylvesterknaller gezündet hatten. Klar, zwei Tage zu spät, aber sie hatte zusammen mit Tina auch nur zugeschaut. Leider interessierten solcherlei Feinheiten ihre Eltern nicht. Und dafür bekam sie jetzt Hausarrest und Internetverbot?

Damaris richtete ihren Blick auf das einzige Fenster. Ihr Zimmer lag im Halbdunkel, die Januarsonne besaß am Nachmittag kaum noch Kraft und sie hatte längst die Deckenleuchte eingeschaltet. Sie schüttelte langsam den Kopf, in Gedanken die Ungerechtigkeit auskostend. Daher bekam sie zuerst nicht mit, dass ihre Mutter wieder auf sie einredete.

»... hilft dir vielleicht, dich auf wichtigere Dinge zu konzentrieren. Du bist in letzter Zeit nur noch mit deinen Freunden unterwegs und bist kaum noch hier.«

»Weil alle meine Freunde nicht in diesem Kaff leben«, sagte sie mit monotoner Stimme.

Dem konnte ihre Mutter nicht widersprechen. Das Haus der Lincols lag tatsächlich weit von der Schule und damit von den meisten Freunden entfernt. Jeden Morgen musste Herr Lincol, der ein erfolgreicher Rechtsanwalt war, seine Tochter in die nächstgrößere Kleinstadt fahren. Frau Lincol fuhr auf dem Weg zu ihrem Job in die andere Richtung. Die Modeboutique, die sie zusammen mit einer Freundin besaß und betrieb, befand sich in der nächsten Großstadt, fünfzig Kilometer vom Wohnort der Lincols entfernt. Und da Herr Lincol oft lang arbeitete, nahm Damaris mittags den Bus nach Hause. Sie war üblicherweise die Einzige, die in dem abgelegenen Regensdorf ausstieg. Eine Ansammlung von zehn Häusern. Ohne auch nur ein Geschäft. Sogar ohne einen Kiosk oder ein Versammlungshaus.

»Und was soll ich eurer Meinung nach die nächsten Tage tun? Immerhin haben wir Weihnachtsferien«, fragte Damaris mit zorniger Stimme. Sie war unverschämt, das merkte sie, aber es war ihr egal.

Damaris' Mutter warf einen hilfesuchenden Blick in Richtung ihres Mannes. Der ehemals – wie seine Frau – große und schlanke Mann war mittlerweile nur noch groß und ihm fehlte die selbstverständliche Eleganz seiner Frau. Seinem Äußeren angemessen – er sah Damaris' Meinung nach ein wenig wie ein großer Teddybär aus – hielt er sich lieber aus Streitigkeiten heraus. In der Regel war er verständnisvoll, liebevoll und relativ entspannt. In der Regel ... aber nicht heute.

»Du könntest mal ein Buch lesen«, schlug er vor.

Perplex schaute Damaris ihren Vater an. Hatte er das etwa ernst gemeint?

»Ein wenig Bildung täte dir gut«, sagte ihre Mutter und tätschelte ihr wie einem niedlichen, aber dümmlichen Kätzchen den Kopf. »Auch mit vierzehn hast du noch nicht ausgelernt, auch wenn du das öfters zu glauben scheint.« Dann verließ sie das Zimmer.

Nun war das Spielfeld egalisiert: ihr Vater und sie.

»Du könntest mal ein Buch lesen«, sagte Damaris leise und mit spöttischem Unterton. Sie warf sich auf ihr Bett und drehte ihrem Vater trotzig den Rücken zu. Damaris merkte, wie sich das Bett unter seinem Gewicht durchbog, als er sich zu ihr setzte. Widerwillig rutschte sie ein paar Zentimeter in seine Richtung.

»Strafe muss sein«, sagte Herr Lincol leise. »So schlimm wird es schon nicht werden.«

Damaris reagierte nicht.

Vorsichtig stand Herr Lincol auf, strich Damaris liebevoll über die Haare und verließ das Zimmer.

Damaris seufzte und stand auf. Ziellos lief sie durch ihr Zimmer. Ihr Kleiderschrank stand an der Wand, links von der Tür. Auf der gleichen Zimmerseite befanden sich der Wäschekorb und der Schreibtisch, letzterer nah am einzigen Fenster. So konnte sie ihre Hausaufgaben unter Nutzung von Tageslicht bewältigen. Die von ihr aus linke Zimmerhälfte wurde im Wesentlichen von ihrem Bett und einem Schuhschrank eingenommen. An der Außenwand stand der Bücherschrank. Ein paar Poster und einige kreuz und quer aufgehängte Fotos schmückten die Wände. Schließlich war da noch ihr Meerschweinchen Bonnie, das in einem Käfig unter dem Fenster hauste. Das gescheckte Nagetier bewegte sich nur, wenn es absolut notwendig war und tat den ganzen Tag nichts anderes als Fressen und Schlafen.

Damaris trat ans Fenster. Auch ein Blick nach draußen bot keine große Abwechslung: Der graue, deutsche Alltag blickte sie in all seiner Eintönigkeit an. Von ihrem Fenster aus konnte sie im Wesentlichen bloß eine Straße, zwei Häuser und sich bis zum Horizont erstreckende Felder und Wälder sehen.

Unschlüssig wandte Damaris sich wieder ihrem Zimmer zu.

Was tun?

Auf ihrer Lippe kauend ging sie im Kopfe die Optionen durch: Hausaufgaben? Gab es keine. Etwas schreiben? Nein. Irgendwas basteln? Keine Lust. Ein Spiel? Noch weniger Lust.

Damaris' Blick wanderte zum Bücherschrank, und sie nahm widerwillig die dort stehenden Titel genauer unter die Lupe.

Eines der ersten Bücher, das ihr ins Auge fiel, trug den Namen ‚Die unendliche Geschichte'. Vor ein paar Wochen hatte sie den Film im Fernsehen gesehen. Sie fragte sich, welchen Nutzen gedruckte Geschichten noch hatten, nachdem sie zu Filmen umgesetzt worden waren.

Aber der Film hatte ihr gefallen, auch wenn er eher jüngere Kinder als Zielgruppe zu haben schien.

»Na schön«, seufzte Damaris, und sie zog das Buch hervor. Dann legte sie sich auf ihr Bett, das mit einem Bettkasten versehen war, sodass sich die eigentliche Liegefläche auf einer Höhe von rund anderthalb Metern befand. Das gab ihr nachts seit jeher ein Gefühl von Sicherheit.

Damaris starrte eine Weile das Bild auf dem Cover an. Eine Strähne ihres dunklen, schulterlangen Haares fiel ihr vor die braunen Augen, als sie sich schließlich aufraffte, und das Buch öffnete. Eine Abbildung fing ihren Blick ein. Ein Sammelsurium an Fantasiewesen sah ihr entgegen.

Widerwillig fing sie an zu lesen.

Zuerst ging es nur langsam voran. Ihre Gedanken wanderten immer wieder zurück zum Hausarrest. Aber als sich die Geschichte entfaltete, wuchs auch ihre Konzentration und ihre Lesegeschwindigkeit. Zeile für Zeile las Damaris, innerhalb kurzer Zeit hatte sie die ersten beiden Kapitel bewältigt. Mit einem selbstzufriedenen Lächeln rutschte sie in eine liegende Stellung, stützte ihren Kopf auf den rechten Arm und blätterte um.

Kapitel 2: Nika

Eine Stunde und einige Kapitel später lag Damaris noch immer auf ihrem Bett. Allerdings musste sie zunehmend damit kämpfen, nicht einzuschlafen; schon einige Male waren ihr die Augenlider fast zugefallen.

Das Buch war bestimmt nicht uninteressant, sie musste sich sogar eingestehen, dass es ihr Spaß machte, darin zu schmökern. Aber so langsam strengte sie die ungewohnte Konzentration dann doch an und ihre Augen begannen zu tränen.

Eine Bewegung in ihrem Augenwinkel!

Damaris war sofort hellwach und schaute auf. Es war zwischen dem Bücherregal und dem Wäschekorb gewesen. In dem Wäschekorb?

Alles lag still und regungslos vor ihr, nichts war zu sehen. Langsam beruhigte sich Damaris' Herzschlag wieder. Alles nur Einbildung, redete sie sich ein.

Damaris legte das Buch zur Seite, und vertrat sich ein wenig die Beine. Nach einer kurzen ziellosen Wanderung durch ihr Zimmer blieb sie zum zweiten Mal an diesem Tage vor ihrem Bücherregal stehen. Die meisten der darin befindlichen Bücher stammten noch aus der Zeit, zu der man sie ihr vorgelesen hatte. Neuere Bücher konnte sie als ungeliebte Geburtstagsgeschenke von – allein schon deshalb – unsympathischen Verwandten identifizieren. Sie war am 30. Oktober vierzehn geworden und hatte damals einige neue Staubfänger ins Regal einsortieren müssen. Kein einziges, der vor ihr aufgereihten Bücher hatte sie bisher selbst gelesen, die meisten nicht mal angefasst. Außer natürlich, um sie neben den anderen auf den Regalbrettern zu verstauen.

Ein Scharren.

Erschrocken drehte Damaris sich um. Irgendetwas machte kratzende Geräusche!

Rechts neben dem Schreibtisch befand sich Damaris' Wäschekorb und genau dorthin lenkte sie jetzt ihren Blick. Das Geräusch schien von dort gekommen zu sein.

Damaris hatte zwar keine Angst vor Mäusen oder ähnlichem Getier, doch einen direkten Körperkontakt wollte sie tunlichst vermeiden. Sie zog sich auf ihr Bett zurück: eine gute Beobachtungsposition.

Der Wäschehaufen lag unbewegt vor ihr.

Sie musste über ihre eigene Panik lachen.

Aber da! Schon wieder! Das Scharren wurde nun von einem leichten Stöhnen und Schnauben begleitet. Der Wäschehaufen bewegte sich!

»Boah, ist das anstrengend!«, tönte es unter der Kleiderschicht.

Keine Maus, schlussfolgerte Damaris. Erschrocken wich sie an das Kopfende ihres Bettes zurück. Den Blick nahm sie dabei nicht von dem Wäschekorb. Was passte denn da rein und konnte reden?

In der linken Ecke des Wäschehaufens erschien nun ein Kopf, wenn auch ein relativ kleiner, aber definitiv ein Kopf. Er war zur Hälfte von einem ihrer gestreiften T-Shirts verdeckt. Eine kleine Hand erschien, und zog es herunter.

»Wer zieht denn so was freiwillig an?«, fragte der Kopf vollkommen verdutzt und warf das Shirt hinter sich. Es schlug gegen die Wand und fiel zu Boden.

Das Wesen – Damaris wusste nicht, als was sie es sonst bezeichnen sollte – entstieg nun komplett dem Wäschekorb. Dies nahm nur einen kurzen Zeitraum in Anspruch, da es erstaunlich kleinwüchsig war, höchstens einen Meter groß. Nachdem es auf den Boden gesprungen war, richtete es sich auf, dehnte sich genüsslich, ließ die Fingerknöchel deftig knacken und schaute sich interessiert im Zimmer um. Nicht lange, da entdeckte es den Bettkasten und machte sich, ohne zu zögern, auf den Weg dorthin. Kurzzeitig verschwand das Wesen aufgrund des erhöhten Bettes aus Damaris' Blickfeld, aber nur einen Moment später tauchte eine Hand an dem Fußende auf. Kaum war das Wesen hinaufgeklettert, da schaute es neugierig um sich. Nach einem kurzen Augenblick strich es sich zufrieden den grünen Pulli glatt und lief dann in Richtung Kopfkissen.

In Richtung von Damaris!

Diese saß inzwischen in der rechten oberen Ecke des Bettes, so weit wie möglich von dem Wesen entfernt. Aber dieses schien an Damaris nicht das geringste Interesse zu haben. Es sah sie nur kurz an und grüßte:

»'tag!«

Damaris nickte. Sie war zu verdutzt, um zu antworten.

Inzwischen erreichte das Wesen das Kopfkissen, direkt neben Damaris. Dort ließ es sich auf sein Hinterteil fallen, klopfte das Kissen in eine ergonomische Form und lehnte sich dagegen. Zuletzt verschränkte es noch die Arme hinter dem Kopf und guckte sich zufrieden im Zimmer um.

Damaris beobachtete das Schauspiel mit schnell klopfendem Herzen. So langsam hatte sie den ersten Schock überwunden, und ihre Neugierde meldete sich. Schweigend betrachtete sie jedes Detail des Wesens.

Damaris' Besuch hatte einen Schottenrock an. Dazu besaß es unverhältnismäßig große Füße, die in Badelatschen steckten. Ungünstig, befand Damaris, da so die hässlichen, leicht behaarten Zehen gut zu sehen waren. Der Oberkörper steckte in einem grünen Kapuzenpulli. Einige Nummern zu groß, stellte Damaris fest. Interessanter noch waren die Hände: Anscheinend hatte das Wesen nur jeweils drei Finger, dafür aber zwei Daumen an jeder Hand. Einer da, wo er hingehörte, und daneben ein zweiter. Erst dann folgten die drei Finger. Die rechte Hand verwendete es gerade, um die Frisur zurecht zu zupfen. Dabei besaß das Wesen auf dem Kopf keine Haare, sondern eine geleeartige Masse, die wohl nach Belieben in Form gebracht werden konnte. Die Frisur sah nun einem Igel ähnlich, wenn auch die Farbe nicht passte: Die ‚Haare' waren giftgrün. Das Gesicht war das eines jungen Kindes, vielleicht dem eines zwölfjährigen Mädchens, am ähnlichsten. Ohren, Augen und Mund sahen normal aus, wenn auch alle in ihren Proportionen etwas größer als bei normalen Menschen.

Ihrer Neugierde genüge tuend, beugte Damaris sich vorsichtig vor, um einen noch besseren Blick auf das Wesen zu bekommen. Dieses betrachtete gerade mit großer Aufmerksamkeit die Bilder an der gegenüberliegenden Wand und empfand Damaris' Kopf, der sich nun in sein Blickfeld schob, als ziemlich störend. Als Damaris begann, die Hände einer genaueren Untersuchung zu unterziehen, wurde das dem Wesen dann doch langsam etwas unheimlich.

»Uhm ... ist was?«

Damaris wich perplex zurück. Was sollte sie darauf antworten? Ein Wesen kam in ihr Schlafzimmer, machte sich auf ihrem Bett breit, bearbeitete ihr Kissen, und war auch noch frech genug, zu fragen, ob was ist!

»Wer bist du?«, brachte sie schließlich hervor.

»Na, ich bin Nika«, antwortete das Wesen, sich über diese ihrer Meinung nach doch eigentlich überflüssige Frage wundernd.

»Und weiter?«

»Nichts weiter«, gab Nika zurück und sah Damaris abwartend an.

Damaris setzte sich Nika im Schneidersitz gegenüber.

»Wie ... Woher bist du vorhin gekommen?«

»Das müsstest doch gerade du wissen«, gab Nika verwundert zur Antwort.

Es kam Damaris so vor, als ob Nika versuchte, allen ihren Fragen auszuweichen. Leicht verärgert sagte sie: »Ich weiß nur, dass du ein ziemlich komisches Ding bist, das sich irgendwie und ungefragt in meinen Wäschekorb verirrt hat!«

»Das Kompliment mit dem komischen Ding kann ich nur zurückgeben, immerhin bist du sozusagen meine Mutter.«

Verdutzt schaute Damaris auf das Wesen. Ihre Mutter? Das Wesen war nicht nur beschränkt, sondern offensichtlich sogar geistig verwirrt.

»Ich glaube, um Mutter zu werden, müsste ich dann doch noch einige Vorarbeit leisten.«

Nika schüttelte energisch den kleinen Kopf. »Nun sei mal nicht so pedantisch. Ich meine ja nicht eine Mutter im eigentlichen Sinne. Jemanden wie mich kannst du innerhalb des Bruchteils einer Sekunde erschaffen. In einem Augenzwinkern. Du brauchst nur an mich zu denken.«

Beide schwiegen nun. Damaris versuchte, die eben gehörten Informationen einzuordnen, während Nika sie belustigt anschaute.

Das machte alles keinen Sinn! Und wann machen Dinge keinen Sinn? Im Traum … Also träumte sie! Das musste es sein!

»Ich habe dich mir ausgedacht?«, fragte Damaris.

»Yep! Danke übrigens, auch wenn mir das Schuhwerk nicht wirklich gefällt«, antwortete Nika, während sie ihre Badelatschen kritisch hin und her drehte. »Aber in puncto Mode hast du ja offensichtlich noch eine Menge nachzuholen.« Sie nickte mit ihrem Kopf in Richtung des Wäschekorbes. »Ich bin bei der Reise durch deine Dreckwäsche so einigen geschmacklosen Kleidungsstücken begegnet. Ich korrigiere mich: vielen geschmacksfreien Teilen. Na gut, eigentlich ausschließlich.«

Damaris ignorierte die Beleidigung, denn sie beschäftigte längst etwas anderes: Ihr kam der Traum viel zu lebendig vor. Sie schaute sich um. Alles schien in ihrem Zimmer so zu sein, wie es sich gehörte. Nur dieses komische und unverfrorene Wesen auf ihrem Bett passte nicht in das gewohnte Bild.

Während Damaris sich nachdenklich im Zimmer umschaute, rutschte Nika ein wenig tiefer, kuschelte sich in das Kissen hinein und schloss die Augen.

Sie musste träumen, daran hatte Damaris keinen Zweifel. Aber es kam nicht oft vor, dass man träumte, und dies auch noch realisierte. Langsam breitete sich ein verschmitztes Lächeln über ihr Gesicht aus. Selbstsicher sprach sie Nika an:

»Du bist ein Teil meiner Fantasie?«

»Hm«, gab Nika, die Augen geschlossen, zurück.

»Das heißt, ich habe dich gemacht, dein Aussehen, dein Verhalten?«

»Richtig«, Nika schien es richtig gut zu gehen, sie schmiegte sich genießerisch in das Kissen.

»Dann ...«

Damaris legte eine kurze wirksame Pause ein, worauf Nika ein Auge öffnete und sie fragend ansah.

»... dann musst du mir gehorchen«, stellte Damaris sachlich fest.

Nika setzte sich auf und schaute nachdenklich an Damaris vorbei in die Ferne. Diese folgte Nikas Blick, konnte aber nicht erkennen, was ihr Interesse galt. Daraufhin richtete Damaris ihre Aufmerksamkeit wieder auf Nika. Das Wesen war in Gedanken versunken, Damaris' Aussage schien es sehr zu beschäftigen. Endlich aber, kam es zu einem Entschluss.

»Nein, lieber nicht!«, sagte Nika, und schaute Damaris mit einem unschuldigen Blick geradeheraus ins Gesicht. Dann legte sie ihren Kopf ins Kissen und bereitete wieder ihre vollkommene Entspannung vor.

Eins war klar: Der Traum entwickelte sich nicht nach Damaris' Vorstellungen. Aber wenn schon – es war nur ein Traum.

Damaris lehnte sich neben Nika an die Wand und sah das in das Kissen gekuschelte Wesen skeptisch an. Nach nur kurzer Zeit musste das Mädchen ein immer lauter werdendes Fiepen wahrnehmen – Nika war in aller Seelenruhe eingeschlafen.

Eines verstand Damaris nicht: Wenn sie schon wusste, dass sie träumte, warum konnte sie dann die Geschehnisse nicht beeinflussen? Es war doch ihre Fantasie!

»Nika?« Sie schüttelte das Wesen an der Schulter. »Warum kann ich meinen Traum nicht steuern?«

Verschlafen schaute Nika Damaris an. Sie schien etwas orientierungslos und musste zuerst ihre Gedanken ordnen. Nach einem kurzen Moment der Überlegung, ließ sie sich mit einem Seufzen vom Bett gleiten und lief in Richtung des Bücherregals.

»Wo willst du denn jetzt auf einmal hin?«, fragte Damaris.

»Du bist mir zu laut! Ich suche mir einen anderen Ort zum Schlafen. Ist ganz schön anstrengend, wenn man gerade erst entstanden ist, weißt Du? Ein wenig mehr Rücksichtnahme würde dir gut stehen.« Nika schleifte, noch halb schlafend, das Kopfkissen von Damaris hinter sich her. Überrascht schaute Damaris zu, wie sowohl das Kissen als auch Nika zunehmend kleiner wurden, bis das Wesen schließlich – nur noch halb so groß wie ein Buch – vor dem Bücherregal anhielt.

»Wenn ich ausgeschlafen habe, komme ich vielleicht wieder«, verabschiedete sich Nika. Dann griff sie an den Rand eines Buches, öffnete den Buchrücken, hüpfte in den Einband, und verschwand samt Damaris' einzigem Kopfkissen.

Kapitel 3: Der Eintrittsraum

»Das hier ist ihr Schreibtisch. Nicht, dass sie ihn wirklich bräuchte – die ist bestimmt zu faul zum Schreiben oder Hausaufgaben machen. Aber er sieht so schön wichtig aus. Nur zum Angeben ist er da. Da vorne dann das Bett. Das solltest du mal ausprobieren. Extrem entspannend!«

Nika führte mit gewichtiger Miene ein ihr ähnliches Wesen durch Damaris' Zimmer. Hier und da hielten sie an, und Nika erzählte ihrer Begleitung alles Wissenswerte zu dem jeweiligen Ort. Oder zumindest all das, was sie schon über das Zimmer zu erzählen wusste. Und das war noch nicht viel. Daher schmückte sie ihre Erläuterungen einfach ein wenig aus. Der Unterhaltungswert ihrer Führung war ihr offensichtlich wichtiger als die Fakten.

Sie erreichten das Bett, auf das sie unverzüglich hinaufkletterten. Oben angekommen, entdeckten sie Damaris, die nach ihrem unerwarteten Abschied von Nika ohne ihr weiches Kissen hatte einschlafen müssen.

»Paru, das hier ist meine Schöpferin«, sagte Nika. »Ein wenig eigensinnig, aber ich muss halt damit vorliebnehmen. Man kann sie sich leider nicht aussuchen, wer die Eltern sind.«

Das zweite Wesen schien äußerst interessiert, und schaute sich Damaris ganz genau an.

»Ich bin einem Menschen lange nicht mehr so nahe gewesen!«, sagte sie begeistert. »Du weißt ja, mit meinem Schöpfer war ich schon ewig nicht mehr unterwegs.«

Nika schaute ihre Freundin verständnislos an. »Ich weiß gar nicht, warum du dich darüber beklagst! Die absolute Freiheit ... Ein Traum! Sie hier wollte mich sogar zwingen, Sachen für sie zu tun.«

»Was denn?«

»Uhm ... Keine Ahnung ... So weit sind wir nicht gekommen, da ich mich geweigert habe.«

»Und dann?«

»Dann bin ich gegangen!«

»Ach Nika ...«, seufzte Paru, »... glaube mir, die Zeit mit deinem Schöpfer ist kostbar.«

»Nicht, wenn sie mich rumscheucht!«

»Das war bestimmt nicht so gemeint ...«

»O doch!«

Paru schüttelte den Kopf. »Nein, das glaube ich nicht. Aber wenn du es jetzt schon verpasst, mit ihr zusammen zu sein, dann hat sie vielleicht irgendwann kein Interesse mehr daran. Und du kannst dich, wie ich, nur noch mit anderen Thinks treffen. Nicht, dass das nicht auch schön wäre! Aber Menschen sind schon eine Klasse für sich.«

»Eine nervige Klasse für sich!«, verbesserte Nika.

Paru winkte lächelnd ab. »Wann wird sie denn wach?«, wollte sie wissen.

Nika lief zu Paru, die direkt neben Damaris' Kopf stand.

»Na, wenn wir sie wecken!«

Bevor Paru sie aufhalten konnte, hatte Nika schon die Hand ausgestreckt und Damaris unsanft in die Wange gepikst.

Langsam öffnete Damaris die Augen. Was sie sah, waren die neugierigen Gesichter zweier kleinwüchsiger Märchengestalten. Mit einem Aufschrei fuhr sie auf.

»Spinnt ihr!«, rief sie nach Luft schnappend. »Was soll denn das? Und wer bist denn du?«

»Darf ich vorstellen?«, sagte Nika, »Das ist Paru, eine Freundin und Zwelfe wie ich.«

Ihr Puls auf hundertachtzig und viel zu geschockt, um angemessen böse zu reagieren, schaute Damaris an Paru herunter. Sie sah irgendwie fertiger als Nika aus. Fertiger im

Sinne von entwickelter. Gäbe es einen Gott, so hatte er Paru mit Sorgfalt geschaffen, nachdem er an Nika geübt hatte.

Paru hatte in etwa dieselbe Größe wie Nika, einen niedlichen kleinen Kopf mit großen Kulleraugen und nicht so übertrieben große Füße. Dafür trat ihr Bauch stark aus ihrer sonst zierlichen Figur hervor. Die schwarzen Haare waren wirkliche Haare, keine gummiartige Masse wie bei Nika. Der Kurzhaarschnitt verlieh Paru ein gewitztes Aussehen. Ihre Kleider waren sorgfältig gewählt: ein paar schicke Lederschuhe, eine karierte Hose und ein Hemd, das inklusive Krawatte über ihre Hose hing.

»Schön, dich kennenzulernen. Ich hoffe, wir werden gute Freunde«, sagte Paru und reichte Damaris ihre kleine Hand.

Wie das Mädchen feststellte, besaß Paru nur einen Daumen pro Hand.

Mit einem Grinsen und einem Kopfnicken in Richtung Nika fügte Paru hinzu: »Viel Übung hast du mit dem Schöpfen wohl noch nicht.«

Nika beantwortete diese Frage an Damaris' Stelle mit einem schmerzhaften Knuff in Parus Seite.

»Wie?«, fragte Damaris. »Schöpfen?«

»Ausgedacht. Überlegt. Fantasiert. Geschaffen. Gestaltet. Kreiert«, antwortete Paru.

Damaris wedelte die Erklärung beiseite.

»Mich würde viel mehr interessieren, was ihr in meinem Zimmer macht. Eingeladen habe ich euch wohl kaum. Und was ist überhaupt eine Zwelfe?«

»Wir sind Zwelfen«, antwortete Nika.

»Danke, das habe ich begriffen«, erwiderte Damaris säuerlich. »Aber was seid ihr?«

Paru zeigte auf Nika. »Also, sie ist wohl ansatzweise diesem komischen Typen aus dem Buch, das du gerade liest, nachempfunden. Diesem Nachtalb, diese hässliche Kreatur, die ziemlich am Anfang von ‚Der unendlichen Geschichte' auftaucht. Der mit der Fledermaus.«

Dann zeigte Paru auf sich selbst. »Mein Schöpfer hat zum Zeitpunkt meiner Entstehung gerade ‚Der kleine Hobbit' gelesen. Von Tolkien. Daher sehe ich ein wenig wie ein Hobbit aus. Im Moment bekommen wir viele Hauselfen, wie in diesen Büchern von dem Zauberlehrling Potter, aber früher hatten wir mehr Feen, Elfen und Zwerge. Daher nennen wir uns immer noch Zwelfen.«

»Wie auch immer …«, erwiderte Damaris. »Auf jeden Fall könnt ihr nicht einfach so hier reinspazieren! Das ist mein Zimmer!« Dann fiel ihr noch was ein und sie sah ihre Kreation drohend an. »Und Nika, wo ist mein Kissen?«

»Ach Mist!«, sagte Nika. »Das habe ich im Eintrittsraum liegen lassen.«

Paru entfuhr ein: »Tz, tz!«, und sie wackelte anschuldigend mit dem Köpfchen.

»Was ist denn nun schon wieder der Eintrittsraum?«, fragte Damaris.

Paru kam Nikas Antwort zuvor: »Ihr wart noch nicht mal im Eintrittsraum? Du nimmst deinen Job nicht sehr ernst, Nika!«

Schuldbewusst scharrte Nika mit ihrem Fuß über die Bettdecke.

»Ich bin halt noch nicht dazu gekommen …«

»Dann wird es höchste Zeit!«

In Damaris' Richtung fügte Paru hinzu: »Es wird dir bestimmt gefallen!«

»Was wird mir gefallen?«, fragte das Mädchen barsch. »Und was für Job nimmt Nika nicht sehr ernst?«

»Der Eintrittsraum, der wird dir gefallen«, erklärte Paru geduldig. »Und mit dem Job meinte ich, dass Nika dich ruhig ein wenig hätte rumführen können, anstatt sich schlafen zu legen.«

Paru und Nika hüpften vom Bett und liefen in Richtung des Bücherschranks. Da Damaris keine Anstalten machte, ihnen zu folgen, blieben die beiden Zwelfen nach wenigen Schritten stehen und sahen sie abwartend an.

»Was, ich soll euch folgen?«, fragte Damaris ungläubig. »Ich dachte, ich würde jetzt wieder meine wohlverdiente Ruhe bekommen!«

»Und ich dachte, du wolltest was von unserer Welt sehen. Aber ich reiße mich nicht um deine Gesellschaft!«, gab Nika schnippisch zurück.

Mit einem übertriebenen Seufzen rutsche Damaris schwerfällig vom Bett herunter. Während sie zu dem Bücherschrank lief, veränderte sich das Zimmer um sie herum. Erstaunt stellte sie fest, dass es immer größer wurde. Oder vielleicht war es auch genau andersherum? Nika war doch auch geschrumpft, kurz bevor sie durch das Buch verschwunden war.

Die Zwelfen störte der Vorgang nicht weiter. Sie unterhielten sich angeregt und waren inzwischen vor dem Bücherregal angekommen. Sie maßen nun nur noch etwa fünfzehn Zentimeter. Fasziniert schaute Damaris hinter sich: Sie musste den Kopf in den Nacken legen, um an ihrem Bett hinaufzusehen.

Nika unterbrach ihr Gespräch mit Paru und schaute mit nachdenklicher Miene auf den Bücherschrank. »Welches ist es denn?«

Damaris wusste nicht, um was es ging, aber die Frage war anscheinend von einer gewissen Relevanz, denn die beiden Zwelfen liefen mit nachdenklichen Gesichtern an den Büchern vorbei. Gerade als Damaris nach dem Grund dieses komischen Verhaltens fragen wollte, schien Paru fündig geworden zu sein.

»Das Babybuch, klar!«

Da diese wichtige Entscheidung nun gefällt worden war, verfielen die beiden sofort wieder in eine fröhliche Plauderei und machten sich am Rücken des ältesten in Damaris' Besitz befindlichen Buches zu schaffen. Damaris' Mutter hatte im ersten Lebensjahr ihrer Tochter jede kleinste Entwicklung mit Fotos festgehalten und in diesem Fotobuch dokumentiert. Als Damaris zwölf Jahre alt wurde, hatte sie das Buch von ihrer Mutter bekommen. Seitdem verstaubte es in ihrem Regal.

»Ui! Der ist schon fast angewachsen!«, sagte Paru.

»Es klemmt nur ein wenig …«, antwortete Nika und ging Paru zur Hand. Fast sofort fand sie die richtige Stelle: Sie schob ihre Finger zwischen das Buchcover und den Bücherrücken und letzterer schwang mit einem knarrenden Geräusch auf.

Paru klopfte sich den Staub von den Kleidern, während Damaris neugierig in die Öffnung des Buches schaute. Es war aufgrund der Dunkelheit kaum etwas auszumachen, aber sie erkannte genug, um festzustellen, dass sich dort ein Hohlraum befand.

Nika und Paru fanden das wohl alles normal, sie hatten inzwischen ihre Unterhaltung wieder aufgenommen:

»Und ich sage noch zu Katja, dass sie das nicht machen soll!«, ereiferte sich Nika.

»Aber vergiss nicht, dass sie nicht mit großer Intelligenz geschaffen wurde!«, erwiderte Paru. »Da kann man nicht erwarten …«

Der Ton riss ab, als die beiden in den Bücherrücken hineinliefen – und verschwanden.

Mit ein paar Schritten erreichte Damaris die Öffnung. Sogar von hier aus konnte sie kaum einen Meter weit hineinschauen. Der Durchgang war breit genug für sie, die Höhe reichte sowieso.

Was nun? Sollte sie den beiden Zwelfen folgen? Sie wusste überhaupt nicht, was sie dort erwartete … Auf der anderen Seite träumte sie nur, also konnte ihr gar nichts Ernstes passieren … Oder?

Eine Hand mit zwei Daumen erschien aus dem Dunkel, und zog Damaris mit einem Ruck in das Buch hinein.

Damaris befand sich innerhalb eines runden Steinringes. Vor ihr öffnete sich ein riesiger Raum. Als sie, Paru und Nika folgend, aus dem Steinring hinaustrat und die etwa zwanzig Stufen auf der sich anschließenden Steintreppe hinunterschritt, fand sie sich in einer Kathedrale wieder. Sie konnte es an der schieren Größe des Raumes und den seitlich angebrachten Säulen erkennen. Nach vorne, von ihr weg, breitete sich das Mittelschiff der Kathedrale aus – das gesamte Gebäude bestand ausschließlich aus einem langen Raum. Sowohl das Querschiff als auch der Chor fehlten. Es sah so aus, als ob den Erbauern das Geld ausgegangen war, bevor sie ihr Werk vollenden konnten.

Aber es gab noch etwas, das nicht stimmte. Als Damaris nach unten schaute, erkannte sie, dass der Boden nicht wie eine ebene Fläche geformt war, sondern einem flachen Gewölbe ähnlich sah. Mit den Strebebögen aus Stein und den, durch eine dicke Lage Staub verdeckten Gemälden, sah der Boden wie eine typische Dachkonstruktion einer mittelalterlichen Kathedrale aus.

»Komisch«, murmelte Damaris, während sie mit dem Schuh den Bruchteil eines farbigen Gemäldes vom Staub befreite. Eine meisterlich gezeichnete geöffnete Hand hob sich blassrosa gegen den grauen Staub ab.

Ein Blick zur Seite zeigte Damaris, dass der Boden zu den Seiten hin ein wenig anstieg, um dort die Basis für die Seitenmauern zu bilden. Nach ein paar Metern wurden diese durch eine Art Balustrade aus Säulen unterbrochen, darüber befanden sich weitere Pfeiler. Die Kathedrale schien dabei nach oben hin immer massiver zu werden. Erst als Damaris' Blick ganz nach oben strebte, erkannte sie, warum. Erschrocken wich sie zurück. Da, wo sie das eigentliche Gewölbe erwartete, wurde die Kathedrale zwar wieder filigraner, aber sie strebte weiter in die Höhe. Eine zweite Kathedrale schloss sich an, und erst achtzig Meter über ihr (so schätzte sie) befand sich das abschließende Gewölbe.

Ein Spiegel, schoss es Damaris durch den Kopf.

Aber in dem vermuteten Spiegelbild fehlte eine wichtige Sache: sie selbst. Somit konnte es sich bei dem Gebilde über ihr, entgegen jeder Vernunft, nur um eine wirkliche weitere Kathedrale handeln.

Ihr fröstelte es. Einerseits wegen der typisch feucht-kalten Kirchenluft, andererseits wegen der gespenstigen Atmosphäre des Ortes. Überall hingen Spinnweben, alle Details waren unter einer dicken Lage Staub versteckt. Darüber hinaus konnte Damaris keine Lichtquelle ausmachen. Dort, wo sonst die eindrucksvollen, in Blei gefassten Fenster sein sollten, waren nur große, im Schatten liegende Flächen mit vielen viereckigen Flecken zu sehen. Trotz des Fehlens von Fenstern, Lampen oder Kerzen war die Kathedrale in ein Dämmerlicht getaucht.

»Wie geht denn das? Sind es zwei Kathedralen?«, fragte Damaris die beiden Zwelfen, die schweigend neben ihr standen und sie beobachteten.

Nika verneinte. »Eigentlich sind es vier. Allen fehlt der Boden und sie bilden ein Art langgezogenes Kreuz. Du stehst gerade im Dach von einer.«

So was hatte Damaris noch nie gesehen – oder doch? Irgendwie kam ihr der Ort bekannt vor.

»Komm!«, sagte Nika, weiter in das Gebäude vorstoßend, während Damaris noch über die Dimensionen staunte und über die komische Anordnung der Kathedralen nachgrübelte.

Langsam folgte das Mädchen den beiden Zwelfen, vorsichtig die Füße hebend, um nicht über die kreuz und quer verlaufenden Strebebögen zu stolpern.

Nika und Paru hatten nun die Seitenwand der Kathedrale erreicht. Doch anstelle dort auf sie zu warten, setzten sie ihren Weg unbeeindruckt fort. Sie liefen senkrecht an der Mauer hoch! Wie selbstverständlich fanden ihre Füße Halt.

Damaris blieb geschockt stehen.

»Bei meinem ersten Besuch war ich auch ziemlich überrascht«, sagte Nika, den Kopf in den Nacken legend, um Damaris anzuschauen.

»Ist schon beeindruckend, das muss ich auch sagen«, pflichtete Paru ihr bei, genauso leichtfüßig in die Höhe schreitend. »Aber nicht ungewöhnlich in unserer Welt.«

Die beiden Zwelfen unterhielten sich angeregt, während ihre Körper der Schwerkraft trotzten und ihre Füße auf der Wand Flecken im Staub hinterließen. Damaris wunderte sich noch kurz darüber, warum auf einer senkrechten Wand überhaupt Staub lag. Dann besann sie sich darauf, dass sie in ihrem Traum wohl nicht nach Logik fragen sollte.

Damaris schnaubte leise, um direkt darauf den Kopf zu schütteln. Sie war erstaunt über ihr eigenes Fantasiegebilde!

»Nicht schlecht!«, befand sie laut.

»Falls du gerade auf deine grenzenlose Fantasie stolz bist, vergiss es!«, tönte Nika, ohne sich auch nur umzudrehen. »Das alles hier hast du als Baby und kleines Kind geschaffen.«

Paru drehte sich zu Damaris um. »Du warst früher bestimmt viel in der Kirche, oder?«

Parus nachhallenden Worten lauschend, nickte Damaris. Ihre Eltern waren früher fleißige Kirchengänger gewesen und hatten sie jeden Sonntag mitgeschleppt.

»Deshalb das alles hier …« Paru machte eine umfassende Armbewegung. »Nicht alle Eintrittsräume sehen so aus. Je nachdem, was den Gestalter beschäftigt hat, als er ihn schuf. Der eine Raum gleicht mehr einem Schiff, der andere mehr einem Hochhaus.«

»Und viele sind schöner als deiner!«, warf Nika ein. »Und übrigens: Du warst in den letzten drei Jahren so gut wie gar nicht mehr hier. Heute würdest du so was wohl kaum noch mal auf die Reihe kriegen!«

Ein wenig unsicher lief das Mädchen auf die Seitenwand zu, bis ihre Nase fast die kalten Steine berührte. Nichts geschah. Sie berührte die Wand mit der linken Hand. Immer noch nichts. Dann hörte sie weit über sich ein schallendes Lachen. Sie schaute hoch und lief vor Ärger rot an. Da standen Nika und Paru – mittlerweile auf den die Balustrade stützenden Pfeilern – und machten sich vor Vergnügen fast in die Hosen.

»Ha, ha, sehr witzig, sagt mit lieber, wie das funktioniert«, beklagte sich Damaris.

»Jeder hat bei seinen ersten bewussten Erfahrungen hier so seine Anlaufschwierigkeiten«, rief Nika. »Du schaffst das schon!« Ihre Stimme klang in Damaris' Ohren eher gehässig als anspornend.

Verzweifelt berührte das Mädchen erneut den harten Stein. Als sich immer noch nichts tat, trat sie frustriert mit dem Fuß gegen die Wand.

Schlagartig schien sich ihre Welt um fünfundvierzig Grad zu drehen.

Automatisch ging Damaris in die Knie und spreizte die Arme. Sie stand nun mit einem Fuß auf dem Gewölbe und mit dem anderen auf der Seitenwand. Die Schwerkraft lag genau dazwischen – zumindest ihrem Gefühl nach. Vorsichtig nahm sie den Fuß von dem Gewölbe und die Wand schien ruckartig zum neuen Boden zu werden. Als ob die gesamte Kathedrale gedreht wurde.

»Na also, geht doch!«, rief Paru anerkennend.

Den Triumph genießend, aber immer noch unsicher auf den Beinen, ging Damaris die Wand entlang, den beiden Zwelfen entgegen. Noch hatte sie das Gefühl, wie auf rohen Eiern zu laufen.

Etwas Komisches fiel Damaris auf – mal abgesehen davon, dass sich in der Kathedrale die Schwerkraft einfach entschloss, die Richtung zu wechseln: Statt Fenstern war das Gotteshaus mit vielen kleinen, mittleren und großen Türen ausgestattet. Das waren die dunklen Flecke, die sie vorhin bereits bemerkt hatte. Sie nahm sich vor, Paru und Nika danach zu fragen. Später.

Mit langsam sicher werdenden Schritten ging Damaris weiter, bis sie zu der Balustrade kam, die sie nur über die Säulen passieren konnte. Mutig setzte sie ihren Fuß auf eine Säule. Sowohl zu ihrer rechten als auch zu ihrer linken Seite blickte sie in einen großen, offenen Raum. Zu der eigentlichen Außenwand der Kathedrale ging es geschätzte fünf Meter senkrecht hinunter.

Die Arme ausgestreckt und angespannt die Balance haltend, erreichte sie erleichtert die rettende Wand hinter den Pfeilern und schloss zu den wartenden Zwelfen auf.

»Alles klar?«, fragte Nika.

Damaris nickte. »Was sind das für komische Türen?«

»Wirst du gleich sehen«, antwortete Nika und legte schnell die zwei Meter bis zu den nächsten Säulen zurück, die sich nach einem kurzen Wandstück an die Balustrade anschlossen. Die steinernen Stützen waren noch mächtiger und höher als die vorherigen.

Die Zwelfe winkte Damaris herbei – und verschwand zwischen den Säulen. Damaris war zwar nicht ganz wohl, als sie in das fünf Meter tiefe Loch schaute, das sich dort vor ihr auftat, aber was Nika und Paru konnten, würde sie doch sicher auch hinbekommen! Mit einer Todesverachtung, die aus der Gewissheit stammte, dass sie träumte, ging sie ein bisschen durch die Knie, setzte auf dem linken Bein balancierend den rechten Fuß auf die vor ihr senkrecht abfallende Wand, und lehnte sich nach vorne.

Sie war außerordentlich erleichtert, als die Schwerkraft sich umorientierte. Nun befand sie sich in dem Gewölbe des Seitenschiffes.

Schnell lief sie hinter den Zwelfen her, vollführte einen weiteren Richtungswechsel, und fand sich schließlich auf der Innenseite der Außenwand wieder. Ein Blick nach oben zeigte ihr, dass sich die dicken Säulen nun über ihr befanden, dahinter lag das Hauptschiff der Kathedrale. Dann folgte sie erneut ihren beiden Begleiterinnen. Immer wieder musste Damaris Haken schlagen, um den hier sehr zahlreichen eingelassenen Türen auszuweichen. Nika und Paru störten die Türen nicht, sie trampelten einfach darüber hinweg.

Ihr Tempo drosselnd, schaute Nika sich um und fragte gedankenverloren: »Womit? Womit fangen wir an?«

Dann schien sie die Antwort gefunden zu haben und lief auf eine kleine, unscheinbare Tür zu.

»Eine gute Wahl!«, sagte Paru. »Auch ich habe damals meinen Schöpfer so ähnlich wieder herangeführt!«

Nika öffnete den Durchgang, indem sie einmal darauf klopfte: Wie durch Geisterhand schwang die Tür nach innen. Anders als zuvor bei ihrem Fotobuch, konnte Damaris hier mehr erkennen. Kaum ein Meter hinter der Tür zeichnete sich eine Mauer ab. Sie trat einen Schritt näher und erkannte, dass sich dort kein Boden befand. Stattdessen schloss sich ein Tunnel an, der senkrecht nach unten in die Dunkelheit führte.

Paru brauchte keine Aufforderung; sie hüpfte hinein und verschwand.

Mit ausgestreckter Hand wartete Nika dieses Mal auf Damaris. »Fertig?«, fragte sie.

Damaris nickte, auch wenn sie überhaupt nicht das Gefühl hatte, für den Sprung in das schwarze Loch ‚fertig' zu sein.

Zusammen ließen sie den Eintrittsraum hinter sich.

Kapitel 4: Erste Gehversuche

Damaris landete unsanft auf ihrem Hinterteil. Leise fluchend richtete sie sich auf und schaute sich um. Was sie sah, war ... nichts. Überhaupt nichts. Nicht, dass es dunkel war – es war hell. Aber außer dem weißen Boden und dem weißen Himmel war kein einziger Gegenstand oder etwa eine Person auszumachen. Mal abgesehen von den beiden Zwelfen, die sich direkt neben ihr befanden und sie mit großen Augen ansahen.

»Was denn?«, fragte Damaris schnippisch.

»Fällt dir nichts auf?«, fragte Nika.

Damaris blickte nochmals um sich. »Hier kann einem doch gar nichts auffallen, hier ist nichts!«

»Richtig! Schlaues Mädchen.«

Ein böser Blick Damaris' traf Nika. Er prallte an der Zwelfe ab, wie ein Flummi von einer Steinmauer.

»Du musst dir was vorstellen! Etwas kreieren!«

»Und was soll das bringen?«

»Wenn du deine Fantasie benutzt, kannst du in deinen Gedanken etwas aus dem Nichts erschaffen«, sagte Paru. »Wir befinden uns in deiner Fantasiewelt, du hast hier das sagen. Na ja, meistens.«

»Und bis jetzt sind wir noch nicht gerade begeistert über deine geistigen Ergüsse«, fügte Nika überheblich hinzu.

Damaris überhörte den bissigen Kommentar und fragte: »Einfach irgendwas?«

»Was du willst«, antwortete Paru.

Das Mädchen drehte sich langsam um die eigene Achse, ihre Umgebung in Augenschein nehmend. Dann schloss sie die Augen – nur um nach nur wenigen Sekunden krampfhaften Denkens wieder aufzugeben. »Mir will nichts einfallen«, berichtete sie.

»Was für 'ne Pfeife«, flüsterte Nika, und verdrehte die Augen.

»Na schön, wir helfen dir ein wenig ... Denk doch mal an ein Haus«, schlug Paru vor.

Damaris schloss erneut die Augen und konzentrierte sich. Im Geiste visualisierte sie ein Haus und spürte, wie um sie herum etwas geschah. Als sie die Augen öffnete, zeigte sie mit einem fröhlichen Aufschrei hinter Nika und Paru. Triumphierend wanderte ihr Blick dann von dem einstöckigen Gebäude zu den Zwelfen, die aber nicht besonders beeindruckt zu sein schienen. Schlimmer noch: Sie schüttelten enttäuscht die Köpfe.

Damaris schaute sich das Haus nun kritischer an.

»Na gut, es ist vielleicht nicht ein Ausbund an Kreativität, aber genauso würde ich ein Haus zeichnen: Vier Striche für die Außenwände und zwei für das Dach. Sonst hat das Haus doch alles, was es braucht: Eine Tür und zwei Fenster. Ich habe sogar das Dach grün eingefärbt. Wenn das nicht fantasievoll ist!«

»Wie wäre es denn, wenn du dir mal ein realeres Haus vorstellen würdest?«, fragte Paru.

»Wie ... real?«, meinte Damaris. »Seht doch, man kann sogar hineingehen!«

Nika und Paru folgten ihr in das Haus. Das Erdgeschoss bestand aus einem großen Raum, nur eine grob skizzierte Treppe hinauf zum Speicher befand sich darin.

Nika tippte Damaris von hinten an den Unterarm.

»Ja?«, fragte Damaris.

»Das ist immerhin ein Anfang, aber es ist ein wenig leer hier drin, oder wie siehst du das?«

»Ach, ihr wolltet ein komplett eingerichtetes Haus? Also, ich bin zwar kein Innenausstatter, aber ein paar Stühle oder so kriege ...«

»Eigentlich muss es nicht mal unbedingt ein Haus sein«, fiel ihr Paru ins Wort. »Was immer dir gefällt. Du kannst kreieren nach was dir der Sinn steht.«

»Na schön«, sagte Damaris, langsam die Geduld verlierend. Dann wollte sie mal zeigen, was sie konnte. Sie drehte sich um und schnellte zur Tür hinaus. Paru folgte ihr mit einem neuen Funken Hoffnung, während Nika allem Anschein nach längst aufgegeben hatte. Sie trottete den beiden mit einem schweren Seufzen hinterher.

Damaris stand mit dem Gesicht zu dem Haus, zwischen ihr und ihrem Gebilde befanden sich Paru und Nika.

Das Mädchen rieb sich die Hände und schloss die Augen. Konzentration. Ihre Begleiterinnen schauten gespannt zu.

»Siehst du was?«, flüsterte Nika Paru zu. Die angesprochene Zwelfe verneinte. »Noch nicht.«

»Wusste ich's doch! Zu nichts zu gebrauchen!«

Die Welt hinter Damaris breitete sich weiß und eintönig in alle Richtungen aus. Und doch grinste Damaris die beiden Zwelfen an, als sie die Augen öffnete. Paru antwortete mit einem unsicheren Lächeln, während Nika ihren Mund kritisch verzog, und Paru abwertend wegen ihres Grinsens anschaute.

»Was? Was ist denn so witzig?«, fragte sie Paru. Die Zwelfe hörte auf zu lächeln – sie wusste selbst nicht, warum Damaris sie so fröhlich ansah.

Um ihren Unwillen zu betonen, zog Nika nach einem kurzen Moment die Hände aus den Taschen ihres Schottenrockes und fing langsam aber laut an zu klatschen. »Bravo! Das war wohl der bisherige Tiefpunkt!«

»Können wir dann jetzt bitte gehen?«, fügte sie hinzu und drehte sich um, bereit für den Abmarsch.

Kaum hatte sie einen Schritt getan, blieb sie erstaunt stehen. Wo vorher noch das Haus gestanden hatte, wurde ihrem Blick nun Einhalt geboten. Etwas Wuchtiges und Graues versperrte ihr den Weg. Ihre Augen wanderten nach oben, und sie erkannte, was sie vor sich hatte. Es handelte sich um einen gigantischen Wolkenkratzer.

Paru trat neben Nika. Erstaunt schauten die Zwelfen sich an. Dann folgten sie schnellen Schrittes Damaris, die sich inzwischen an der Ecke des vor ihnen befindlichen Hochhauses befand und sie herbeiwinkte.

»Hey, ihr beiden! Kommt mal hierher! Hier gibt es einen besseren Blick auf meine Kreation!«

Der Ausblick war zumindest beeindruckend. Hochhäuser waren aus dem Boden gewachsen; runde, eckige und ovale. Hier und da ragten Turmspitzen in die Wolken des plötzlich hellblauen Himmels. Befestigt an den Hochhäusern konnten Paru und Nika Unmengen an schwebenden Straßen erkennen. Der Boden zwischen den Gebäuden war dagegen der Natur überlassen worden. Hier wechselten sich Bäume und Sträucher mit großen, grünen Grasflächen ab.

Damaris lief froher Dinge durch die Hochhausschluchten, während die beiden Zwelfen den plötzlichen, so großen Fortschritt von Damaris' Vorstellungsvermögen verarbeiteten.

»Na ja ...«, sagte Paru zu Nika, »Man kann zwar nicht behaupten, dass die Stadt wirklich real aussieht, es fehlen noch zu viele Details. Aber der Unterschied zu dem ersten Haus ist doch riesengroß. Wenn sie weiter solche Fortschritte macht ...«

»Und du hast an ihr gezweifelt!«, antwortete Nika in vorwurfsvollem Tonfall, die Augen verdrehend. »Du hättest an sie glauben sollen, so, wie ich es immer getan habe!«

Bevor die perplexe Paru antworten konnte, war Nika schon ihrer Schöpferin hinterhergerannt und zupfte sie am Pulli.

»Ich habe immer an dich geglaubt! Du musst ja gut sein, denn du hast ja auch schon die Meisterleistung fertiggebracht, mich zu erschaffen.«

Damaris warf ihr einen spöttischen Blick zu.

Keine Sekunde später trat Nika in einen recht unappetitlichen, braunen Haufen. Zufall? Damaris wusste es besser.

»Mist!«, rief Nika und putzte sich ungelenk am Rasen den Fuß ab.

»Könnte hinkommen«, lachte Paru.

Nikas Begeisterung für Damaris' Gebilde fiel spontan auf den Nullpunkt.

Paru schaute sich um. »Woher kommt der Fladen eigentlich? Ich sehe nirgendwo Tiere.«

Damaris überlegte eine Sekunde, dann zeigte sie an Paru vorbei.

»Ach so …«, grinste Paru. »Kühe. Wenn auch noch recht simpel kreiert. Trotzdem: Meine Glückwünsche! Doch, du scheinst langsam ganz gut klarzukommen!«

Damaris musste Parus Kritik gelten lassen. Das grasende Tier hatte zwar das bekannte Muster an schwarzen und weißen Flecken, die Beine waren aber etwas zu kurz geraten und der Kopf schien zu rund. So richtig zufrieden konnte sie mit ihrer neuesten Schöpfung nicht sein.

»Ich weiß … sieht nicht echt aus«, bemängelte sie selbstkritisch das Produkt ihrer Fantasie.

Aber Paru schüttelte energisch den kleinen Kopf. »Nein, nein, es ist vielleicht noch nicht perfekt, aber wirklich schon ganz gut! Lebewesen sind nun mal nicht einfach. Gib dir ein wenig Zeit. Du bist schon deutlich besser geworden, seit du Nika geschaffen hast.«

»Ach ja?«, fragte Nika bissig. Sie hatte sich noch nicht beruhigt. Ihren übelriechenden Fuß schleifte sie nach wie vor hinter sich her durch das Gras. »Und welcher Hirnamputierter hält sich Kühe in einer Stadt?«

»Ich dachte, hier ging es nur um ein kleines Beispiel meines Könnens«, erwiderte Damaris. »Davon mal abgesehen: Ich war noch gar nicht fertig!«

Ein lautes Rumpeln arbeitete sich von tief unter ihnen an die Erdoberfläche. Alles begann zu zittern und zu wackeln, und wie auf ein geheimes Zeichen hin versanken mit einem Mal die Häuser um sie herum in der Erde. Der Boden unter den Gebäuden gab einfach nach, nur die Grünflächen zwischen den Häusern und Straßen blieben unverändert an Ort und Stelle.

Paru verfolgte das Ganze mit ruhigem Interesse.

Nicht so Nika, die panisch um sich schaute. »Was? Was soll denn das?«, rief sie und rannte zu Damaris, an deren Hüfte sie sich klammerte. Jegliche Überheblichkeit hatte sie abgelegt.

Damaris schaute grinsend an sich herunter und tätschelte Nika beruhigend den Kopf. »Es ist gleich vorbei!«, rief sie Nika über das Tosen hinweg zu.

Sie sollte recht behalten. Nach nur wenigen Sekunden beruhigte sich der Boden und auch das Rumpeln verklang kurze Zeit später.

Nika schaute unsicher auf und löste ihre Umklammerung, um sich vor Damaris aufzubauen. Misstrauisch sah sie ihr ins Gesicht. »Das hätte doch bestimmt auch ohne das ganze Getöse und Gerumpel gehen können, oder nicht?«, fragte sie in einem vorwurfsvollen Tonfall.

»Mag sein, aber dann hätte es nicht so realistisch gewirkt«, antwortete Damaris mit einem hämischen Grinsen.

»Aha … nächstes Mal gibst du mir netterweise vorher Bescheid, ja?« Nika wartete nicht auf eine Antwort, sondern lief trotzig ein paar Meter von Damaris fort. Ihre grünen Haare wackelten im Takt ihrer Schritte.

Von der Stadt war nichts mehr zu sehen. Hier und da klafften im Boden riesige Löcher – genau an den Stellen, wo die Häuser und Straßen verschwunden waren. Da diese die Sicht nun nicht mehr behinderten, fielen plötzlich die zahlreichen Kühe auf, die überall herumstanden. Anscheinend hatte sie der Tumult nicht gestört: Sie fraßen in aller Ruhe ihr Gras. Direkt vor den drei Besuchern bewegte sich eine Kuh auf den nächstliegenden Rand zu, knabberte noch schnell an einem Grashalm, und hüpfte anschließend, ohne sichtbar gezögert zu haben, in das vor ihr liegende Loch. Ihr Schwanz war das Letzte, das verschwand.

Nika und Paru schauten Damaris mit großen Augen an. Das Mädchen hob entschuldigend die Schultern.

»Starrt mich nicht so an, ich habe keine Ahnung, was da los ist!«

»Schauen wir mal nach!« Paru lief bis kurz vor das Loch und legte sich auf den Bauch. Vorsichtig tastete sie sich an den Rand vor. »Die Stadt ist noch da!«, verkündete sie, ohne den Kopf umzudrehen. »Sie liegt allerdings ein paar Hundert Meter tiefer!«

Auch die Köpfe von Damaris und Nika schoben sich nun über den Abgrund. Die unter ihnen liegende Stadt war bläulich beleuchtet, die Straßen hoben sich hell von den dunklen Hochhäusern ab.

Damaris zeigte auf kleine Rasenstücke, die an den Wänden des riesigen Schachtes hinauf und hinunter fuhren. »Da! Aufzüge!«

Jeweils zwei bis drei Kühe befanden sich auf den Plattformen. Der Boden war zu weit entfernt, um ihn erkennen zu können und so schienen die Aufzüge aus dem Nichts aufzutauchen,

Nika drehte sich Damaris zu. »Die Kühe sind die Bewohner?«, fragte sie ungläubig.

Damaris verzog ihr Gesicht zu einem peinlich berührten Grinsen. Kühe als Bewohner der Stadt? Ihre Fantasie hatte sich wohl etwas verselbstständigt!

Noch eine Weile beobachteten die drei Besucher das bunte Treiben unter ihnen, bevor sie sich von dem Anblick lösten, und sich von dem Abgrund vor ihnen zurückzogen.

Paru wandte sich an Damaris: »Ich bin der Meinung, wir machen erst mal eine Pause. Du hast enorme Fortschritte gemacht. Das hätte ich nach Nikas Beschreibungen von dir nicht erwartet. Wir sollten es aber nicht gleich übertreiben.«

Damaris nickte stolz. Sie hatte mehr zustande gebracht, als sogar sie selbst erwartet hatte. Allerdings war sie tatsächlich etwas erschöpft und ein wenig Ruhe täte gut. Sie lächelte. Denn Ruhe und Erholung bedeutete in diesem Fall, dass sie nicht mehr träumen, sondern aufwachen sollte – eine verkehrte Welt!

»Dann gehen wir jetzt«, schlug Paru vor und wandte sich in Richtung des zuerst von Damaris erzeugten Hauses.

Weit kamen sie nicht, schon nach wenigen Metern verlangsamten sie bereits wieder ihren Schritt. Ihr Weg kreuzte den einer grasenden Kuh. Genüsslich zupfte sie an dem Gras und wedelte gemächlich mit dem Schwanz.

»Sollen wir uns die noch schnell ein bisschen genauer ansehen?«, schlug Paru vor.

»Sind sie denn gefährlich, Damaris?«, wollte Nika wissen.

»Soweit ich weiß nicht ...«

»Sicher hörst du dich nicht an«, beklagte sich die Zwelfe, bevor sie den anderen beiden dann doch folgte.

Langsam, Schritt für Schritt, näherten sie sich der Kuh. Diese kümmerte sich währenddessen nicht im Geringsten um die drei Fremden. Das sich vor ihr befindliche Gras nahm ihre gesamte Konzentration in Anspruch.

»Da ...«, flüsterte Damaris warnend und zeigte mit dem Finger auf einen ziemlich klein geratenen, schwarzen Stier, der fröhlich angetrabt kam. Hin und wieder machte er einen kleinen Luftsprung, scherte mal nach rechts, mal nach links aus. Er schien bester Laune zu sein – bis er die Besucherinnen entdeckte und schlagartig innehielt.

Der Stier sah die Drei an. Die Drei sahen den Stier an.

Als Damaris und die Zwelfen regungslos verharrten und des Stiers kritischen Blick standhielten, folgerte er daraus, dass sie ungefährlich seien. Schon hüpfte er weiter in Richtung der grasenden Kuh. »'morgen Franzi! Alles in Butter?«, fragte er heiter.

Damaris konnte es nicht glauben: ein sprechender Stier!

Aber es kam noch schlimmer, denn auf diese Frage hin erwiderte Franzi: »Hi ... Na klar, erste Sahne.«

Sowohl Nika als auch Paru verdrehten die Augen. Damaris hob die Schultern: Es war ja nicht so, dass sie den Kühen die Worte in den Mund legen würde.

Franzi hob die Hufe zur Begrüßung, während der Stier fröhlich um sie herum hopste. Ihre Augen folgten ihm mit genervtem Blick.

Nika verkniff sich ein Lachen. Auch Damaris und Paru begannen leise zu kichern, was die beiden Tiere nun doch etwas mehr Aufmerksamkeit auf die Besucher richten ließ.

»Und ihr seid ...?«, fragte Franzi.

»Oh, Entschuldigung!«, sagte Damaris, sich zusammenreißend. »Wir sind nur auf der Durchreise, wir wollten euch nicht stören. Wir waren nur interessiert, wie ihr geraten seid.«

Franzi schien für eine Kuh recht intelligent, denn sie kombinierte richtig, und fragte mit erwachtem Interesse: »Ach! Du bist unsere Schöpferin?«

»Tja, irgendwie schon ...«, gab Damaris mit einiger Demut zurück. »Aber offensichtlich noch in der Lernphase.«

»Ach, ich kann mich nicht beklagen. Andere haben's da viel schwerer«, antwortete Franzi, und nickte bei diesen Worten unauffällig in Richtung des kleinen Stiers.

Dieser bekam die Anspielung nicht mit, er war viel zu beschäftigt damit, ungeduldig trappelnd den Kopf mal zu Franzi, mal zu Damaris zu wenden. Er schien sich unbedingt bemerkbar machen zu wollen.

Damaris sah ihn forschend an, während er sie mit den Augen nur so anflehte, etwas sagen zu dürfen.

»Ja?«, fragte Damaris schließlich, ihn erlösend.

»Darf ich? Kann ich das Wort an dich richten? Klasse! Ich wollte nur schnell fragen – ohne die wunderbare Schaffung Eurer Hoheit kritisieren zu wollen, es ist großartig, könnte nicht besser sein, super! – Aber: Warum bin ich so klein?« Die Worte waren nur so aus dem Stier herausgesprudelt.

Damaris taxierte den Stier. Er war tatsächlich sehr klein geraten, er ging ihr kaum bis zur Brust.

»Keine Ahnung. Ich habe dich nicht bewusst so geschaffen.«

»Aber besser so als gar nicht, oder?«, fügte sie ausweichend hinzu, und sah sich nach den beiden Zwelfen um. Ihr stand der Sinn nicht nach einem anstrengenden Gespräch – vor allem, da sie die Antworten auf die gestellten Fragen wahrscheinlich sowieso nicht kennen würde.

»Ja, ja, aber es ist nur …«

»Können wir jetzt gehen?«, fragte Damaris Paru und unterbrach damit den Stier. Sie merkte, wie schnell sie sich reizen ließ – ein klares Zeichen dafür, dass sie eine Pause benötigte.

»Natürlich«, meinte Paru, »Du solltest dir nur noch einen Schlüssel überlegen.«

»Einen Schlüssel?« Zum wiederholten Mal an diesem Tag zeigte sich Verwirrung auf Damaris' Gesicht. »Was für einen Schlüssel?«

»Nun, aus einem Traum kannst du nicht einfach so aussteigen«, erklärte Paru. »Es gibt bestimmte Regeln, die beachtet werden müssen. So ist ein Schlüssel nötig, um aus einer Teilwelt – so nennen wir die Fantasiegebilde – wieder herauszukommen. Sonst könnte jedes Wesen einer Teilwelt, zum Beispiel Franzi hier, einfach durch die von dir benutzte Tür spazieren, und schon würde sie sich in deinem Eintrittsraum befinden. Du kannst dir zwar immer wieder eine neue Pforte zu dem Eintrittsraum oder sonst wohin machen, aber um nicht dauernd Besuch zu bekommen, müsstest du sie dann auch immer wieder zerstören. So gesehen ist es besser, du machst dir einen Ein- oder Ausgang pro Teilwelt und benutzt dafür einen Schlüssel.«

Eigentlich interessierte Damaris zu diesem Zeitpunkt nur eines: »Muss das denn unbedingt heute schon sein? Das kann ich doch auch später üben.«

Paru als Empfängerin des ungeduldigen Blickes entschloss, dass sie Damaris besser nicht weiter strapazierte.

»Na schön, heute wollen wir es dabei belassen ... Aber nur, damit du es mal gesehen hast: Du könntest zum Beispiel dein Kissen, das Nika vorhin gestohlen hat, als Schlüssel verwenden. Du musst es bloß so festlegen.«

Damaris nickte. »Von mir aus.«

»Gut!«, sagte Paru. »Jetzt müssen wir es nur noch finden, und schon kannst du die Pforte benutzen, durch die du vorhin auch hierhergekommen bist.« Sie lachte. »Sehr symbolträchtig heute ... Das Kopfkissen kommt aus deinem Schlafzimmer, und es wird dich – über den Eintrittsraum – dorthin zurückbringen.«

Um sich blickend, erspähte Damaris schon schnell das Kissen. Es lehnte an einen Baum, etwa hundert Meter von ihnen entfernt. »Da ist es schon!«, sagte sie erleichtert. »Nun ... tschüss dann ...«, fügte sie in Richtung von Franzi und dem Stier hinzu und setzte sich in Bewegung.

Dem Stier schien die gemeinsam verbrachte Zeit allerdings noch nicht auszureichen. Er trabte hinter den Dreien her, während diese auf dem Weg zum Kissen über die Grasfläche liefen.

»Wo wollt ihr denn hin, was habt ihr denn vor?«, fragte er. »Wollt ihr euch nicht noch ein wenig umsehen? Die Umgebung ist wunderschön! Mein Onkel Ferdinand hat immer gesagt, dass man sich mindestens das Sahnjoghu Gebäude angucken muss. Es ist das Höchste hier. Aber, wenn ich's mir recht überlege, nicht unbedingt das Schönste …« Er überlegte. »Das wäre dann wohl … nee …, oder doch? Nein, es muss das Käsino sein! Wusstet ihr eigentlich, dass …«

»Könntest du bitte mal still sein?«, bat Damaris ihn etwas unfreundlicher als beabsichtigt. »Wir versuchen einen sicheren Weg um die Löcher herum zu finden. Da müssen wir uns konzentrieren!« Eine Ausrede, aber sie konnte das Geschwafel einfach nicht länger ertragen.

»Ach so«, antwortete der Stier und blieb verdattert stehen. Aber nur einen Moment später trabte er bereits wieder hinter ihnen her, dann neben ihnen, kurze Zeit später sogar vor ihnen. Er kannte sich hier gut aus, und so zeigte er den Dreien den Weg vorbei an dem Labyrinth der Löcher.

Kurz darauf erreichten sie das Kissen, der Stier als erster. In seiner Freude darüber, dass er nützlich gewesen war, stürzte er herbei, drückte seinen Kopf ungestüm in das Kissen, und ließ eine Lobeshymne vom Stapel.

»So ein schönes Kissen ist das! Ist klar, dass es einer Schöpferin gehören muss. Sie braucht eine weiche Kopfunterlage, damit sie schöne, neue Sachen fantasieren kann. Solche Dinge wie Bäume, Vögel, Häuser, Gras, Wasserkocher, Zahnbürsten, Kleiderhänger, Taschenrechner, Bücher, Augentropfen, Radiergummis, Aufkleber, Fußabtreter, …«

»Könntest du bitte einfach still sein?«, verlangte Damaris, als sie zu ihm aufschloss. »Benimm dich doch einfach wie ein normaler Stier!«

»Wie kann man bloß so was Nerviges in die Welt setzen? War ich denn so ein Glücksgriff?«, meldete sich Nika kopfschüttelnd.

Paru verkniff sich eine Reaktion.

Der Stier wich zwei Schritte zurück und schien dem Heulen näher als dem Lachen. »Aber ich wollte doch nur helfen«, sagte er entschuldigend.

»Dafür bedanken wir uns auch, aber du könntest doch auch schweigend helfen«, antwortete Damaris. Es tat ihr leid, dass sie so aus der Haut gefahren war. Er war bloß aufgeregt, das war ihr klar. Trotzdem war er eine tierische Nervensäge. »Tut mir leid, war nicht so gemeint. Sei einfach ein normaler Stier. Kein Gehüpfe und vor allem kein Gerede mehr, dann ist alles in Ordnung.«

Mehr nette Worte brauchte es nicht: Schon war der Stier versöhnt und Damaris richtete ihren Blick auf das vor dem Tier liegende Kissen. Gerade als sie sich danach bücken wollte, ging der Stier dazwischen. Das freundliche Verhalten von Damaris hatte ihm wieder Mut gemacht.

»Lass mich doch! Ich mache das gerne für dich. Ich hebe das für dich auf. Komm, du brauchst dich nicht zu bücken …«

Damaris warf ihm einen gebieterischen Blick zu. »Normal!«

»Uhm …«, meinte der Stier unsicher. »Muh …«, sagte er dann leise und ohne große Überzeugung und zupfte schuldbewusst an einem Grashalm.

Nika und Paru lachten laut auf und auch Damaris konnte sich ein Grinsen nicht verkneifen.

Dann bückte sie sich und hob das Kissen auf. Zwischen dem Boden und dem Kissen öffnete sich dabei an dem Baum ein Durchgang in den bereits bekannten senkrechten Tunnel.

»Vielleicht sehen wir uns noch mal wieder«, sagte Damaris zu dem Stier und winkte Paru und Nika herbei.

»Ja, tschüss dann ...«, verabschiedete sich Nika, und bemerkte dabei, dass sie den Namen des Stieres noch gar nicht kannte. Sie hielt inne.

»Wie heißt du eigentlich?«

Denkfalten bildeten sich auf seiner Stirn, als er über diese Frage nachdachte. »Weiß ich nicht?«, fragte er testend.

»Das kann doch nicht sein!«, sagte Paru. »Bist du sicher?«

Wieder legte der Stier die Stirn in Falten.

Um dem Stier weitere anstrengende Denkarbeit, und ihnen selbst Zeit zu sparen, wandte sich Paru nun an Damaris. »Was meinst denn du?«

Damaris überlegte kurz. Wie sollte ein Stier schon heißen? Stieri? »Wie wäre es denn mit Bullie?«, schlug sie vor.

Nika und Paru sahen sich verzweifelnd an.

»Sehr kreativ. Wir haben noch einiges vor uns«, stöhnte Nika, als sie gemeinsam durch den Ausgang traten.

Kapitel 5: Der Junge

Während Damaris erfreuliche Träume durchlebte, ging in einem anderen Jugendzimmer Unheimliches vor sich. Ein Junge, dem Aussehen nach ein oder zwei Jahre älter als Damaris, lag in seinem Bett.

Das Zimmer war so gut wie leer, steril und eintönig weiß. Bloß einige Geburtstagskarten auf einem kleinen Beistelltisch brachten ein wenig Farbe in den kahlen Raum. Es waren Geburtstagskarten; erst vor Kurzem war er ein Jahr älter geworden.

Neben dem Bett leuchtete eine Lampe, aber offensichtlich ohne wirkliche Funktion, denn der Junge hatte die Augen geschlossen und schien tief und fest zu schlafen. Ein Monitor stand neben ihm und zeichnete seine gleichmäßigen Lebenszeichen auf.

Plötzlich jedoch, zuckte der Arm des Jungen. Dann folgte das Bein, dann der Kopf. Schließlich wälzte sich der ganze Körper unruhig hin und her, die Federn der Matratze quietschten.

Alarmiert stürmte eine Frau in einem weißen Kittel in den Raum, Sorge zeigte sich auf ihrem Gesicht.

»Was hat das bloß zu bedeuten?«, murmelte sie verstört. Als sie näherkam, sah sie durch die nicht vollständig geschlossenen Lider das Weiß der Augäpfel.

Eine längere Leseprobe dieses Buches gibt es unter:

www.yvesgoratstommel.com/romane/flimmernde-schatten/

Printed in Poland
by Amazon Fulfillment
Poland Sp. z o.o., Wrocław

20227829R00179